UN PEQUEÑO ENCANTO LLAMADO BELÚ

Por

ALEX IRAHETA

"El tiempo es el mejor autor, siempre encuentra un final perfecto."

(Charles Chaplin)

ÍNDICE

1. CIMIENTOS.

Es el mes de Septiembre del año 2016 en el pequeño pueblo de Dorslava, mes en que Belú cumple 11 años de edad. Esta fecha será inolvidable a partir de hoy, para ella y para quienes escuchen la grandiosa historia de la bonita y siempre bondadosa, América Belú Ciudadano. Cipotía risueña, corazoncito dulce, carita aguileña, piel de seda fina, piel canela, delgadita de cuerpo, inocente como la madre tierra, muy sana, muy valiente, atenta, amable con la gente, saluda como es debido y es muy devota de San Romero Arnú, el santo patrono de Dorslava. Cuando algunos niños vecinos llegan a jugar con Belú, ahí en el solar de su casa todo es alegría, cuando empiezan con el "salta la cuerda", luego al "jacks" y al "escondelero". En los descansos comparte salporas de arroz y atol chuco con ellos. Por las tardes alimenta a los animalitos, a los pájaros, a los perros, los gatos y a veces hasta las ratas reciben de sus manjares. Esta niña es muy respetuosa y cuidadosa con la naturaleza, le incomoda los sonidos de coches, las máquinas industriales y sus chorros de humo.

En la escuela, durante el recreo, prefiere quedarse en el salón para evitar tanto ruido enredado por los teléfonos y los diferentes videos que miran y escuchan sus compañeritos. Unos oyen reggaetón y ven pornografía, otros en los violentos juegos electrónicos, algunos sentados sobre las mesas ven videos de lucha libre, pero también hay otros niños que a su tierna edad ven películas de narcos, asesinos, torturas y balaceras. Belú tiene una bonita computadora portátil con la que algunas veces hace sus tareas y también tiene un teléfono celular, pero este casi no lo usa, pues ella, solo se sienta en frente de cualquiera de estos dos equipos y su cabeza le empieza a doler. Esta niña, de ya casi 11 años, cree que dentro de las computadoras y los teléfonos viven antiguos espíritus que son malignos. Esa es una de sus quejas más frecuentes, "el porqué del uso de maquinaria y tecnología para hacer casi todo" Parece que un día le afectó, mientras hacía su tarea abrió el canal de Facebook y vio un pequeño segmento de una serie que le impactó con solo el título: "Las Tres Divinas Personas del Siglo 21". El presentador del episodio empezó diciendo: "Ahora conoceremos de esas tres fuerzas divinas, potencias de la nueva inteligencia, juntas; la biología universal, el cuerpo físico con toda su materia, y el maravilloso cosmos digital viajarán juntas para llevarnos a nuevos mundos y a superiores dimensiones. Solo déjese llevar por los tentáculos de la inteligencia artificial y jamás se hará viejo, su cuerpo no conocerá enfermedad alguna, viajaremos a las estrellas, es un nuevo mundo de posibilidades". La niña se asustó mucho con solo la voz del locutor, le pareció muy robótica, como si sus expresiones vinieran de un viejo barril vacío. Desde entonces no ha vuelto a ver esa página.

Belú es muy cariñosa y amorosita con las demás personas, si alguien se le acerca mientras ella come algo, le comparte un pedacito. Esta niña es un pan de Dios, un ser muy especial, pero sobre todo muy inteligente y con cierta sabiduría. Casi toda la gente del pueblo la trata como a una princesita, como a la más linda flor. Su mamá, Bella Patricia Inocente, piensa que su niñita parece un hermoso y mágico pétalo recién dibujado por las manos de Dios, y su abuelita Elena dice que ella es su mermelada de fresa y durazno. El ambiente siempre se pone esplendoroso cuando ella está cerca y comparte las miradas de sus lindos ojos que como rayitos de sol aclaran las nubes en turbulencia, luego comparte su mágica sonrisa. Belú es feliz como una mariposita que no tiene temor de nada ni nadie, para nada maliciosa y sin una pizca de arrogancia. Es que ella es inocente de su mágica belleza, y es imposible no admirarla y amarla más al contemplar su bien hechito rostro.

Cuando la chula cipotía camina por las calles, le gritan halagos en variedad:

"¡Belú, tenés el rostro de una muñequita de porcelana!"

"¡Parecés como personaje de cuento, Chuladita Belú!"

—¡Ay, gracias, pero el honor es para el señor que es bueno!

"¡Ay, pero qué linda sonrisa tenés hoy, cipotona! ¿Decime bichita, cómo hacer para verse así, radiante como vos?"

"¡Belú, Belú, mirate que suerte la tuya, qué melena más chiva tenés! Bien bonito te queda el pelo corto mirá"

Ella solo sonríe y les responde:

—¡Ay, gracias, pero todo solo es la obra del señor!

Sin embargo, ese día 15 de Septiembre del año 2016, despuesito de la hora de almuerzo, aquella pequeña pero esplendorosa estrellita, desaparece de la vista de la gente.

Nadie sabe noticias de la niña, así de la nada, ha desaparecido. Ella, que con ansias y alegrías ha esperado esta fecha, solo recibe una marca en su corazón, en su mente, cambiando por completo su vida y su forma de ver las cosas.

Se escucha, cuestionan y fantasean locuras con el extravío de la niña:

"Nadie sabe nada de Belú ¿Quién sabrá dónde vagará la pobre?"

"¿Por qué infiernos estará cruzando nuestra princesita?"

"Pobre niña, negras y melancólicas deben ser sus noches, quizá sean las más amargas de su vida."

"Dicen que la vieron caminando tranquila con su madrastra Maru, allá por el centro, a eso de las horas de almuerzo."

Lástima, cuando ya el sol partía hacia otro horizonte, la niña también deambulaba extraviada por las salvajes calles del pueblo, buscando su dulce hogar. Todo es en vano. Camina, busca y grita hasta que la oscuridad cae sobre su rostro.

2. LO DICEN LOS LIBROS Y LAS CICATRICES.

Basta desempolvar las páginas del tiempo, revisar los registros, observar las circunstancias presentes y el espíritu en la gente, para darnos cuenta que historias como la de Belú Ameriquita Ciudadano son comunes en el pueblo de Dorslava desde hace ya muchos años atrás. En los libros y las cicatrices están las pruebas de toda esa represión por la inseguridad y por los líderes corruptos. Todo empezó hace más de 200 años, cuando unos mestizos sacerdotes y hacendados con la mitad de su sangre azul ambición, declararon una falsa ilusión de independencia, aseguraron darles un pueblo autónomo, que fuera guiado por sus propias leyes y bajo sus propias decisiones. Ellos aseguraron que era una verdadera independencia, justa y ecuánime para todos los dorslavos. Fue solo una mentira, una trampa seductora que durmió a la inocente gente durante casi una eternidad. Luego, más adelante, hace más de 90 años, surgió una nueva generación de militares, sacerdotes, dictadores y monigotes. Sí, otras personas, pero con la misma sangre de injusticia, con el mismo hambre de poder y con la misma crueldad en sus mentes, decidieron reprimir más, hasta enfrascar a la gente en un charco de pobreza, ignorancia y miseria. Por muchos años, la gente más humilde de la región ha sufrido las del perro, por el descuido de los malos gobiernos, políticos corruptos, las dictaduras militares y las organizaciones criminales que se han tomado el control de la región. Se ha luchado muchas veces por una verdadera autonomía, pero siempre engañan al pueblo, lo traicionan y luego solo dejan decenas de miles de exterminios humanos. También es lamentable la muerte y la venta de la madre tierra Dorslava, la privatización de todos sus recursos: los ríos y sus corrientes de vida, la fauna, las playas, los verdes y frondosos bosques. Como si esto fuera poco, cada año van surgiendo otros horribles inventos, como las guerras civiles, falsos propagandistas, grupos ilícitos y sanguinarios, líderes criminales y rebeliones, estas provocan cosas muy extrañas en la región.

3. EL MUNDO DE LOS RAM.

A pesar de haber nacido en una familia de clase media acomodada, Belú Ciudadano, también ha estado expuesta a uno de los peores fenómenos de este pueblo de Dorslava, la maldición de "Los Ram", los niños caníbales, que fueron creados en un laboratorio en la lejana y poderosa nación de Noricia en el hemisferio norte. Hay dos tipos de ellos, unos que solo se comunican con letras y otros solo con números, estos dos siempre se matan entre sí.

Fue dos años después de los supuestos acuerdos para la paz y la tranquilidad. Once años antes que naciera Belú, llegaron a Dorslava unas raras criaturas, que al principio eran 500, tenían apariencias muy inusuales, vagaban por las calles de Dorslava desparramando su confusa, pero provocativa energía. Luego llegaron otros 2000 más, todos como instructores y pioneros de las nuevas rebeliones, jefes de las nuevas bandas criminales, una nueva y sangrienta guerra en el pueblo. Todos fueron creados en un laboratorio en la gran Noricia, con el uso de saliva, orines de empresarios malandros y políticos corruptos, pero también agregaron gotas de sangre de 85 mil hombres y mujeres, quienes habían sido sacrificados unos años antes en Dorslava. Hoy en día, la mayoría de estas criaturas son miles y miles, ya nacen como los terribles seres Ram que contagian al resto de niños y jóvenes, quienes quedan poseídos con solamente tenerlos a metros de distancia. Es que es un maligno espíritu que sacrifica vidas desde muy tierna edad. Así mismo, arde el constante infierno calcinando generaciones completas, y el pueblo, en un abismo de crueldad y maldiciones sangrientas.

Basta que algún jefe de los Ram amanezca con una fuerte resaca, malhumorado, que entre en furia o sienta algún temor, y este puede llegar al punto de comerse a su propio vecino, a su amigo, su hermano o en algunos casos hasta sus propios padres. Después de un par de años que el primer grupo de Rams llegara al pueblo, políticos de esos tiempos, les invitaron a reunirse en privado para hacer tratos con ellos, propusieron intercambios, entre estos: ausencia de patrullas y policías por los barrios controlados por ellos, liberación rápida en caso de ser arrestados, permiso para hacer fiestas y traer muchachas alegres a las prisiones. Lo único que los líderes políticos pedían eran los votos a su favor, de parte de toda su tribu, sus familiares, sus víctimas o esclavos, y quizás algún que otro encarguito cuando fuese necesario. Los rumores dicen que ahora se les paga una cuota por vagabundear alrededor de la mansión de los Ciudadano, quizás tengan órdenes de que vigilen a la pequeña Belú de la casa número 87. La mayoría de ellos son seres furiosos que quizá parezcan gente común y normal, pero sus corazones están llenos de rabia, son muy amargos y crueles. Ellos ignoran y odian el pensamiento positivo o racional, muchos de ellos disfrutan el mundo de venganza, ¿quién sabe por qué? Aman el crimen, el salvajismo, adoran la sangrienta violencia y hacen daños contra los que no son de los suyos.

En el año 2010, Patricia, la madre de Belú viajaba en un microbús junto a la niña de cinco años en ese entonces, eran 34 pasajeros en total, iban hacia varios lados del pueblo. Un minuto y una parada después que ellas dos se bajaran, sucedió una de las más amargas historias de la región. Extorsiones, sacrificios, asesinatos y dolor en este mundo de los Ram. Por cuestiones de venganza, miembros de estos grupos, incendiaron el busito en el barrio Mexical 47, donde todavía iban 32 trabajadores y miembros de familia. Entre estos; niños, adultos y ancianos, de los que murieron 17, salvándose 15. Un día después, la señora Ciudadano daba gracias a Dios junto a su niña por haberse bajado un minuto antes y no ser parte de las pesadillescas imágenes emitidas por la televisión.

Pasan los años, y las sanguinarias tribus de los Ram siguen activas y se multiplican sin parar, casi gobiernan todas las regiones urbanas y tóxicas de Dorslava.

Un día de estos del año 2015, Patricia aconseja a su niña, quien ya tiene 10, y pide a su madre la deje bañar sola.

La madre le cambia de tema, con voz suave y sutil, le aconseja que ponga mucha atención al noticiero, presentan a un grupo de personas que hablan de las muertes en una casa vecina.

—¡Ay no, esto cada día está más peligroso mi niña. Quiero que tengás mucho cuidado, nunca te me vayás sola para afuera.

—Ay, sí mamita. Aquí estaré, encerradita.

—¡Cuidadito cuando veas de esa gente con marcas y dibujos en sus cuerpos, o con sus pelos completamente desgastados!

—¡Sí, sí, pelón, pelón como chocoyo, mirá, je, je!

Los Rams, también, siempre visten excéntricos vestuarios, pantalones flojos, sus zapatillas de lona, algunos movimientos al caminar o en sus manos al hablar, y sobre todo el acento, muy particular, cantadito y con cierto aspecto de tranquilidad. Ellas miran en el noticiero la historia de un muchacho.

—¡Ay dios, pero si ese el hijo de doña Carmen, la señora que nos lavaba la ropa, hija!

—¡No mami, es más grande! ¡Mirá, es más gordo!

—¡Sí, es el hijo de la Carmencita! te digo por su físico, yo lo vi con ella hace unos días!

Paty está segura que es el hijo de la antigua sirvienta, lo conoce desde chiquito. Por la robusta estructura corporal y por su peinado de siempre, al malandro muchacho le llaman, El muñeco. Los reporteros dicen que intentó tomar ventaja de sus padres, al saber sobre su situación financiera y sobre los envíos de encomiendas de unos familiares desde el exterior. Para alguna compra de terreno, algún asunto de salud o alguna otra cosa importante quizás.

—¡Ay Jesús, qué sorpresas nos da la vida, uno nunca sabe con qué clase de gente se mezcla. Pero para que veas Belú, en la vida, a veces las cosas no terminan como uno las espera.

—¡Ah, sí mamita, ya me recordé que yo vi a varios de esos hombres un día por la mañana, en una de las casas de la esquina, se compartían chorros de humo de boca a boca, luego discutían.

—Planeaban algún crimen o asaltos para esa noche quizás.

Ese día fue, cuando el poseído joven de 15 años, hijo de la sirvienta, junto a sus homies, fumaban flor de canabis en una casa destroyer de esas que son arrebatadas por los Ram cuando la gente se va de paseo por un tiempo, o a los que quizá han desalojado a base de presión y amenazas.

Casi todos ellos venían armados, el cholotón Chucky y el Alacrán traían pistolas, y el flaco y pelón Macabro cargaba una escopeta doce entre uno de sus pantalones, esta la habían fabricado con pedazos de tubos, fierros y metales.

El plan para su atraco estaba listo.

El Muñeco insistió.

—Hey, Alacrán, pero ya sabe homito, solo es de pedir cinco mil puchitos verdes y ya, ¿va? Nada más homie, nada más.

—Va, dele pues mi rey, ya sabe que conmigo no pierde, yo soy de ley y mi palabra es pura como la virgencita, ese, ¿verdad mis perritos? —mirando al Chucky y Macabro.

—¡Simón homi, dele con todo Muñeco! —el Chuky, con los brazos cruzados y su gorra puesta para atrás, alimentaba la fama del jefe del grupo. —Ya sabe que cuando es para la rasita no se da muchas vueltas ¿va? Usted confíe en el Alacrán ese.

El Macabro, se amarró una pañoleta azul que casi cubría toda su cara y también apoyó a su líder:

—Hey, si el Alacrán nunca le falla a nadie Muñeco, usted déjese llevar nomas, va, homie.

—Va, delen pues, con todo.

Esperaron que llegara el silencio pleno, y cuando ya eran las dos y media de la madrugada, tocaron la puerta de una humilde casa en un barrio de Dorslava:

—¿Quién? —la cansada voz de un señor.

—Soy yo papá, ¿puede abrir por favor?

El señor abrió la puerta y en el instante lo pusieron quieto, el tubo de una pistola en la sien y el de la escopeta hechiza, pero de calibre número doce en el pecho.

El jefe de los vagos traía muy amarrado con un alambre del cuello al Muñeco. Con voz baja y bastante pacífica.

—Este maje está secuestrado y lo vamos a matar si no entregás 8 mil verdes ahora mismo, viejo cerote.

Muñeco reclamó en el instante:

—¡Hey, no homie!

—¡Usted cállese jueputa! —el Alacrán, amenazante, le dio un fuerte golpe en la cara, dejándole una mancha roja en el rostro, parecía sangrar.

—¡Oh, no, déjenlo!

—¡Sacá la plata pues, viejo hijo e puta!

—¿Pero, muchachos, cómo se imaginan que yo voy a tener ese dinero, de dónde?

El Chuky ya bastante agitado.

—¡Va, entonces vamos a darle gas a este maje homie, vamos! —Sacó un puñal y se lo puso en el cuello al Muñeco, quien también actuaba como si todo fuese real.

—¡Hey, ya déjenme pues, así no quedamos, así no, majes!

—¡No, déjenlo!

—¡Nel, a este maje, yo, personalmente le voy a dar viaje ahora mismo si no me das la plata ya, viejo culero! —Alacrán con un tono bastante bajo y lento, Muñeco muy furioso.

—¡Hey, calmate homie! ¿Ya quedamos va? —mientras se intentaba soltar, se buscaba algo en la bolsa izquierda de sus flojos pantalones y en la parte trasera de su cinturón.

El Macabro lo detuvo.

—Usted cállese y cálmese perro, estese ahí quieto va —poniéndole la escopeta pegadita en la frente.

Un disparo, desde algún lugar de la casa, todas las luces se apagaron, pero rápido se volvieron a encender.

—¡Déjenlo! —era doña Carmen la madre, aproximándose con un revólver en la mano.

—¡Mamá, no, váyase de aquí!

—¡Oh no, mi niño! —sorprendida al ver a su hijo ensangrentado y siendo apuntado por una escopeta en su frente. Levantó su arma una vez más, intentando arrasar con la maldad que observaba. En un momento se volvió a escuchar el sonido de tres disparos, enviados por Alacrán y que esta vez cruzaron directamente por la frente de la señora madre de Muñeco. En el instante cayó completamente muerta sobre el piso.

—¡Oh no, no, dios mío, mamá, mamacita, no! —Muñeco, impactado, gritaba mientras se soltaba del otro vago maleante, se metió sus manos en la parte interior de su pantalón derecho y sacó su arma. Fue ahí donde se desató la endemoniada masacre.

El siguiente día por la mañana, Patricia y su niña, al ver las imágenes en la televisión, se miraron el rostro una a la otra por unos segundos, la Belú abrió los brazos de su madre y se lanzó sobre su pecho.

El reportero finaliza su programa.

"Las ambulancias y los paramédicos revisaron cada ensangrentado centímetro de la sala de la casa, encontraron el cuerpo de una mujer mayor, un hombre adulto mayor, cuatro hombres con dibujos extraños en su piel, con sus cuerpos destrozados por balazos de varios calibres y por

cortadas de machetes y cuchillos, todos
muertos por el sanguinario espíritu de los
niños Ram."

4. ANTIFACES DE LÍDERES.

Es el verano del año 2016 y la vida de la gente continúa siendo difícil en este pueblo de Dorslava. Aquí no se puede vivir como alguien normal, la gente no puede disfrutar de sus vidas y sus tierritas. Es muy duro conseguir los elementos básicos para vivir, tales como una buena alimentación, educarse, tener un techo digno, muchos padres no pueden ver crecer a sus hijos, eso es cosa de privilegios celestiales en este pueblo. Incluso, niñas como Belú Ciudadano, pueden ser víctimas de esas calles que permanecen como bestias hambrientas y manchadas de sangre joven. Ahora, como antes, las esquinas y plazas del lugar permanecen siempre sucias, llenas de basura envenenada y empapadas de furia, saturadas de malhechores, desquiciados y farsantes. Los maltratados habitantes aún sufren las pérdidas humanas en esas calles, en las esquinas y quebradas de los cantones y los valles, todos los días. Aún prevalecen la mentira, la corrupción y muchas pestes. No solo han sido miles de terremotos, tempestades furiosas, gente malacate y criminal que también nacen en este pueblo. No bastó con las sanguinarias torturas de los soldados y de los guerrilleros en el pasado, pero lo peor de todo, es el grupo de políticos rufianes y mafiosos que siguen naciendo como serpientes ponzoñosas. Parecen hechiceros embrujando a la gente por largo tiempo para que se peleen entre sí.

Aunque fue allá por los años de 1930, que empezaron a tomar el control de las montañas, los ríos y de toda la tierra. También asesinaron a muchos campesinos, luego a estudiantes, miles de niños y ancianos ajenos a los propósitos turbulentos de políticos dictatoriales y otros con antifaces de líderes revolucionarios. Más adelante, a finales de los años 1970, los revolucionarios lograron formar su partido Rojo del Fuego, los dictadores militares y religiosos ya tenían el Azul y luego llegaron los Magenta de los empresarios. Después de un tiempo, todos unidos, empezaron a inundar el pueblo y a su gente con sus ideas de justicia social, promesas utópicas de reinos de jabón, seguridad y desarrollo. Los revolucionarios se empezaban a matar los unos a los otros, por otro lado los militares y guardias asesinaban al que cuestionaba o hacía expresiones antigobierno. Luego, con el uso de mentiras, uno de esos grupos empezó con sus purgas, triturando mentes jóvenes y brillantes, otros partidos y sus rufianes miembros eliminaron ancianos por quedarse con sus tierras, a puros balazos y machetazos eliminaron familias completas y miles de personas que no tenían la culpa de la terrible masacre. Los reportes dicen ahora que en las últimas batallas por la liberación, fueron más de 80 mil los que pagaron con sangre y con su vida por la insaciable maldición.

En el año 1992, anunciaron que los líderes principales de todos esos negligentes partidos políticos hicieron las paces. Ahora mismo, en el 2016, siguen jactándose de ser ellos quienes establecieron los acuerdos necesarios para la verdadera paz y la democracia en Dorslava. Dicen que para trabajar por el bienestar del pueblo, pero en verdad, solo se les ve juntitos enfiestados y cometiendo crímenes, celebrando y celebrando entre sí, sólo ellos saben qué. Ahora hasta han construido mejores mansiones para sus fiestas privadas, tienen sus propias agencias de seguridad que les deja muchos Billetes Verdes, se encuentran en lugares privados, en cuevas lujosas para planear negocios chueco y para repartirse las ganancias. En los años recientes, se ven a varios de aquellos antiguos enemigos, caminar siempre juntos, casi como hermanos, ejecutando robos y haciendo trampa, son cortados con la misma tijera.

Algunos de esos políticos y líderes, ahora tienen un lugar favorito para sus encuentros, una inmensa y hermosa casa blanca, ubicada cerca de la plaza del pueblo sobre la calle José Cañas, donde los espera la Maru, una de las más antiguas y astutas para hacer trances en las décadas pasadas, un miembro más de aquellos políticos mentirosos y ladrones. Pero nadie dice nada, ahora que ella se ha casado con el viejo Maclovio Ciudadano, dueño legal de la tremenda mansión. Con ellos también vive la bonita América Belú Ciudadano, quien es la hijita de Maclovio. No se sabe que pasó con la madre, Bella Patricia Inocente de Ciudadano, solo que desapareció hace un tiempo y que al hombre se le borró de su cabeza desde que llegó la Maruja. Como por casualidad, desde que ella apareció, la tristeza se ha vuelto monótona y permanente en la casa Ciudadano y en todo Dorslava. La gente sabe que si está demasiado tranquilo y fovial, es señal de mal agüero para la región.

5. *EL SUEÑO.*

Todo se empezó a deslizar como una silenciosa serpiente, desde este 14 de Septiembre del año 2016. La pícara y tramposa madrastra Maruja, ya ha cambiado mucho su temperamento con Belú y le empieza a insistir, como cada año lo hace. Siempre lo mismo, desde varias semanas antes del día de su cumpleaños le va endulzando el oído a la pobre bichita, ilusionándola, induciéndola, ¿quién sabe a dónde? No deja de mentarle y mentarle el dichoso cumpleaños, como si su intención fuera, poquito a poco, lentamente, pegarle algún deseo en su mente, como quien guía una inocente presa al matadero, interpreta:

—¡Cumpleaños feliz, que los cumplas aquí, cumpleaños Belucita! —así anda todo el día, cantándole de cerquita, desde la mañanita hasta el anochecer. Esa mujer le zampa esa fecha en la mente de la pobre cipotía, quizá mucho más de lo que le mete comida en la barriguita. Incluso, le ha prometido que si se porta bien, ese día le dará una sorpresa, razón por la cual, la niña se ha entusiasmado peor. Con los días, ya solo piensa y piensa solo en aquello, esperando con muchas ansias. Por eso es que septiembre se ha vuelto muy especial y muy esperado por ella, aunque en verdad, ya han pasado muchos cambios del sol, calendarios y estaciones, pero ella solo carga con la esperanza de ese algo grandioso que pronto llegará.

Desde un día antes de sus fiestas, todo empieza a cambiar, son muchas experiencias extrañas, cambios repentinos que quizá hagan madurar prematuramente ciertos aspectos de la vida de la bonita cipota. Es esta noche del 14 de Septiembre, cuando un onírico viaje le manifiesta un mensaje, que sin que la pequeña se dé cuenta quizá ignora y deja pasar como un parpadeo más que se va al azar. Es una noche normal, pero ella ahora carga con esa emoción y euforia del día de cumpleaños que es mañana. De repente, ya en camita, en un suspiro, la pequeña Belú se lanza en su viaje junto a Morfeo. Mientras tanto, en las afueras de la hermosa mansión número 87, el amplio manto del anochecer es bastante oscuro y con cierto suspenso. Tan solo un pequeño movimiento de una rata, un mapache o de un gato podría provocar un ataque cardíaco. Esa brisa desparrama aromas de melancólica calma que desanima a las almas a caminar por las solitarias praderas y terrenos tenebrosos. Las horas vuelan como palomas blancas y delicadas, lentamente el ambiente se ha tornado azul, llega la aurora que viste un enfurecido atuendo gris friolento, y también parece traer señales de alerta. Su armoniosa presencia aún abraza las pocas casas del pueblo de Dorslava y sus alrededores. El paisaje aún es sutil y mágico con las melodías de los grillos y sus eternas sinfónicas, que como hadas llegan y empapan la habitación de la niña mientras velan sus sueños. Sus muñecas de trapo aún la rodean como centinelas en su cama, el lucero superior aún está lejos de sus horas para vigilar el oeste, sus pupilas cerradas empiezan a temblar y a torcerse, indicando algo en su onírico paseo.

—¡Ooh, qué hermoso, qué frescura! —muy confiada y llena de emoción sonríe, —¡Yujuuy, este es el patio del cielo! —en su sueño, respira profundo, abre sus brazos y absorbe el mundo de un solo jalón. Desde el copo de una pacífica y hermosa montaña la niña observa y saborea las nubes plateadas, muy feliz y enamorada de la vida. Una vez más sonríe satisfecha por la delirante aventura y exclama:

—¡Sos bien chula mi reinita brillante de la noche! —expone sus suaves manos como maripositas hacia el lago azul del firmamento y así empieza a adorar la silueta de la gran figura: —Hey, reluciente lunita, ¿vos sabés dónde está mamita? Yo la extraño mucho, vamos dime lunita.

Un tranquilo rugido se escucha en el infinito domo de estrellas, llega con la fresca brisa celestial que roza su suave carita con ternura.

—¿Aah? —retrocede un poco, mirando hacia el firmamento.

—¡Ven más cerca y verás tu destino! —la retumbante y grave voz emerge desde una turbia masa de nubes que rapidito se expande y se estremece. Suena como cuando la lluvia advierte desde lejos de su próxima llegada, con tenues y esporádicos estruendos, la niña entra en cierto pánico y exclama:

—¡Ay, pero que voces tan fuertes, retumban el...!

—¡El cielo, el cielo es nuestro imperio!

La bichita se tapa sus oídos al escuchar la poderosa voz que suena como el rugido de un león furioso, pero ella, valientemente y determinada intenta desafiar al miedo.

—Luna, lunita, te pregunté si vos sabés dónde.

—¡Sí, por aquí, ven conmigo y te muestro el camino! Verás las líneas de tu destino —esta vez, la misteriosa voz deja un inquietante suspenso que la hace temblar hasta tronar sus dientes, ella está muy triste y asustada. Inerte por el terrible miedo, confundida reniega:

—¿Pero y cómo es posible? ¡Tu voz suena espeluznante!

—¡Tus huellas quedarán marcadas por el infierno, ja, ja, ja! —con fuerza y rigidez.

Belú, rápido se mueve del lugar, corre angustiada por el elevado terreno, sube la montaña buscando donde esconderse.

En su voz, un tono muy nervioso.

—¿Acaso vos no sos...?

—Tranquila, la cajita de pandora será abierta pronto, ¡ya nacerás de nuevo!

—¿Qué decís? ¡Pero, si yo solo pregunté por mamita!

—¡Todas las torres se derrumban y tu vida volverá a empezar! —la voz ahora con diferentes tonalidades que controlan el cielo, mientras tanto la niña empieza a mover su cuerpo como con súbito temblor.

—Vos, vos no sos la luna, ¿quién sos vos?

—¡Ya nacerás de nuevo Belú, tú eres el código en este gigantesco enigma, je, je, je!

En el espacio vacío emergen espíritus, se materializan en hambrientos demonios que gritan horrendos sonidos, persiguen a la pequeña, disparando furiosos rayos en el cielo que producen tormentas de fuego y empiezan a inundarlo todo. Los párpados pegados de la niña con un cierto revoloteo por dentro, y un esporádico rasgueo en la garganta son la única señal de vida. Sus luceros enjaulados se tuercen cada vez más y más, pero su cuerpo permanece completamente inerte. En los rincones más profundos de ese turbulento sueño, ella corre y se mete en un callejón oscuro, ahí escucha una vez más la poderosa voz:

—¡No hay forma de escapar de este anillo de ardientes memorias! —los gritos son agudos, luego graves, quizá fantasmales por todos lados.

La niña intenta brincar fuera del lugar, pero como por encanto de las voces, su frágil cuerpo queda completamente paralizado en aquella espantosa realidad. Luego, una lluvia de víboras cae como redes sobre su cuerpo.

—¡No, déjenme en paz! —explota eufóricamente, libera un majestuoso grito desde adentro y sacude su cuerpo. —¡Oh, no! ¡Aléjense, dipurrátas, déjenme en paz malandrines, chichipates! —lástima, ya está sumergida entre miles de ligosas criaturas.

De repente, se escucha a la distancia:

—¡Kikiríkííí! —el canto deja un eco muy intenso y prolongado. —¡Kikiríkííí! —parece que el ángel de la suerte está de parte de la pequeña. En ese momento abre sus ojitos y regresa con la ayuda de Coronel, el elocuente gallo que desde la parte trasera de la casa la trae de regreso hasta el nuevo amanecer. Dulcemente despierta la niña, mientras su habitación es empapada de mágicos rayos de sol que lentamente invaden la habitación por la ventana... —¡Kikiríkííí!

6. *EL REGALO DE CUMPLEAÑOS.*

Son horas tempranas de la mañana del mismísimo 15 de Septiembre del año 2016. Las calles están muy alegres y hay bastante ruido por todos lados. El ambiente está un poco saturado por los cantos de las aves, se oye el murmullo de la gente a lo lejos entre las palizadas de la calle que es bañada por el radiante sol de este día. La chiquita Belú Ciudadano aún está en su habitación, jugando un poco con un peine color carey que siempre pedía a su mamá antes que esta desapareciera. En silencio, reflexiva, lentamente empuja el accesorio hacia arriba y hacia abajo, surcando su corto pelo de algodón negro frente al espejo. A ella le gusta traerlo hasta los hombros, muy limpio y brilloso siempre. Parece cabellera de cristales negros.

Toma un sorbo de agua de un vaso que tiene una frase escrita que dice "la vida es un tobogán". También tiene un pequeño dibujo de personas sobre una ruleta rusa.

—¡Belucita, Belucita, Belú, bajá niña, bajá! —se escucha desde la sala en el primer piso.

—¡Ay, sí, sí, voy! —empieza a caminar de prisa, intentando salir, y un poco exaltada se dice a sí misma: —¡ay, pero qué susto me dio esta señora! Ya voy Maruja.

—¡Niña, apurate, ya está lista la lechita y el pan francés, y si no te apurás se te van a enfriar los plátanos fritos!

Ya es la hora del desayuno y ella aún no sale, pero piensa:

—¿Qué está pasando con la Maru? Está un poco más que tranquila, ¿será porque quizás tenga algún temor, le hace falta algo o alguien? —la pequeña Belú está muy pensativa, una vez más se cruza frente al espejo, se queda quieta y vuelve a su ritual de peinarse. Fijamente y en silencio acomoda su mirada, por largo rato y en un momento exclama en voz muy bajita mientras se observa lentamente y con mucho detalle: —No hay nada que temer. El señor es mi pastor, nada me faltará, en lugares de verdes pastos me hace descansar.

Rápido se persigna y se va a buscar unos ganchitos de pelo en sus joyeros. En cierto momento, parece recobrar su esplendor y dulzura, voltea con un rostro más alegre y más tranquilo.

Es que antes, pensaba un poco en el sueño que tuvo anoche, pero mientras busca los prendedores de pelo, encuentra unas páginas con sus primeras figuritas en papel de cuando aún era más pequeñita, donde ella dibujaba unos quebrantados palitos y churutíos que daban forma de una mujer, la de una niña y la de un hombre, y abajo decía: "mamá, papá, amor". Luego se encuentra con un par de álbumes con fotos viejas de la familia que también la entretienen. Escudriña y limpia las joyas heredadas de su madre, organiza unas blusas y vestidos, lee hojas de libros.

Con todo ese vaivén y ajetreo, ya parece estar olvidando el desagradable susto que le provocó aquel onírico viaje. Parece que la pequeña también ha puesto su fe en dios, de que esa chongüenga de anoche haya sido tan solo un mal sueño. Ella sigue ahí, en su habitación, y parece que ya está en su último proyecto del día. Estampa algunos posters de periódicos de sus artistas favoritos en las paredes, entre estos, uno de Scarlett Johanson que venía en el centro del informativo con el cuerpo completo y a todo color. Para ella, esa actriz es la heroína más bella del mundo, se enamoró de su manera de actuar desde que la vio pelear en una escena contra un grupo de hombres que la tenían amarrada a una silla para interrogarla.

También coloca en un bonito marco una foto de Frida Kahlo quien es su modelo de mujer de lucha, y por alguna razón también pone uno muy grande en la puerta, este muestra al legendario Bruce Lee con una frase que incita:

"Sé como el agua, vacía tu mente, se amorfo y moldeable como el agua."

De repente, tocan la puerta. Es Maru, quien abrupta pero sonrientemente también abre y propone:

—¡Ay Belú, Beluci, apurate hombe, vamos!

—¡Ay, Maru, me asustaste otra vez!

—¡Ay niña, mirá ve, el día está muy despejado y hermoso, preparate porque nos vamos a celebrar tu cumple!

—¡Sí, sí, está bien!

—¡Vamos, apurate, bañate!

—Ya me bañé, esperame, solo me termino de peinar.

—¡Si, ponete bonita!

La bichita se arregla, se pone ropas cómodas y se va de paseo junto a su madrastra.

Con el ritmo de la mañana, ellas comparten y caminan sonrientes por las calles del pueblo. Belú está como hipnotizada con todo, muy contenta y satisfecha con su día. En un momento en el que está algo retirada de su madrastra, levanta su mirada hacia las nubes y exclama:

—¡Wow, que brillante está el día! ¡Hasta el miedo por el sueño de anoche se me quitó, con tanto solazo, ja, ja, ja!

—¿Aah, que decís Belucis, por qué estás allá? Venite para acá pues, mirá, ¿querés una de estas, te gusta? —le muestra de lejos, mientras se mide escapularios, pulseras y cadenas que venden en una esquina de afuera de la parroquia del pueblo.

—¡Noo, que el día está muy hermoso dije yo! —Belú la observa en silencio, con una expresión de incertidumbre. —«¿Será acaso esa la razón?» —con su mirada al azar, como si viera un pájaro volar lentamente hacia el horizonte.

Maru, al verla un poco distante la busca.

—Belucita, ¿Dónde estás, vení, cual de estos te gusta?

La bichita, aún a la distancia, hace como si no la escuchara y sigue enfocada en su objetivo, con su mirada puesta hacia la distancia, se cuestiona:

—«¿Acaso habrá influido el cambio de clima a la Maruja? Se ha levantado con un semblante muy amable, como demasiado amistosa y platicadora.»

Pasan las horas y ellas dos recorren el parque central, entran a tiendas de teléfonos móviles, la Maru promete comprarle uno de esos que son más modernos, también entran a una boutique y compran algo de ropa, caminan por otros puestos donde saborean helados, dulces, galletas, etc.

Pero lo que a Belú sí le encanta y aprovecha al máximo, es ese momento en que entran al puesto de hamburguesas. Ella espera en la mesa y la Maru va y ordena dos, una para cada una. Espera un momento y en cuanto se las entregan, corre hasta los aderezos y salsas, a las dos les pone mostaza, rápido lanza una pizca de un extraño polvo a una de ellas, luego pone un poco de salsa de tomate, con el dedo le mueve un poco y regresa a la mesa.

—Vaya, vaya mi niña y ahora, a comer se ha dicho.

—¡Ay, gracias Maru, gracias! —fascinada ella, da gritos de alegría y agradecimientos a su madrastra por la merienda. —¡Por primera vez he probado las hamburguesas!

—¿Te gustan?

—¡Mmm, yami, ricas!

—¿Ves qué bonito has empezado tu día de fiesta?

—¡Sí Maru, este ha sido el mejor de mis cumpleaños!

Maru Dapson, aún es un poco joven y es muy atractiva, se casó con Maclovio Ciudadano, padre de Belú, hace unos tres años. El viejo, casi le triplica la edad, pero esto a ella no le preocupa, pues le interesa vivir fácil y muy cómoda. Ella siempre ha sido una mujer fría, agresiva y muy fantasiosa, adicta al dinero, pero sobre todo, una tacaña obsesiva. Antes de que se casara con don Maclo, desayunaba recalentados de las cenas de noches anteriores para no gastar en comida, aprovechaba descuentos y ofertas de ropa, usaba siempre gelatina desinfectante en sus manos y tomaba varios tipos de tés para no enfermarse. Todo, con tal de ahorrar dinero en comida, vestuario, salud y transporte. Prefería caminar para no gastar en gasolina o en taxi. Pero desde que llegó a su nueva casa, durante el verano y sus exuberantes días de sol, ella saca unas sábanas y las tiende en la grama del patio trasero, también trae manojos de billetes; verdes, rojos, morados internacionales de cien, de cincuenta, saca joyas, monedas y diamantes, desenrolla manuscritos y los tiende para darles baños de sol. Maruja, es fanática y amiga del licor, por lo que Ciudadano le mandó a construir una bodega muy grande para conservar los mejores vinos y los espíritus importados. Muy a menudo recibe extrañas visitas, con las que hace tratos y celebra hasta el amanecer. El viejo Maclovio ya no causa problemas por esos relajos escandalosos o por los negocios chuecos en los que ella se involucra, pues él está como un vegetal en una silla de ruedas desde hace mucho tiempo atrás. No habla, no se mueve, solo observa en silencio.

Belú, ya casi es una adolescente y definitivamente entiende muy bien quien es Maru y qué hace con sus amistades casi todas las noches. Pero ella ha aprendido a callar y aceptar las cosas tal y como son, pues cada vez que antes ha reclamado, le ha ido muy mal. Las consecuencias han sido amargas como el ajenjo, ardientes como la burbujeante lava. La Maruja es muy estricta y despiadada con la niña, quien se sigue cuestionando en silencio, mientras caminan: «*¿Qué habrá pasado? La Maru ha estado muy alegre, sonriente y amable conmigo?*»

Se han ido de paseo todo el día, disfrutan por largo rato, como grandes amigas.

Después de tantas entradas y salidas por tiendas de juguetes, de helados y restaurantes, un taxi se para al lado de la mujer y toca la bocina. Belú, muy sonriente, entra al auto, junto a ella Maruja, quien la trae de la mano. En unos minutos, ya dentro del vehículo, quizá por el peso de tanta comida y los dulces, la pobre niña cae en un profundo sueño. La Maru, solo la observa y luego sonríe al conductor que la mira desde el retrovisor. Pone una bolsa en las manos de la niña y se retoca sus labios. En el interior de la bolsa acomoda una camiseta, una diadema y una barra de chocolate. Ya estando a unas cuadras de la calle José Cañas, el taxista para el auto y limpia su garganta. La mujer le da un billete de cien y acomoda sus cosas en su cartera y en sus bolsas.

Entre dientes expresa al hombre, mientras pone la mano en la manija de la puerta:

—Quedate con el cambio, ya sabés que hacer —suavemente sale del auto. Consigo lleva solamente sus bolsas, sus accesorios y la ropa que compró.

El hombre acelera el vehículo yéndose lejos del lugar. El tráfico de la ciudad es terrible, pues es fin de semana, la fila es muy larga y los conductores tienen suficiente tiempo hasta para hacer amistad, enemistad o quizá hasta se pueda empezar una relación con el conductor o la conductora del lado, pues cada parada toma como diez minutos de espera. Hace un calor que quizá derrita cualquier carga de hielo cerca en segundos. El ruido de los autos es estridente y desesperante, tanto así que Belú despierta, pero al no ver a su madrastra en el auto, se queda tranquila, en silencio, como si aún durmiese. En una de esas largas paradas, aprovecha la multitud, el bullicio, y en un breve descuido del conductor, inteligente y valientemente sale del auto y se pierde entre la multitud de conductores gritando. Pasan las horas y el misterioso silencio del ambiente nocturno se apodera de todo. La pequeña parece estar cerca de la calle José Cañas; por suerte sigue un poco lúcida y persistente. Mas sin embargo, la traidora noche no entiende más que de crimen, de dolor y violencia. De repente la bendita tranquilidad de esa calle es irrumpida por gritos desesperados:

—¡Ay, noo, déjeme, duele, déjeme, auxilio, aay! —los eufóricos clamores se entremezclan con los severos y fríos aires de la región. —¡No, no me toquen, por favor! —es América Belú Ciudadano quien grita con fervor. —¡No, no, duele mucho, aay!

Maruja Tapilac Dapson, su perversa madrastra, se ha subido a la ventana derecha del segundo piso de su hermosa mansión, para observar desde la distancia las cortadas de aquella despreciable tragedia. Cuando el clamor ya parece más angustiante y fuerte, reacciona muy nerviosa y lentamente empieza a mover su cabeza hacia adentro. Luego, la ventana también se va cerrando al ritmo de los lamentos y alaridos de la inocente cipotía. Ya en el interior de la casa, la mujer, en silencio y con cierto cosquilleo y otros efectos en su conciencia, escucha la caótica situación de la criatura; su clamor y sus esperanzas de ser rescatada. Pero, parece que toda esta situación ya estaba planeada y quizás tenía un alto precio desde hace mucho antes, pues, la mujer ha ofrecido a la inocente Belú a seres del mal, que como lobos con garras sangrientas devoran su ternura, su alegría, su ingenuidad, su humildad y sobre todo, su confianza e inocencia. Los agobiantes alaridos de dolor vuelan sobre la calle José Cañas y los alrededores de la casa número 87 en el pueblo de Dorslava:

—¡Ay, ay, no me hagan esto! —se lamenta. —¡Aléjense, déjeme usted, no sean malos, duele mucho, ay! ¿Por qué, por qué? —grita y grita varias veces, mientras es amargamente violada por criminales en un rincón oscuro de alguna de las casas de esa solitaria calle. Mientras ellos la abusan, la niña desmaya, ellos paran, se la llevan consigo y la vuelven a dejar tirada sobre unos basureros lejos de su hogar.

Como en una pesadilla eterna y amarga, Belú sufre el látigo del abandono, por largos y torturantes días, meses y años lamentando su dolor, llorando con ardor su desprestigiada virginidad. Con poca ropa, hambrienta, sin abrigo, sin un ángel de la guarda, corre sangrando desde el centro de sus piernas por los andenes y las esquinas, lugares que más parecen odiarla y ser parte del festejo en su contra. Ella jamás se esperó todo esto, pero es que tampoco se lo merecía y tampoco se lo merece.

7. TU ALMA DEBE SER LIBRE.

Como un suspiro, lento y agonizante, se pierde el sol entre el paisaje naranja del horizonte y el verde olivo de las montañas lejanas del hermoso pueblo de Dorslava. Llega la friolenta y oscura noche que siempre susurra melancolía por doquier. Ya es el 2017 y la cipotía de la casa Ciudadano sigue triste, muy adolorida y extraviada por las calles. También está muy desorientada, no sabe cómo retomar su camino a casa. Cruza el pueblo de norte a sur y de este a oeste, por cuestas, quebradas, caminos espinosos y calles con fangos profundos. Es que ha caminado por horas y horas. Está cansada, hambrienta, sedienta y con deseos de dormir. En cierto momento se para, se queda quieta frente a una pequeña iglesia y decide acercarse. Cuando está a punto de dar el paso sobre la puerta del sacro lugar, sus ojos se cruzan y solo hace un pequeño ruido leve:
—Aah... —cae al piso sin reaccionar.
El pastor Israel Marsaca es un gran líder en esa región y está a cargo del sagrado lugar que es una dependencia católica. El religioso corre y trae un pañuelito mojado con un poquito de alcohol, se lo pone a un centímetro de su nariz, luego prepara una

horchata de ruda y altamís y se la pone en la boca, ella empieza a reaccionar y pregunta:

—No, pero es que mire, ¿y eso es sopa de pito?

—Je, je, je, no hijita, es una toma de ruda con altamís. El pito da mucho sueño y yo quiero saber qué te pasó.

—Pues, ahorita lo que tengo es hambre, tiene alguna tortilla aunque sea fría, fíjese que ya ni hojas de úcula hay afuera para hacer mis sopitas con agua del chorro.

—Pobre de vos niña, vení, vamos a ver si te podemos ayudar.

El pastor Marsaca, un poco compadecido, le ofrece amparo para la noche. Lástima, al traer la niña adentro, cuando su mujer Dana Churritos la ve, rápido pone condiciones y advierte con cierta frialdad:

—Me debés llamar Pastora Dana Chur, escuchame una vez más, con la R muy bien pronunciada, Churrr.

—Sí señora, como usted diga.

—Va pues, mañana te vas a levantar tempranito a hacer el desayuno para todos, luego vas a lavar los platos y…, y vas a hacer la limpieza.

—Está bien doña Chuuurrr...

—Esperate, esperate, que después te toca ordeñar las cabras, vas a ir a traer leña, después por la tarde vas a atender a la vigilia, y en el retiro de esta noche te vas a convertir en una hija verdadera de la iglesia salvadora.

Belú queda paralizada, anonadada con la larga lista de encargos de la despeinada mujer, su mentón parece caérsele por sí solo del asombro, ella ni siquiera se da cuenta que su boca está abierta, la religiosa la observa.

—¡Y cerrá esa boca, cipota loca!

—¿Aaah? ¡Ya, ya, sí, sí, sí! Gracias Pastora Dana, solo que mire, yo, yo me comprometo a ir a las reuniones y ayudarle en todo lo que usted dijo, ¿pero…, me da un poco de tiempo para bautizarme sí, por favor?

—¡Oh, pero no! ¿Cómo, por qué?

—Lo voy a hacer, lo voy a hacer.

—El señor no quiere perezosos ni cobardes, que sea pronto.

—Sí, sí, claro que muy pronto.

A pesar de no estar muy convencida, la antipática pastora, le permite quedarse. Pero ahí mismo le encarga más tareas:

—Mirá, a partir de ahora mismo, vas a lavar la ropa, y como te dije, mañana vas a ir a hacer muchos mandados… Aah, vas a preparar la comida para toda la familia, ya veremos después en que más nos podés ayudar.

—Sí, sí niña Churri, bueno pues, así lo haré.

Pasan varios días y la exigente Dana no está feliz con Belú en la casa, siempre que la mira cerca se aleja y grita oraciones liberadoras del mal.

—¡Oh, alejate, mal espíritu! ¡Ay, señor, sé mi escudo! —le molesta que la bichita se haya quedado en casa por mandato de su marido, pues ella cree que la niña trae un mal espíritu consigo y que a estos se les debe tratar mal para que se vayan, si no, traen siete demonios y endemonian la casa. Por eso ella, por horas, pasa de esquina en esquina leyendo salmos y lanzando gritos al aire, todos los días.

En cierta ocasión el pastor Marsaca es solicitado para ir a hacer una prédica a otro pueblo, la mujer se queda en la casa, pero antes explica a su marido.

—Mirá Izraeló, esta vez, yo no buir con vos. La Troyita está agripada y todavía está muy chiquita mi niña, no la pienso sacar así a la calle.

—Está bien, hermanita, esposa, mi amor, yo oraré por usted y la niña. —el hombre le da un beso en la frente y se va.

En realidad, todo eso es una actuación de la mujer, porque en cuanto él sale de la casa, rapidito aprovecha para agarrar y encerrar a Belú en una bodega, donde antes ya había puesto muchas velas alrededor de las paredes y luego pone a la bichita en el centro y empieza a gritarle un montón de cosas extrañas:

—¡Shtush almush, shtush almush debe ser librush, rendeos, rendeos ante el señorush, tu alma debe ser libre, librush!

Esto pone muy nerviosa a la bichita.

—¡Yo soy hija de Dios usted!

La mujer, con más súplicas y agonías:

—¡Alelush, alelush, señorush, liberalush de la negachiune, aesh una terrible susurosh dul demoniush!

—¡Déjeme, ve, no, déjeme ir, a mí no me ha zurrado ningún demonio usted! ¿Qué le pasa señora?

La mujer levanta la mano derecha mientras grita, con la otra empuja la cabeza de la cipotía hacia abajo, obligándola a arrodillarse.

—¡Salshu demoniush, salshu, deberush someterush, salshu de estu cuerpush que eshta suciushh!

—¿Qué tiene usted? ¡No, déjeme, suélteme! —Belú logra soltar su mano de la mujer quien no se da cuenta y parece como poseída, sigue orando con los ojos cerrados, tiembla y grita:

—¡Elash ela sacrificiush, tómalush, tomalush!

La niña ya está muy asustada, empieza a temblar, busca la salida, pero no la ve por ningún lado.

—¿Qué, qué, y entonces? —al observar alrededor, le preocupa mucho el fuego activo de las velas por todos lados. —¡Ay, esas llamas casi devoran las paredes viejas de esta casa!

La mujer sigue con sus clamores y llantos de su ritual:

—¡Tómalush, tómalush, tómalush, purificush eshte suciush cuerpush, oh sheñorush!

Ella parece tener pegados sus ojos o quizá, solo disfruta de la ilusión en la que se encuentra. Belú se queda tranquila, la observa por un ratito, luego por la chispa de alegría y la media sonrisa pícara que relumbra, parece que tiene la solución para salir del problema. Sigue observando a la escandalosa mujer con mucha atención:

—¡Mirala ve, parece poseída —baja mucho la voz. —oh, aleluya, aleluya, has que este demonio de una vez huya.

—¡Oh, altishimush sheñursh, liberalush dulo suciusshh de shh bocush, ele cuerpush y de shss pecasshhh!

Al escuchar y ver la euforia de la religiosa, Belú se prepara y se asegura de tener lo necesario consigo, luego empieza a moverse hacia atrás, lo hace al paso de cada sílaba, suavemente proclama:

—Al... —da un paso hacia atrás. —Lel..., —otro paso hacia atrás, —luy...,

—¡Oh sheñorush, oh...! —la mujer grita.

La cipotía se detiene al escucharla.

—¡Oh sheñorush míush, obrush, obrush un eshu cuerpush! —la pastora sigue dando gritos y con sus ojos aún cerrados.

Belú, con voz muy bajita, dando pasos con movimientos muy lentos y cuidadosos hacia atrás:

—¡Oh señor, oh señor amoroso, no permitás que esa loca abra sus embrujados ojos odiosos!

En cuanto observa los ojos cerrados de la eufórica y fanática mujer, aprovecha y se escapa corriendo del lugar y se va por las calles oscuras en busca de su antigua casa.

8. ESPERANDO.

Como dice el caminante: "no es nada placentero recorrer por calles pedregosas, por veredas llenas de espinas venenosas, caminos saturados de minúsculos y cortantes vidrios. Ardientes son los rasguños del clima intolerante, más los animales de rapiña y todo tipo de criatura malintencionada, incluyendo humanos, que usualmente resultan ser los peores enemigos."

Por suerte, después de un tiempo, una tarde cuando ya casi anochece, Belú Ciudadano logra encontrar la calle José Cañas. Llega hasta el frente de su antiguo y hermoso hogar, se para a tan solo unos metros del portón, observa hacia arriba y exclama:

—¿Maruja mala, por qué me has dejado afuera? ¡Ya estoy aquí, abrí la puerta, tramposa! —no hay respuesta alguna y el manto oscuro de la noche ahora se apodera del lugar. —¡Maruja, dejame entrar a mi casa, por favor! —se acerca a otra ventana. —¡Necesito entrar, necesito ayuda! Yo pensaba que vos sí habías cambiado, pero ya veo que no.

Los ruidos nocturnos van aumentando poco a poco; gritos, ladridos de perros a lo lejos, esto es más preocupante para la pobre bichita, quien en cierto momento se pone a llorar por el miedo. Se mueve de un lugar a otro, buscando donde esconderse y dormir un poco. Camina al lado derecho de la calle, a varios metros de la mansión, hasta encontrarse unos cimientos de un pequeño puente como amparo para la noche, ahí se protege de las inclemencias del frío y de criminales callejeros.

La acongojada Belú ha vivido y experimentado en carne propia el cortante látigo del abandono durante mucho tiempo, pero ahora está ahí, frente a su casa por fin, después de más de un año de soportar las garras de la rabiosa calle y su hambre feroz. Con tantos desvelos, la mala alimentación y la soledad, su cuerpo se le agota cada vez más.

Llega el año 2018 y la abandonada Belú está mucho más débil. Alrededor de sus ojos trae marcadas y oscuras ojeras, rasguños de roedores o insectos en su cuerpo, ya no se percibe su sonrisa ahora que vive en la calle por culpa de Maruja su malacate madrastra. Ahí está, decepcionada una vez más, pues parece que no hay nadie, como las veces anteriores. Por hoy decide quedarse cerca, improvisa una pequeña champita, desde ahí sale cada mañana hacia el frente de su antigua casa, limpia la base del poste de una bandera color azul que tiene una flor blanca en el centro.

Por la tarde, suplica y suplica a su madrastra, para que la deje entrar, pero la mujer aún no le responde.

En un momento, el día envejece y agoniza, oscurece el ambiente, ya solo el silencio y la oscuridad son los compañeros en esa misteriosa calle. Con cierto miedo y disconformidad, entristece un poco su tono de voz al observar las nubes y el oscuro manto devorándose la tarde.

—¡Ay, ya se puso oscurito de nuevo! ¿Tan rápido?

Mientras la cipota se queja, Maruja desde la ventana del segundo piso grita al teléfono:

—¡Sí hombre, por eso no te preocupés!

Por la altura de la ventana, Belú no distingue quién es.

—Hola, hola, ¿Maru, sos vos, Maru?

La mujer no la escucha pues está muy enfocada en su llamada telefónica, continúa:

—¡Claro que sí vos! Si te venís para acá, vivirás como un dios en su reino, aquí tendrás lo mejor de lo mejor, ya vas a ver pues.

La mujer tiene una voz muy fuerte que se escucha a muchos metros de distancia.

Abajo, Belú en silencio, muy atenta, observa tratando de reconocer la voz, reflexiona:

—Esa parece ser una de esas tranzeras, negociantes chuecas, de los mismos de siempre, algo está vendiendo, algo está vendiendo —se distrae observando la casa con emoción, sus ojos le brillan al traer memorias y contemplar la hermosura de la fachada, las ventanas y el jardín.

Los gritos de ofertas para vivienda, arriba una vez más:

—Ajá, sí, yo entiendo, pero como sabés, la campaña, los votos para el alcalde, todo eso cuesta bastante.

Al escuchar con mucha atención, Belú parece emocionada.

—¡Ahí está, esa es la Maru en la ventana, ella es la que está en el teléfono!

La mujer, muy enfocada en su conversación, aún no se percata de la presencia de la niña, por lo que sigue con su negocio.

—Bueno, mirá, aquí a tu disposición tendrás una barra bien surtida, un inmenso comedor, un estudio VIP para tus invitados especiales, una tibia piscina, un casino con juegos electrónicos, una galería de arte nudista y en el sótano la habitación de la sirvienta, ja, ja, ja. Sí vos, aquí he tenido como inquilinos al Mauricio Eskaca, Tony Reyes, Sigfrido Funez, vos sabés, los grandes del rebaño, ¡ja, ja, ja!

Belú, desde abajo reacciona asombrada y también un poco incómoda.

—¡Vaya, ahí está, sí, es ella! ¿Pero, qué es esa bulla? —corre hasta el portón de la casa, pues ha escuchado múrmuras y gritos de bandidos que se acercan. —¡Ay no! ¿Otra vez?¡No! —jala y empuja la puerta intentando abrir. —¡Maruja, abrime la puerta, abrime, por favorcito abrí la puerta Marujita!

La mujer desde la ventana derecha del segundo piso:

—¿Ay, vos, aquí, Belú pupú? Uy, alejate de aquí bicha vaga?

—¡Maruja, me engañaste, me dejaste sola en la calle y con un desconocido! Púchica, como sos. ¡Mirá ve, y esos están ahí!

—¿Quiénes están ahí? Ya vas con las mismas mentiras mirá.

—¡Sí, son los mismos de siempre!

—¡Mirá cipota bochinchera, tomá, pero andate ya! —lanza unas monedas por la ventana.

La cipota brinca, busca y recoge, pero insiste:

—¡Maruja, yo lo que quiero es entrar a mi casa, abrí, por favor, por favor!

Se escuchan gritos y alaridos amenazantes, los cuales la distraen. Se queda quieta, observa en silencio y empieza a temblar al ver salir a los pandilleros desde la esquina oscura de la calle.

Ellos, al verla solitaria, la persiguen gritando:

—¡Uy, vení mamita, acomodate pues! Acercate, y poné tu mano aquí ve —se llevan a la niña hasta una quebrada sola, lejos de las casas, ahí la tocan y abusan de ella.

Ella llora y suplica con gritos agonizantes:

—¡No, ya no, por favor, no! —la pobre cipotía grita y grita muy angustiada, a todo pulmón, pero parece que nadie le escucha sus lamentos. —¡No, ya basta, por favor, ya no, ya duele mucho! —mientras ella lucha por soltarse de ellos, sin querer, le da un golpe directamente en su boca a unos de los hombre, quien rapidito sangra y se queda quieto, pues le da exactamente sobre uno de sus dientes más podridos y se lo empuja hacia adentro de su garganta. En lo que el hombre se soba, se queja, ella corre, brinca un cerco, huye rápido y se esconde en unos charrales que están muy cerquita de su antigua casa. Los callejeros siguen su camino, conversando entre gritos, como si fuese de día.

—¡Ja, ja, ja, estuvo rica! ¿Viste Tacuazín?

—¡Ricura papá!

—¡Pero se te escapó maje!

—¡Ah, pero la gozamos!

—No pues sí, es que somos la mayoría calificada homie.

—¡Hey, puta perro, como que nos cayó bien la lavada de patas que nos dio el curita Cilindros

—¡Je, je, je, simón ese, la gozamos!

Después de unos veinte minutos, Belú sale llorando, pero va y recoge unas últimas monedas de las que lanzó Maruja por la ventana, luego empieza a caminar hacia su champita. Eso sí, triste, con lágrimas y mocos en el rostro.

Esa malandra madrastra la observa desde la ventana del centro en el segundo piso y con voz piadosa se lamenta:

—¡Oh, pobre, se ve que no la estás pasando nada bien ahí afuera, Belucita! Lo siento.

La niña voltea, levanta su mirada con un toque de esperanza y cierto brillo en sus ojos y corre hacia el portón de nuevo.

—Sí Maruja, me han hecho mucho mal, duele mucho, ¡ya no aguanto más! —se asegura que los hombres ya no estén en la calle y saca la toallita mojada del balde de plástico con la que limpia la base de la bandera.

La Madrastra desde arriba, con un tono de insatisfacción:

—¡Uy vos, que fea te ves, muy flaca cipota, tenés que comer más, estás muy pechita, ay no!

—Yo sé, tengo hambre, ¡por eso, por favor, dejame entrar!

—Sí, no te ves nada bien.

Belú manifiesta un poco de emoción en su voz.

—No me siento nada bien Maruja —se acerca al portón del centro, mirando hacia arriba, esperando escuchar algo favorable.

—¡Ay, lo siento niña, pobrecita, pero ya! —entra y cierra la ventana.

Sin embargo la bichita, ahí abajo, con entusiasmo en su rostro, sus ojos alegres y llenos de brillo.

—¡Gracias Marujita! Sabía que no eras mala! —desde el portón, con frío, se restriega las palmas de sus manos y las une para lanzar su tibio aliento y calentarse un poco.

Ella aún tiene la esperanza de entrar, pero nadie abre.

—¡Vamos mujer, estoy esperando, no me siento nada bien!

—¿Aah? —Maruja, ahora desde el otro lado del portón principal. —¿Esperás qué? ¡Ja, ja, ja!

—¡Púchica, te estoy esperando a vos Maruja! ¡Gracias, muchas gracias!

—¿Gracias, y gracias por qué vos, pero, qué hacés ahí?

—¿Maruja?

—¿Que sí qué hacés ahí te pregunté?

—¿Maruja? ¡Esperando a que abrás!

—¡Ja, ja, ja, no Belú, no seas tonta, necia!

—¡Sí, sí, por favor, por favor, vos dijiste que no me hace bien estar aquí, abrí la puerta, ¿sí? ¿Por favor?

—¡Ay testaruda, claro, dije que no te hace bien estar ahí, alrededor de la casa! Esperáme ahí pues —se mete, pero rápido regresa con un balde lleno de agua caliente y le lanza. —¡Largo, fuera de aquí, ya no hay nada para vos aquí!

—¡Ay, ay, eso arde! ¿Por qué sos así de cruel, mujer mala?

—Te he dicho muchas veces, ¡andate a otro lugar con esa tu mala energía! —lanza con fuerza las puertas interiores del portón.

—¡No, por favor, no! No me dejés aquí, solita, ya no, sin mi hogar no. —la pobre niña Ciudadano regresa llorando hacia la calle, con lágrimas en sus ojos, mira hacia su antigua casa y camina hasta la base de la bandera. Ella da unos suaves golpes en el balde de plástico, luego se

queda dormida al lado del emblemático
símbolo patrio.

9. RAPSODIA.

Es triste la vida de los inocentes sin amparo, como Belú. Es una jornada muy pesada, ardiente, muy confusa. Ya son los días finales del verano del mismo año 2018 y la niña sigue cansada, débil, con heridas y callos en sus pies. Corre sus días de un lado a otro por los rincones del pueblo, luchando para poder comer algo. Por las noches se va hasta su improvisada champita, que con el uso de bolsas de plástico, ramas secas y de cartón ha ido mejorando con el tiempo. Desde ahí, puede escuchar y observar más claro la situación en su antigua casa. No ha sido nada fácil para ella, vagar por meses y años, a merced de la calle. En una de esas horas tardías en abandono, ella, ya muy frágil, cansada y vulnerable, decide recostarse un momento y en segundos se queda dormida. Mientras tanto arriba, Maruja, como siempre, continúa enfiestada y con la música a todo volumen. Ahora tiene varios invitados, entre estos: empresarios, líderes religiosos y políticos locales. Se asoma por la ventana del centro de la planta dos y ve a Belú tranquilamente dormida.

En el instante corre y trae un megáfono, sacando su cabeza por la ventana:

—¡Booo!

—¡Uy, ay, no! ¿Qué es? ¡Pará, pará ya! —Belú despierta confundida por el estridente ruido, es tan escandaloso que la hace delirar. —¡No, no, madre mía, pará!

—¡Ya te vi, ya te vi la tutumústa puñetera, mirá donde te metés ve! —el escándalo de Maruja desde arriba, hace temblar a la cipota, el corazón le brinca tan rápido por el susto que casi se le sale del pecho.

—Maruja, otra vez me asustaste, ¿me vas a abrir la puerta? Tengo hambre, mucha sed y quiero ver la foto de mamita.

—¿Tu mamita? ¡Tu mamita soy yo, necia!

—¡No, Maruja! Yo no soy tu hija, yo ya tengo una madre.

—¡Niña malcriada, respetá! Soy la dueña de esta casa y aquí se hace lo que yo digo, ¿querés ver los papeles de la boda, ah? Ya no sigas jodiendo, me vas a encachimbar Belú.

La mujer toma un cinturón y se lo muestra:

—¿Ah? ¡No, no! —Belú rapidito corre, aterrorizada —¡No, no me hagas nada mamá Maruja, no me pegués, no me pegués, por favor, no, me portaré bien!¿Sí?

—¡Que te callés te dije, burra! —Maruja mete su cabeza, cierra la ventana y baja corriendo al portón. —¡Ya rebalsaste mi paciencia, demasiado condescendiente he sido con vos! ¿Chicos, chicos, dónde están? ¡Saquen los nenes!

De un lado de la casa salen dos fuertes hombres con dos monstruosos perros que gruñen, tienen grandes dientes, cadenas, pulseras con puntas afiladas y tatuajes en sus cuerpos.

Belú, muy nerviosa, corre de un lado a otro.

—¡No, Maruja, por favor, ay no, no me hagás esto!

Desde el portón, Maruja lanza fuertes ladridos y luego cierra. Los perros reaccionan al escucharla, repiten los ladridos y corren hacia Belú, la mujer grita desde la ventana:

—¡Atrápenla!

Belú corre entre troncos y árboles, huyendo de los perros.

Su voz suena bastante temblorosa:

—¡Deciles que paren, que paren, deciles Maruja! —una lágrima rueda por su mejilla derecha. La mujer al ver los perros venir con velocidad hacia la niña, rápido cierra y reaparece, muy asombrada, por el portón del primer piso. Mira a la distancia y exclama:

—¿Ah, ah, qué diablos es eso que brilla ahí? ¡Oh no! ¿Qué es eso? —muy impactada por un espectro de luces de colores que se ha formado al lado derecho de la calle. Belú aún no se da cuenta de las luces y piensa que su asombro es solo otra mala broma de su negligente madrastra.

—¿Por qué Maruja? —atemorizada corre y mientras la mira cuestiona —¿Por qué me hacés esto?

Maruja, sin prestar mucha atención, grita muy interesada en las luces al otro lado de la casa.

—¡Muy extraño! Son como franjas de muchos colores, eso es humo, no, electricidad! Ay, van formando algo ahí, en el aire.

—¡Por favor, Maruja ya, poné quietos a estos animales!

—¡Aah, vos, callate! ¡Ustedes, vayan para allá, holgazanes! —dirigiéndose a los animales, —que vayan hasta la luz, ¡sí, esa luz! ¿Qué es eso?

Un fuerte ventarrón, de repente levanta hojas y polvo en ese extremo de la calle, los perros gruñen alborotados.

Maruja ladra muy fuerte nuevamente, mientras Belú muy asustada corre y brinca.

—¡No Marujita, no los ajotés, me van a morder! —los chuchos se aproximan muy rápido hacia ella, pero de repente se quedan quietos a un par de metros de distancia.

Los dos monstruos advierten algo con sus feroces gruñidos desde lejos como si la quisieran asustar, pero en un momento parecen entender y repiten todas las órdenes de su ama Maruja, quien no para de ladrar.

—¡Vayan, vayan perros tontos, vean que es lo que hay por ahí! —las bestias se vuelven a distraer por el olor o la figura de la niña, quien también se está anonadada al ver la colorida masa llena de vida que se ha formado de aquellos delgados rayos.

¡Hey, wow! —se distrae viendo las hojas volar. —¿Colores, rayos? ¡Híjole! —de repente, se descubre rodeada por los perros. —¿Ah? ¡Oh! —Maruja, muy confundida y temblorosa del cuerpo, se esconde detrás del portón y grita:

—¡Vayan, vayan, babosadas, sirvan para algo más que comer!

Los monstruosos chuchos, de nuevo amenazan con gruñidos y movimientos a Belú, quien intenta calmar su furia de una manera pacífica, les habla con un tono muy bajo y sutil:

—Tranquilos perritos bonitos, no hay nada personal, todo está bien, ¿sí? Ay, son muy bonitos...

—¡Oh, no! —un grito fuerte desde la ventana derecha del segundo piso. —¡Está mirando hacia aquí! ¿Y la policía, y la policía? —Maruja, más asustada que nunca, observa y habla al parlante del teléfono.

—¡Sí, oficial Avidal Miguna, vengan ya, pero ya, si usted viera, increíble! —se queda quieta viendo por la ventana.

Mientras tanto, al lado izquierdo de la calle, desde el espectro de luces de colores, aparece una hermosa mujer con un traje brillante, creado con algún tipo de piedras preciosas. Parece ser una gran guerrera espacial o de otro mundo. Es muy alta, fuerte, de ágiles movimientos, en su mano derecha sostiene una vara muy delgada con un diamante pegado en la punta que parece una pequeña antorcha. De este sale un rayo que a la distancia se convierte en una fina red color plateada para atrapar cualquier objetivo. En su cintura, una poderosa faja rodeada de símbolos musicales, como armas para momentos de pelea. Se acerca a los hombres con los perros y exclama:

—*¡Detengan esos muchachos,*
muy fuerte, muy fuerte!
Tienen filo en sus dientes
¡Son fieles y muerden!

Los hombres sueltan los perros, pero ella brinca sobre estos y desde arriba se escucha la armoniosa voz una vez más:

—*Oh vaya, hombres listos,*
siguiendo el algoritmo
Muy rápidos y fríos,

hijos de la mentira.

Ellos la intentan atrapar, pero la fuerte mujer los enfrenta. Da un brinco muy alto, cae cerca del portón principal de la casa y lo golpea muy fuerte, lo cual provoca ciertos gritos y quejidos en el interior. Es que ahí adentro del largo salón, allá, muy al fondo, está Maruja, quien se ha ido a esconder. Ahí, corre atemorizada, se jala sus pelos, tiembla, tartamudea al hablar:

—¿Qui... quién, qué... qué, y vo... vu..., vos? —desde adentro se le escucha quejarse y casi llorar, está temblando de miedo, pero aun así no se quiere perder nada de la extraña situación. Ella sigue en el fondo entre un montón de cajas y tablas de madera. Pero de repente, desde una oscura esquina de la pared de atrás, entre las sombras, asoma una porción de su rostro que solo muestra una pequeña parte de su ojo izquierdo, desde ahí pregunta: —¿Quién sos vos? ¿Quién diablos sos? —corre y se asegura que el portón esté bien cerrado y revisa la chapa, confirma que el candado esté bien puesto en la cadena de arriba y el de la cadena de abajo, luego pone una maya de metal en el interior y rápido también le coloca otra cadena, exclama: —Ve, yo..., yo no tet, yo no te tengo miedo, yo no... ¿Qué es lo que querés aquí? —luego se dirige a los hombres afuera, escondidos a un lado del patio. —¡Ustedes, buenos para nada, atrápenla!

La fuerte muchacha levanta su vara mágica, y en la punta del diamante aparece un color azul fosforescente, luego blanco resplandeciente, y así vuelve a aparecer el azul, hasta que los dos empiezan a girar y girar y sale un rayo, del que se forma la malla plateada en el aire con la que amarra los hombres.

La poderosa mujer se acerca al portón, Maruja al verla desde adentro vuelve a preguntar un poco más tranquila:

—¿Qué es lo que querés, decime por favor?

—*¡Shh, shh, te quiero!*

—¿Aah? —ella se asombra, y con sus manos rápido se arregla su pelo y se limpia la grasa de su cara —Hm, yo, yo tam... —hace una breve pausa, pero rápido reacciona, con fuerte voz. —¿No, qué decís, qué digo? —ella grita desde adentro del salón de la casa y la hermosa guerrera la mira y le lanza miradas románticas desde la calle, luego se acerca poco a poco y con un tono bastante sutil exclama:

—*Te quiero, ya, ya,*
sabes que te quiero.

—Haaa, que bonito, yo tam...

—*Sí, te quiero,*
ya, ya, ra ya.

—¡Hay, que lindo!

Ya el tono de la voz de Maruja suena débil y sin autoridad propia, está como hipnotizada. Pero la voz de la fuerte muchacha interrumpe:

—*¡Te quiero ya, ya!*
¡Ya, yara, ya, ya!
Fuera de esta casa,
ya ya, ra ya ya ya
Fuera de esa casa,
ya ya rayas.

—¡No! ¿Yaa? —decepcionada corre hacia adentro y sigue gritando: —¿Por qué, por qué siempre me pasa a mí? Siempre quise parecerme a una mujer como esa, he dado tanto y sin lograrlo.

En ese preciso momento Belú se deja ver desde su escondite detrás de la base de la bandera y da unos pasos hacia el patio de la casa. Ella está sorprendida por lo que observa, incluso sale de su champita y se acerca a ver y exclama:

—¡Wow, que veloz, que voz! ¿Quién es? ¡Es muy hermosa y
fuerte! No, pero debe ser peligrosa o yo no sé. Pero, es que también se me hace muy familiar.

Maruja, con un trago en la mano y ahora desde la ventana derecha del segundo piso.

—¡Perros, sigan ladrando! ¿Quién les dijo que pararan?

Los animales se mueven y buscan, pero de repente empiezan a atacarse entre sí, por algo que encuentran en el piso. Sin embargo, la extraña guerrera sigue con su particular forma de decir las cosas, desde lejos les ordena:

—*¡Porras, purris, perros,*
Sin más trampas, quietos.
Calmaditos, rorros!
Animalitos prietos.

—¡Qué voz, qué tremenda altura! —con su boca abierta Belú,

ante los armoniosos sonidos de las palabras, luego se va hacia el lado derecho del andén de la casa, diagonal con el sitio en el patio, donde la supermujer, revisa los dientes, la boca, las orejas, el cuerpo y las manos de los animales y expresa:

—*¡Siempre hay una forma, siempre hay otra forma!*

—¿Ah, qué, qué dijo? Hay qué extraña muchacha, pero es bien futurista —da unos pasos lentos, vuelve su mirada a la dama poderosa, con curiosidad: —cuando venía más lejitos se miraba como de unos cuarenta años.

La mujer interpreta desde varios metros de distancia.

—*No es lo que brilla*
en la capa o en el cuerpo.

Es lo que hay en los corazones
El tiempo y la edad son ilusiones
—¿Ah, qué, qué dijo? Ella viene muy lejos todavía —la super muchacha se acerca cada vez más. —¡Uy, hoy parece como de veinte! ¿Quizá es el color de su pelo, o su sonrisa?
—*Puedo escuchar*
tus pensamientos,
soy la respuesta
a tu pregunta.
Yo casi siempre
me aparezco
entre las eras
y sus grutas
como una joven,
quizás vieja,
un caminante
sin su ruta...
Pero en el momento justo,
con sonrisas elocuentes,
siempre buza, caperuza,
ahora aprenderás mucho.
—¡Hey, uy, ay, ahí perdone oye, usted! La guerrera se acerca con una notoria sonrisa, muy suave soba la corona de Belú y le cierra un ojo.
—*¡Soy la Rapsodia,*
el canto del nómada,
aventuras y memorias
que cruzan bajo el seol!

La niña se queda en silencio y muy atenta, mientras la fuerte guerrera retoma su juego con los caninos.

—*Chala, la, la, laila, la, la, la.*
Chala, la, la, laila, la, la, la.
Huélanse el trasero entre sí,
huélanse el trasero pero no el pipí.
Huélanse el trasero entre sí,
huélanse el trasero pero no el pipí.

Mientras interpreta, la interesante mujer también masajea las orejas y el cuello de los animales. Sin embargo, desde lejitos, otras le observan cada uno de sus movimientos, con mucha atención, es Maruja desde la ventana de arriba y la Belú desde abajo, donde ahora parece estar muy entretenida al escuchar los cantos de Rapsodia.

—¿Qué, cómo?¡Jaa! ¿cómo fue que les dijo? ¡Ja, ja, ja!

Desde adentro de la casa, emergen fuertes gritos de nuevo:

—¿Aah, pero cómo se atreve? ¡Vaya, ahora otra! —es Maruja, desde el portón del frente. —¿Oh, quién es? ¿Vos, quién sos? ¿Por qué haces eso a mis nenes?

Rapsodia mira directo a los ojos de los perros, y suavemente los toma del cuello.

—*No más bandido camarada,*
ya no eres perra republicana.

—¡Uy, cuidado, esos perros aún están inquietos usted! —Belú grita desde lejos, le parece increíble ver como Rapsodia controla las furiosas bestias con su maravillosa voz, pues todo lo va arreglando con sus canciones.

—*El silencio es para dormir,*
un tranquilo viaje sin fin.
Al conteo del uno al mil,
sentirán suculenta paz,
probarán lo que es ser feliz,
y tendrán tiempo para sonreír.

Los perros se quedan tranquilos y Maruja se encierra una vez más. Belú sigue viendo cada movimiento, en silencio escucha como la bien entonada voz de la guerrera instruye a los caninos mientras invade el ambiente:

—*Ahora duerman, duerman,*
paren la delincuencia.
Duerman, duerman,
aléjense de problemas.

—¿Qué? ¡Se han dormido! ¡Tengo miedo! ¿Qué clase de brujerías son esas? Mejor me voy, —la niña sale gritando y corriendo de su escondite y se dirige a su antigua casa.

—Hey Maruja, Marujita, abrí por favor, abrí que tengo miedo.

La malvada mujer desde adentro grita:

—¡Silencio, fuera de aquí! —camina de un lado a otro, temblando de miedo, pero se mueve de forma muy maliciosa allá en el fondo del salón, y sigue murmurando: —Muy mal, muy mal, ¡largo, salvajes!

En ese momento aparece Rapsodia frente al portón.

—*La Maruja, bruja pendenciera,*
mentirosa, tramposa y mala gente,
una corrupta toda la vida entera.

—También está muy enferma de la mente. —exclama Belú y sigue como en forma de canto desde la base de la bandera.

—*¡Cuidado, cuidado!*
Ella tiene amigos muy malos,
Corruptos, vagos policías,
También tramposos abogados.

Rapsodia sonríe y responde:

—*Claro, y también están,*
el señor sacerdote
y los profesores,
¡Todos criminales!

Arriba, por la ventana, se escucha el sonido de monedas, Belú reacciona:

—¡Malos y corruptos!

Rapsodia, rápido la sigue:

—*Siempre han tenido*
corazones de piedra,
son unos bandidos,
matan por bolsas negras,
dejando al pueblo vacío.

Las dos se mueven al poste representante de la patria, la cipota sigue acompañando a la muchacha con las canciones:

—*Caen, caen y llevan recompensas.*
Por eso ahora, ellos siempre tienen fiestas,
ahí se intercambian esas bolsitas negras,
seres sin alma, corruptos sinvergüenzas.

El sonido de las monedas aumenta, pues alguien las sacude y lanzan algunas por la ventana, desde donde sale el grito:

—¡Juta, cómo son de falsas! —es Maruja quien reniega y se asoma por la ventana —¡chambrosas, puñeteras las dos! —al ver a la fuerte Rapsodia —¿Bueno y vos, quién sos?

—*Todo tiene su principio y su final*
Maruja de la burbuja, la reina del tamal.

—¿Hey por qué me hablás así? Como yo no te conozco voy a tener que llamar a la policía para que te lleven arrestada.

Belú, no puede contenerse, suelta una intensa risa y se esconde de nuevo al ver la reacción de la mujer.

Rapsodia sigue celebrando a Maruja:

—*¡Aplausos para ella por favor,*
aplausos para Maruja por favor!

La asombrada mujer, desde adentro con un miserable rostro de yo no fui y con un tono resentido en la voz.

—Es que sin conocerme venís acusándome de cosas, igual que la otra bicha bandida esa, ¿qué se hizo? Bueno, yo tranquila, el que nada teme, nada debe —se marcha hacia adentro de nuevo, mientras la guerrera muchacha sigue con sus armonías:

—*¡Aplausos para ella por favor,*
aplausos para Maruja por favor!

Belú sale corriendo muy rápido, sujeta y sacude muy fuerte el portón, luego grita:

—Maruja, regresá, por favor regresá —el grito se escucha por toda la solitaria calle. —¡Necesito entrar, tengo hambre!

Rapsodia interviene, se le acerca y dobla sus fuertes rodillas, luego solicita:

—*¡Tranquila, muchacha tranquilita!*
Estoy aquí para lo que necesitas.
¡Tranquila, muchacha tranquilita!
Estoy aquí para lo que necesitas.

—¡No, no, yo debo entrar!

—Ven, no tengas miedo. —Rapsodia, al ver el estado emocional de Belú, se acerca a ella y suavemente pone una mano sobre su pelo, la observa, luego pasa la otra por su mentón.

—¡Hey, me estás tocando!

—*Sí, perdona tú Belú,*
quiero ver tus pupilas,
ver tus ojos,
te veo ojeras y rasguños,
vente vámonos de aquí.

—¡Que no! —renuentemente, la bichita insiste en quedarse ahí mismo: —¡Tengo que entrar, necesito entrar a mi casa!

—*Eso es algo que se puede hacer después,*
Hoy es importante tu energía, que estés bien,
limpiar tu cuerpo y tu mente del dolor
que tanto ha lastimado a tu corazoncito.

—¡Que no, que debo buscar la foto de mamita! Yo quiero hablar con ella, para que me diga dónde encontrarla!

La guerrera interpreta de nuevo:

—*Ya estoy aquí y buscaremos,*
con suficiente amor la encontraremos.

—¿Pero, vos, de dónde has salido? —la pequeña sigue sorprendida. —Sos bien extraña, ¿qué es eso en lo que has llegado? ¿Para qué has venido aquí?

Rapsodia, muy atenta la escucha, en un momento expresa:

—*Entiendo, yo seré lo que tú quieres*
Pero todos poseemos poderes.

—¿Ah? ¡No me digás! ¿Sos de esos extraterrestres que dicen? ¿Qué poderes?

—*Poderes de los dioses, venimos de los dioses, la magia de los dioses, los dioses del amor.*

La hermosa Rapsodia aplasta sus dos manos en el aire, como si matara una mosca, en cuanto las abre aparece una pupusa en una de las palmas. —Toma.

—¡Wow, que rico, ah, ya sé, sos un ángel! Porque saliste de ahí, yo te vi, ahí, donde se veían esas luces.

La muchacha empuja su mano hacia su boca y sugiere:

—*Come Belú, come, es de loroco.*

Come, aunque sea un poco.

—¿Ahh? Mm... Mmm... —mastica. —Mmuam, muam ¡Amm, yami! Rico, muy bueno, ¿quién sos vos? ¿Qué hacés aquí, para qué? ¡Mirá, has hecho aparecer una rica pupusa vegetariana!

—*Busca,*

busca tus propios poderes,

busca todo eso que quieres.

Buscalo ahora que puedes,

en lo profundo lo tienes.

Vente vámonos de aquí.

—Pero, pero es que esos bandidos están en mi casa y mi papá también está ahí adentro.

—*Papá está ahí adentro, pero él no es inocente.*

Se ha casado dos veces con jóvenes mujeres.

Cuidado, cuidado, ellos planean lo malo, con tus padres empezaron, van por tu casa y tú.

—Jmmm... ¿Más mal de lo que ya me han hecho? Al escuchar esto, la joven guerrera se le acerca y cariñosamente la abraza.

—*Yo sé mi vida, lo sé, la historia es muy antigua.*

Maruja y sus secuaces, son aves de rapiña.

—¿Viste, viste? No, yo mejor voy a ver como entro, hasta saber qué pasó con mi mamita.

—*Ven mi niña, vámonos en este vuelo,*
veremos con más claridad la vida.

—¡No, yo quiero saber dónde está mi mamá!

—*Entonces ven, vamos, vamos por las sonrisas.*

Vamos por los caminos, vamos por tu mamita.

—¡Sí, sí!

—*Toma, toma.* —saca una estatua de un caballito negro.

—¡Toma este caballito!

Toma, tómalo,
vamos a ver el abismo.

—¿Pero, qué es esto? ¡Un caballo de juguete! No jugués así, no es el momento, ¿acaso te estás burlando?

—*No Belú, no, no,*
jamás lo haría contigo,
vamos tómalo con amor,
Memorus sabe el camino.

—¿Aah, Memorus? —la niña toma la estatuilla y la observa, mientras la muchacha continúa:

—*Te traerá buena suerte,*
te llevará hasta tu madre,

también quizá quiera verte,
vete y respira otros aires.
Belú observa y lentamente toca los pies del animalito, su cuello y sus crines.

—¡Es hermoso! ¿Cómo es especial? ¿Y dónde te lo hallaste? —sigue sobando el cuerpecito del objeto, a este súbitamente se le encienden diminutas figuras y letras de colores en el cuerpo.

La armoniosa voz de Rapsodia irrumpe sutilmente de nuevo:

—*Mil novecientos treinta*
Cuando cayeron estrellas.

—¡Wow, mirá! —Belú voltea muy curiosa hacia ella. —¿Dijiste mil novecientos treinta?

—*Sí,*
mis padres me contaron,
que el señor era chaparro
con bigotillo bonito
y sombrero negro de lana.
Traía flores hermosas
y este caballo en sus manos,
ahí puso todo en la puerta
Pero antes dejó una nota.

"Feliz año nuevo, lleno de amor para la más bella, eres un regalo de dios, eres alma del cielo, llegaste del más allá.
¡Ahora disfruta tu tiempo!"

Belú escucha, pero también está pendiente de los cambios del caballito, al ver las luces y oír los sonidos se asombra:

—¿Qué cosa es eso? ¿Qué son esos shurutíos encendidos? ¡Números, letras de colores, uy, qué extraño es este voladito!

—*Tranquila, tranquila, que pronto verás*
otras cosas de la vida, así entenderás,
lo que antes no entendías y ahora ya sabrás
el sentido de tu vida y regresarás para ganar.

—¿Qué, qué, y eso?

—*Tú y yo, una sola tú y yo.*
La tarea está en tus manos.
Salvar la civilización.
Con honestidad y mucho amor.

—¡Pjua, ja, ja! ¿Ves, ya vas con tus bromas? ¡No hombre, ya te dije, ahorita no jugués! —mientras conversa, Belú también desliza sus manos sobre Memorus, que súbitamente se agranda y hace ruidos agudos y extraños. —¿Ah? ¡Uy! ¿Qué es? ¡Qué hermoso y gigantesco! —el caballo rápido se levanta por el aire. —¡Muy bonito caballito, hermoso y tranquilito!

Rapsodia, dulcemente sonríe, la observa con sutileza y con un cierto misterio.

—*Belú, el tiempo tiene sorpresas.*
Vamos, ya vuela,
vete a viajar por las eras.

La mujer la toma de la cintura, y estando ella aún desmontada, la acomoda sobre las espaldas de Memorus, que rebuzna y se sacude. Belú sostiene muy fuerte la cadena de oro del animal, es la primera vez que monta un caballo, está muy nerviosa.

—¡Wow, su mirada de lealtad lanza amor y humildad! —una vez más el caballo se sacude y se levanta con ella a sus espaldas, grita como nunca: —¡Aaay, no, pará, pará! ¿Qué es, qué es? ¡No, no, muchacha! ¿Qué sucede, qué es lo que pasa?

Belú Ciudadano y el caballo Memorus se pierden en una acumulación de colores y rayos que forman una ruptura en el espacio sideral.

10. *POR EL DESVÍO DEL TOROGÓZ.*

La mañana en el campo aún sigue media empapada por la tormenta de anoche que derramó frescas bendiciones del cielo. Sin embargo, todo mantiene su honorable gracia y ahora el ambiente está mucho más limpio, con arco iris, mucho brillo y lleno de vida. Se respira una brisa tranquila desde temprano en la pequeña villa de Cuscatla. Ahí se conservan las más frescas y fértiles tierras. Desde la cima de una montaña se disfruta el paradisíaco paisaje dibujado por Dios, entre las espesas y benditas tierras. Casi siempre amanece bien clarito en esas coloridas praderas que alimentan con entusiasmo al abundante ganado, a los finos y fuertes caballos, también hay espacio para cabros y animales silvestres.

La región está compuesta por humildes campesinos que habitan en champitas, hechas con zacate, con piedras, con barro, chiriviscos y cal, con todo esto le dan el rústico color y presencia a la colorida Cuscatla. Alrededor de esos escasos ranchitos, champitas y casuchas, también hay cafetales y milpas, pero también hay unas cuantas fincas, entre estas, una muy particular, en la que su casa principal provoca curiosidad y quizá hasta suspenso. Este misterioso y resguardado lugar está rodeado por murallas de grandes piedras afiladas, las paredes de la casa, repelladas con tierra blanca, caca de vaca y arenilla del río. Al frente, en el centro tiene una macheteada puerta de madera, celosías con figuras de flores y cuadros, en el lado derecho de la pared una ventana. El techo aún está muy firme, se mira bien nítido y nuevecito siempre, con un atractivo color naranja en sus tejas. Lo interesante y misterioso de esa casa, es que la pared del frente está manchada con pringas de sangre por varios lados, y el suelo expone quebrantados huesos y restos humanos entre arbustos y piedras.

Una cuestecita por la parte trasera, al lado derecho de la casa, y a unos cien metros de distancia una delgada y pedregosa vereda, desde donde se escucha un pregonar:

—¡Carbón, carboncito,

llegó su carbón! —es Arnulfo, acompañado por su amigo Genaro, dos campesinos que bajan cargando sacos llenos de piedras negras desde el volcán. Visten ropas de mantas, chanclas de hule y sombrero de tulle. Arnulfo es el más alto y delgado, pero tiene una voz poderosa y retumbante, con la que sigue y anuncia al azar:

—¡*Carbón, Carbón,*
su carboncito llegó,
venga ujte señora mía,
compre ya su carbón.

Genaro, el otro hombre, pero chaparrito, también pregona:

—*Compre, su carboncito,*
suj señorita y patronjito.
Venga ujte no se agüite puej,
que pa todos da nuestro diojito, hombé.

Mientras Genaro lanza sus gritos al aire sobre la cuesta, algo sucede a la distancia.

Antecitos de llegar a la casa con sangre, un fuerte viento provoca un remolino, de donde emerge un desesperado grito:

—¡Heey! ¿Aaah?

Los gritos llegan desde unas extrañas luces y delgados rayos de colores que crean un inmenso portal, que rapidito aparece y en segundos desaparece, dejando a una niña y su caballo que también se desintegra.

Ella pregunta:

—¿Ay, pero qué pasó? ¿Y la mujer, mi casa, la Maruja? —observa a su alrededor, pero no identifica nada de lo que ve. Todo le parece extraño —¿dónde, dónde estoy? Esta no es la José Cañas, ¡qué extraño lugar!

Es la valiente Belú Ciudadano, quien súbitamente ha traspasado el fantástico espectro sobre su caballo Memorus. Juntos han irrumpido las líneas del tiempo y el espacio, apareciendo justamente sobre la cuestecita entre los hombres del carbón con la casa manchada.

Empieza a caminar y decide explorar un poco:

—¡Ay, pero es que no puede ser! ¿Qué es esta locura? —sorprendida y muy confundida aun no entiende nada de lo que sucede.

—¡Esto no puede ser! ¿Qué es lo que pasó, cómo fue que llegué hasta aquí?

La voz de Genaro, uno de los hombres que bajan del volcán la distrae:

—¡Paisanos y amigos fraternos, el tiempo ej una ilujión va, pero no dejen pa mañana lo que puede hajer hoy hombé!

Belú rápido los busca con la mirada pues le llama la atención lo que dijo:

—¿Aah, el tiempo, una ilusión?

—¡Sí puej, pero mire, le traigo también su carboncito de chaperno! —luego lanza un grito más fuerte en cuanto ve a Belú caminar fuera del portal que se va desintegrando poco a poco. —¡Yahouya, houya!

—¿Aah? ¡Igualito que un vaquero le hizo! —asombrada y sonriente ella, atraída por el grito que fue prolongado y fuerte.

El otro hombre, Arnulfo también empieza con su propaganda:

—¡Qué bonito es lo bonito, también traigo de Copinol señorita!

Ella lo observa, con mucho asombro y entusiasmo exclama:

—¿Ooh? ¡Wow, sí que vierten lumbres de amor! —sigue muy atenta a los sonidos folclóricos, mientras tanto los hombres se van entonando un hermoso tema en su recorrido:

—Sí mi señor, es buen carbón.

Cómprelo ujte, de nacascol.

—¡Hey, hey usted señor, yo! —los ojos de Belú brillan disfrutando del canto de los hombres del carbón. —¡Yo conozco esa canción! Traen carboncito del bueno.

Arnulfo se detiene y advierte:

—Niña, niña, no vaya ujte a subir allí, por ese camino hacia arriba, ¿oye?

—¡Sí, no suba por ahí! —Genaro repite.

Arnulfo sigue explicando a Belú:

—¡Causa que por el desvío del torogój, hay muchos hombrej bien tilintej ahorcadoj, hay un montón de paloj que tienen cuerpoj guindaoj en sus rámaj!

—¡Sí, es cierto, ahí están guindados!

—¡Tshhu tshu, callate hombre vos, Genaró!

—¡Oh, no! ¿Pero...? —Belú interrumpe muy preocupada y con voz temblorosa y con mucho susto —¿Pero qué les pasó, por qué?

—¡Ay niña, si ujte supiera, esa mortandad la miro todos los días! —responde Genaro, pero en ese momento, Arnulfo se va discutiendo con él, desmintiéndolo.

—¡Cómo soj mentirojo Genaró! Mirá ve, voj solo estáj repitiendo lo que yo digo, jodido.

—¡Pero si yo loj he vijto dende antes que voj Nulfó!

—¡Oite ve! ¿Que vaj andar viendo voj hombé?

Ahí se van, reclamándose el uno al otro, mientras recorren las veredas y matorrales del lugar.

Genaro insiste:

—¡Toditoj loj díaj miro la tendalada de gente guindada en pelota, uta, si voj viera, algunoj hajta loj dejan pataj arriba!

—Pues sí, como sella, pero lo que yo te digo ej que yo loj he vijto dende antes que voj.

—¿A qué no? Por ejta, mirá ve —rápido hace la señal de la cruz, jurando que él los vio primero.

Belú sube a paso lento la cuesta, los observa, tiembla un poco, al escucharlos hablar mientras bajan.

—¡Huy, esos maitritos de verdad han visto algo feo en ese lugar que dicen, el Torogóz, ay no! —corre hacia la punta de la cuesta mirando para todos lados, en segundos se encuentra con árboles con huesos colgados en sus ramas y en sus troncos. —¡Huy, que cosa más horrible, este lugar es muy peligroso! —sigue a paso veloz, busca en su bolsa su caballito Memorus, lo encuentra, lo saca, empieza a sobar el sólido cuerpecito de la figurita y expresa:

—*Bonito y sabio caballito,*
muy noble, hermoso y tranquilo.
Tu mirada es como símbolo
de libertad, lealtad, humildad,
elegancia y amor.
¡Vámonos!

Memorus no reacciona, ella lo sacude un poco y repite.

—*¡Bonito y sabio caballito,*
humilde, elegante y amoroso,
vámonos de aquí!

No hay movimiento alguno en la figurita de metal y acero sólido, por lo que la muchachita pone su mirada firme hacia el frente y muy lentamente empieza a retomar su camino por la orilla de la empolvada calle. Cada vez se sorprende más, con cada una de las imágenes que va encontrando en su recorrido.

—¡Ooh no!

11. CIPRIANO DE CUSCATLA.

Lentamente y con cierta dificultad, Belú Ciudadano continúa explorando y aprendiendo de lo que ve a su alrededor mientras camina por las montañas extrañas de un lugar desconocido.

Frunce un poco su frente y expresa mientras regresa:

—Hum, por el estilo de este lugar, las casas, el acento y los atuendos de aquellos señores carboneros que vi temprano, estoy segura que no estoy en Dorslava, mucho menos en la calle de mi casa. Este es un cantón, ¿quién sabe dónde? ¿Cómo fue que llegué aquí, dormida, quién me trajo? —de repente recuerda algo, reacciona y busca alrededor. —¿Y la muchacha amiga mía? ¿Guerrera, dónde estás? ¿Yo, dónde estoy? —grita y se para sobre piedras lisas, ramas y hojas podridas. —¿Uy, qué es esto? ¡Uffa, aquí huele bien feo! Ojalá no hayan culebras en estos charrales.

Belú camina por encharcados matorrales y superficies con riesgo de un desliz. Todo es demasiado campestre y salvaje, hasta que por fin, después de largo rato, la cipotía regresa y corre rápido hasta la colorida y suculenta sombra de un ancestral árbol de Maquilishuat, al que ella sube sobre su primera rama. Este lugar está un poco cerca de la cuestecita donde antes ella apareció. La ensangrentada casa está un poco alejada, pero aún se distingue la gente que camina por ahí.

Un súbito ruido hace brincar a la cipota, la parte de arriba en ese gigantesco árbol se mece.

Se escucha:

—¡Púchica, que bochinche!

—¿Ah, qué, qué fue eso? —ella está muy asustada y se acomoda sobre la rama.

—¡Shh, hey, cipota payula, callate hombé! —es la voz de un niño, quien también hace el fuerte movimiento y hace caer las espesas hojas rosas.

Belú, temblando se acerca hasta el entrenudo del árbol, luego se sostiene de este como para estar más segura de no caerse o quizá para ver mejor, exclama:

—¿Quién está ahí? ¡Ya te vi, ya te vi!

—¡Hey voj hombe!

—¡Ya te vi, ya te vi!

—Va cuej, te gua dar tu empujón si no te calláj cuej —los pelos parados como espinas del niño, asoman entre las hojas.

—¡Uy, un murciégalo! —Belú, tiembla del miedo, se baja del árbol de donde se percata que el niño tiene las piernas dobladas y su cabecita se mueve entre las hojas. —¡Ay no, ese es un mono!

—¡Cerrá la cuchara bicha dunda o te reviento la tutumujta!

—¡Dundo vos, pelos de zorrillo!

—¡Vaya cuej, no me ejtej chuliando, no me ejtéj chuliando o te vua dar una ganchada vaj a ver!

—¡Huuy, todo requemadito de la cara, lloroncito!

El irritado cipote, mueve unos gajos de hojas para exponerse mejor, sus patas aún siguen trabadas en la rama.

—¿Voj quizaj queréj que me baje y que te ponga un buzal va?

—Je, je, je, estoy bromeando, solo tenés color de barro, olor a tierra mojada y a sacate!

Roco se para sobre la rama.

—¡A mucha honra, soy un hijo de la madre tierra!

—¡Ve, pero no tenés valor de aventarte desde ahí!

El ágil campesinito de once años la mira con los ojos muy abiertos por el sorpresivo reto.

—¿Qué, cómu dijijte? —se queda reflexivo mientras la observa, luego se deja ir de espaldas lanzandose de un solo salto de dos metros, en el instante cae sobre la rama que antes estaba Belú, da una vuelta de gato, se acurruca sobre esta y observa a la niña: —¡Puritito orgullo cuscatlecu!

—¡Bien hecho! —ella aplaude —¡Pero seguís tierroso, ja, ja!

—¿Vaya cuej, te calláj o te gua dar un par de trompones?

—¡Uuy, que cipotío más amargado!

—¿Ah, no me creés? —se avienta desde la segunda rama hasta el piso.

—¡Uuy! —la pequeña aún perpleja, se aleja un poco entre los arbustos y pregunta: —¿Y vos, qué sos pues?

—¡Que te callej te ejtoy dijiendo, va! —él se acomoda bien el viejo sombrero que trae amarrado con una cinta muy larga.

Desde cierta distancia Belú bromea:

—Hey Parecías monito chimpancé allá arriba.

El cipote frunce su frente y amenazante le muestra sus intercalados y podridos dientes:

—¡Grrr, grrr wuoof! —pone sus espaldas curcuchas y saca el trasero como si fuera un fuerte gorila.

Ella está muy espantada, ¿o quizá entretenida?

—¡Uuy, no, que bayunco! —se tapa los ojos. El niño, en voz muy bajita.

—¡Purititaj tunteraj dicij voj, callate!

—¡Uuy! ¿Bichito, y por qué decis eso?

—¿Es qui acasu nu ejtaj viendu, ombe? ¡Nuj van a mirar! ¡Allí están ve! —le indica con la mano, moviendo unos arbustos alrededor del árbol.

Ella, aún con cierta desconfianza y cierto temor, lo mira y lentamente expresa:

—Yo soy Belú, ¿y vos cómo te llamás?

—Yo me llamo Roco... ¡Shhh! ¡Papayitu, Ralditu! —se pone alerta al ver unas personas que caminan por el extremo derecho superior trasero de la casa. —¡Chanchu gordu!

Es Gabino Amado, de 65 años, el obeso Cacique de la finca que recién regresa al patio de la casa manchada con sangre. Trae a Cipriano el sirviente de setenta y cuatro años de edad y a su pequeño Raldo de seis. El día se calienta poco a poco, el calor es muy fuerte y esto parece tener encolerizado al voluminoso y malencarado hombre, quien se remueve el sombrero y se da un poco de aire. Por el aspecto en el rostro y sus gestos, parece tener muy irritado su corazón y entorpecida su conciencia. Sujeta muy fuerte al viejo Cipriano de un brazo, agresivamente y con desprecio lo empuja hacia el patio, frente a unos troncos, le propicia fuertes golpes con los puños y con los pies.

—¡De rodillas te ordeno, siervo necio! ¿cuántas veces te he dicho que no podés salir de esta hacienda, menos sin pedir permiso, jueputa? —le propicia más golpes fuertes en la frente y en la corona de su cabeza.

—Patroncitu mío, ellos dijerun que nus la darían...

—¡Silencio he dicho! —lanza *otro golpe al viejo.*

Cipriano está vivo por suerte, recién se salvó de ser masacrado, como lo fue el grupo de 30 señores a los que invitaron como a él a la alcaldía. Les dijeron que llegaran, esperaran y que les darían sus añoradas cédulas de identidad. Gabino Amado su patrón, llegó minutitos antes de la tragedia y sacó a Cipriano del grupo. Solo habían caminado unos metros del resto cuando apareció un diminuto avión colorado al que llamaban el Pajarito, entre las nubladas montañas. Parecía un endemoniado dragón cuando lanzaba sus garrafas de balas sobre los pobres cuerpitos decaídos e indefensos. Cipriano ahora será acusado de rebeldía y traición a la patria. Los labios de Gabino están descoloridos, le rechinan sus diente, e incluso parece que le sale espuma de la boca por la furia.

—¿Ajá, así que comunista maldito?

—No, no patruncito, yu solu quiría tiner una identidadi, il siñor alcaldi dijo que nuj la daría.

—¿Ja, ja, identidad, para qué, si eso a vos no te sirve?

—Pero es que yo solo quiría tiner un nombre dicenti y qui no mi hiciera ver cumu un hombrei rebeldi, señor.

Mientras el viejo explica, el pesado Gabino corta ramas y las pela, busca y compara diferentes garrotes para la tortura. Mira el grosor y mide el peso de dos que son muy fuertes.

—Sí, ajá, ¿y la macheteada que le dieron a las puertas y ventanas de la casa comunal...? —lanza el golpe cerquita del rostro del viejo, luego suelta y lanza el pesado y largo trozo de palo a un lado.

El viejo se alarma un poco.

—¡Ay, ave maría purísima!

Con sonrisa burlona, el hombre toma otro garrote pero esta vez de quebracho. Lo prueba, haciendo como si le fuera a dar una bola de béisbol, pero muy cerquita de la nariz de cipriano.

—¿Ajá, y el asalto a las casas de ciudadanos honestos? —otro garrotazo mur cerca del sirviente

—¡Ay, uy, Maria virgen protégeme, ay señor de las alturas!

El malvado Gabino sigue midiendo la distancia y velocidad del golpe frente a su rostro.

—¡Todos esos políticos y empresarios contribuyen al desarrollo, jueputa! —un tercer golpe muy cerca del hombre.

—¡Sí mi señor, como usted dice!

Gabino se le acerca un poco más, le grita muy fuerte.

—¿Pero decime, quien responde, ha? ¡Nada!

—¡Aay, mm, gru, ay, ay! —Cipriano se lamenta, porque esta vez el golpe fue directo a sus costillas y con mucha fuerza.

El malvado hombre, toma del pelo y mueve la cabeza del anciano de un lado a otro, luego lo lleva consigo y le sumerge el rostro en una pila llena con agua de lluvia. Lo sostiene presionado dentro del agua por largo tiempo, luego lo saca y rápido lo golpea en pleno rostro. Como si no se diera cuenta que, a los años de Cipriano, cada golpe lo mece como un viejo árbol ya moribundo que bota sus hojas y seca su raíz.

—Mi señor, pirdone ujted, jamás vulverá a pasar.

—Ja, ja, ja, sí, sí claro que no volverá a pasar, Cipriano. —de la misma pila de concreto llena con agua, saca una pesada trenza de cuero, gruesa y mojada. Luego hace girar un espetón enrojecido en una ardiente ornilla. —Después de esta suculenta melcocha y unas cuantas cosquillitas en tus patas, aprenderás a no dejarme la finca abandonada, ¿verdad Chano, verdad Chano? —le pone el espetón en la rodilla.

—¡Aay, sí mi señor, sí! Pero, pero...

—¡Papayitu, papayitu mío! —grita Raldo.

El rabioso Gabino rápido amarra al chiquitín con una cadena de hierro alrededor de un árbol.

El maltratado anciano, al ver que su hijito es testigo de su tortura, derrama lágrimas, muy nervioso y melancólico:

—¡Misericordia mi señor, llévense a mi niño, por favor muévanlo de ahí!

—¡No, no, claro que no, ahí y ahora es dónde y cuándo, yo quiero que se quede!

—Patroncitu, ¡a mí hágame lo que quiera, lo que sella, pero, sí lléveselu a mi niño!

—¡Este mico chorreado se queda dije! Aquí amarrado como chancho, para que aprenda más rápido la lección.

—¡No, ave maría purísima, llévenselo lejos de aquí!

—¡Callate desgraciado, no se moverá de aquí! ¡Tomá, tomá!

—¡No... uh, ¡aay, ay...!

—¡Y dejá de llorar mirá! Ahora que esa rata vea cómo se paga la desobediencia y la soberbia en este mundo, jamás querrá hacerlo, ja, ja, ja... —riéndose pone la mano en la cabeza del niño y le desparrama su pelo, el pequeño reacciona muy furioso y casi llorando.

—¡Dejá de joder hueputa, gordu cuchino, dejá mi papayito, dejalo, dejalo ya!

—¡Vaya, mejor fijate bien mirá, ja, ja, ja! —aprieta el espetón hecho braza en los pies y la espalda del viejo.

—¡Noo! ¡Ay, duele, ay! —revientan las llagas sobre las viejas carnes del anciano, por los golpes tiene cortadas por todas partes, la camisa la tiene desgarrada, la sangre se le dispara por todo el cuerpo.

El niño se acerca y llora intensamente:

—¡Dejálu a mi papayitu, dejálu ya! —lastima, no se puede mover más allá de lo que la cadena y el árbol le dan.

Cipriano grita:

—¡Safate y andate, correte de aquí mi niño, no mirés ejto! —está muy lastimado, su frente y sus pómulos están muy ensangrentados. Sus arrugas parecen ríos y surcos enrojecidos, por los incesantes golpes. Como resistiéndose al dolor, tiembla e insiste a su hijo: —Andate de aquí, Raldito!

—¡Callate mierda! —el endemoniado hombre, pone su mano en su negro revólver y se para frente al maltratado viejo: —¿Oh, querés que le ponga un balazo en el pecho, ah?

—¡Aay, no, ay, no!

—¿Oh, querés que lo lance por el río, ah, ah? —agarra la trenza mojada y busca las partes no muy sangrada del viejo para darle más golpes. —Tomá, viejo cerote, ahora me las vas a pagar.

—¡Ugg, ugg, ya casi no siento mi cuerpo! ¡Déjelo a mi muchachito ir, déjelo ir! ¡Hijito, corré, andate cipote!

—¡No, callate! —Gabino lo golpea con más fuerza y exige al pequeño —Vos, ahí te quedás bicho cerote...

El niño lo mira con furia, lloriqueando y mirándolo directo a los ojos, expresa:

—¡Malo, malo, un día lo vaj a pagar todo, un día!

—¡Silencio he dicho mocoso del demonio, mejor observá bien! —más golpes sobre Cipriano, quien con su voz débil y casi desmayado suplica:

—¡Hijitu miu, cerrá tus ojos, no permitás que ellus veyan nada de esto, andate mejor cipote, andate!

—¡No tata, yo no ti voy a dejar, aquí me quedu tata!

El soberbio patrón continúa con más furia hacia el hombre:

—¡No entendés, entonces tomá, para que respetés, jueputa!

—¡Ya no siento nada patrón, ya no siento los golpes, ug, ug! Ya casi muero, ay...

—¡No tata, no digas eso, no, ay, ay no! —Raldo llora muy alterado al ver el sufrimiento de su padre. —¡Dejalu a mi papayitu, infeliz! ¿Por qué le hacéj ejto? —lanza golpes a lo loco contra Gabino.

—Je, je, je, es la ley de la vida, ustedes todos son mis animales de carga, vos y tu generación son mis esclavos, yo el amo y señor —sigue lanzando más golpes fuertes a Cipriano.

—¡Mm, mm, ugg, ugg! Mi cuerp... ya ajta dor... dormido... —pobre viejo, está muy maltratado, la jornada ha sido larga este día. Es ardiente el infierno provocado por un ser sin piedad, sin conciencia, sin perdón, quien sigue dando más golpes:

—Vos tenés que pagar por tus errores y nunca olvidar que no te mandás solo.

—Mmmm, ugg, mmm sí patroncito, sí patr...

—¡Silencio! Vos tenés un señor a quien le debés respeto y obediencia, talvez asi aprendés. —lo jala fuerte de una oreja.

Raldo, una vez más le exige:

—¡Soltalu, dejá a mi papa! —furioso lanza patadas a Gabino.

El niño aún tiene sus brazos muy delgaditos, esto le ayuda a soltarse de la cadena. Corre, empuja y toma de los pantalones al timbuco Cacique, quien reacciona bastante encachimbado:

—¡Mono cerote! —lanza una tremenda pescozada a un lado de la frente del pequeño, del grito hace espantar hasta las aves, que salen desde los árboles —¿eso querés, mono hijueputa? —el golpe hace volar al niño, como si fuera pluma de gorrioncito.

Belú reacciona, desde la sombra del árbol color rosado.

—¡Oh, no!

—¡Shhh, shh! —Roco, rápido tapa su boca.

—Pero, ¡mmmm, nnn, eso no! —ella se suelta y se aleja de Roco, corre hacia un lado de la casa, donde están tendidas unas sábanas en un alambre del solar, toma una de estas y la lanza hacia arriba, da dos vueltas en el aire y cae muy firme frente al viejo gordinflón, quien bloquea el paso con el espetón muy rojo y ardiente en sus manos.

—¿Ah... qué... quién sos, qué esto? ¡Quiero su cabeza ya!

Belú empieza a correr alrededor de él, hasta marearlo. En un momento, Gabino suelta el hierro caliente de sus manos, arriba la sábana lentamente empieza a cubrir su pelo, la niña la enreda sobre su cabeza, hace movimientos de kung fu, brinca y lanza patadas perfectamente elaboradas. En menos de un minuto pone cansado al malvado Gabino, quien lanza golpes al azar, como si buscara golpear una piñata. Ella enreda mucho más la gran sábana de manta alrededor de la cabeza del hombre, quien a pesar de andar todo liado como si fuera una momia, la persigue y sigue luchando por removerse el trapo, pero la niña velozmente se mueve a cierta distancia del atolondrado, luego regresa y lo agarra como matate lleno de maicillo. En cierto momento le toma las dos mangas de la camisa del malvado cacique, amarra sus dos manos sobre la espalda inferior, luego sus dos pies, enrolla su cuerpo en otra sábana, pero en ese momento, se escucha disparos en el aire. Unos militares armados bajan corriendo entre los charrales. Belú deja al hombre vencido y paralizado, luego corre y regresa hasta el árbol con miles de hojas de color rosa. De repente, provoca un sonido extraño de llanto:

—¡Guju, guju, guju, no, no, buaaa, buaaa! —llora intensamente, con mucha emoción.

—¿Voj, Belulu y por qué lloráj? Pero si ganamus.

—¡Buaa, muuoo, duele, y es Belú, me llamo Belú!

—¡Aah, va puej, pero es que no le hubieras zampadu tan juerte cuej. ¡No lloréj voj, jipota, si lo hicimos bien hombe!

—¡Muaa, que no, que no vaya!

—¡Si hombe, jei, gran peleonera soj voj!

—Muaaa, hmmm, hmmm… ¡Mmmua, no, no me gusta! ¡Me duele!

—Echá, dejame ver el puño con el que lo arremangaste.

Roco limpia las lágrimas del rostro de la niña, también le sacude las hojas y la tierra de su cuerpo. —¡Hey, pero que juerte y rápido peleáj voj Balulu! ¿Pero y por qué tembláj ají, comu terremotu?

—¿Pero qué, acaso no has visto?

—Sí, yo mire todo, estuvimos bien, ¡voj hasta volabas por el aire! Hajta pareciaj, como un gatu volador.

Ella lo mira fijamente, arruga su frente, le saca la lengua, lanza una leve sonrisa, limpia mocos de su nariz y reclama:

—No es como un gato volador, pasmado, eso es el Kiai.

—¿Haa? Ese tal, que hay, es como eso de "¿qué hay cuej?"

—¡Je, je, nombre vos, que loco, ja, ja, ja! Es Kiai, dos palabras juntas pues, Ki-ai, con K de Kilo o de Kiosco ¿sabés?

—No ti intiendo, ¿entoncej no ej, qué hay cuej, cómo se mira eso, Belulu?

—¡Belú, Belú, decime Belú!

—¡Je, je, je, sí, sí cuej! ¿Pero dicime rapidito, cómu es que hacéj eso, de lo que hay?

—Yo no sé cómo, por ratitos solo siento que se me une el espíritu de todo el universo con mi propia energía y con mi mente y...

—¿Aaah, y qué...? ¡Je, je, je, ya váj con tuj pajaj mirá!

—¡Ve, si es cierto bichito! Eso me da el poder para hacer lo que quiera cuando deseo algo con intensidad o cuando algo me incomoda o me emociona.

—Va cuej, te vua creer, pero si lanzáj un cachimbaso comu el que le pusíjtej al gordo Gabino.

Ella rápido hace una pos de reverencia, cierra sus ojos, pone sus dos manos pegadas frente a su rostro, se dobla hacia el frente, lanza un fuerte golpe de karate:

—¡Juuu, taah, bocua, cabuun!

—Híjole, que juerte le hacej Belulu, así fue comu le pegájte al soplado y lo hicijte con que hay.

—Es Kiai, decilo bien. Pero en verdad yo no sabía pelear así vos. Yo no sé cómo fue que lo hice.

—¿Y entoncej, cómu jue que lo hijíjtej cuej?

—¡Ya te dije, no lo sé! Yo solo sentí que algo me empujó hasta el viejo, cuando vi que le pegó a tu hermanito.

—¿Aah? ¡Qué pajera!

—¡No, sí es cierto! Yo no lo pude resistir y sentí las fuerzas del viento y casi podía volar sobre estos charrales con solo pensar en el Raldito siendo golpeado, pero después no me gustó haberle pegado tan duro.

—¡Pero voj soj una tonta, no jodás, ¡qué no quisiera yo hacerlo así! Voj si soj bien macha mirá.

—¡No, pero no!

—¡Sí, voj cachimbiáste al tripudo de Gabino! Sos una gran peleadora, qué bueno que le pateajte el culo y lo dejaste bien enredado en esa cobija, ese panzón es muy malo.

—No, pero a mí no me gustó golpearlo te digo, él es mayor que mí, y uno no debe ser violento.

—¡No freguéj mejor voj! ¿Y mi hermano Raldo y mi papa cué? Veo que voj, aunque peleáj bien, soj muy llorona.

—¿Y cómo no voy a llorar pues, si tanta grosería?

—¡Ve, si aquí siempre vivimos así voj! Aquí vaj a aprender a ser máj macha vaj a ver.

—Tenés razón, pobre tu hermanito, aún está inconsciente en el suelo mirá. Yo lo pensaba traer, pero esos ya venían cerquita.

—Vaya, ¿vijtej, vijtej?

—¡Es que está bien chiquito! Y a tu papá lo han dejado casi muerto, ¡miralo ve, amarrado a un poste y de rodillas sobre ese vidrio molido!

—Si cuej, y eso no ej nada, esoj tampocu amagan para darte un balazu en el chunchucuyo.

—¡Púchica vos, qué peligroso es aquí pues!

—¿No te ejtoy diciendu cuej? —la observa con cierta duda —¡uuy! ¿Pero y voj por qué andáj esa camisa así?

—¿Ahh, cómo, vos?

—Bien chiquirritica esa falda, andáj enseñando laj piernaj.

—¡Ja, ja, ja, que loco!

—¡Uy, no de verdad, eso ej falta de respetu, ej pecado! Si por poquito enseñáj el jundíu cuej...

—¿Qué tiene mi camisa, mis piernas qué decís? Ay, no, yo no enseño nada vos.

—Ya te van a linchar por andar en pelotaj, vaj a ver.

—¿Y vos, cómo te llamás pues?

—¡Ay, no! ¿Otra vej? ¡Roco, Roco! —un poco incómodo al
repetir su nombre.

—Está bien, está bien, pero mirá, ¿y qué...?

Súbitamente, el terreno es sacudido por un sonido macabro, como bomba, que hace volar aves por el aire.

—¡Vaya! ¿Quej lo que te dije cuej? —¿Uy, qué fue eso? —Belú, se persigna y pone sus manos en su pecho, el niño intenta ver a su padre y a su hermano.

—¿Y mi papa, y el Ral? ¡Ya nu están! —una vez más es distraído por gritos de hombres a lo lejos y el sonido de balas

La pequeña brinca y grita:

—¡Oh, no! ¿Pero, para dónde se los han llevado?

—¡Se los llevaron!

Una vez más, en el aire, una garrafa de metralletas.

La pequeña, muy nerviosa:

—¡No! ¿Qué les han hecho, qué es todo esto pues?

—¡Shh, callate! ¡Púchica voj, dejame escuchar!

—¡Pero no están ahí!

—Ya se loj llevó el viejo puercu Gabino para otru lao.

—¡Oooh, lo siento...! Belú observa a Cipriano regresar con una piocha y una pala —¡Ahí, ahí está! ¿Para qué trae eso?

—¡Es para hacer un agujero en la tierra!

Gabino también aparece, y exige al señor:

—Vaya, vaya, apurate, empezá a escarbar ya, pero ya pues.

Los niños ven todo desde el Maquilishuat, aunque la desconsolada Belú se sigue quejando.

—¡Uuy, pobre, ahí está de nuevo!

Roco observa fijamente a Gabino maltratando a su padre, truena sus dientes y aprieta los puños:

—Mirá qui hijue puta, como lu trata ve. Estas memorias vivirán en mi mente, mi odiu contra ellos nunca morirá.

—¡Híjole! ¿Qué, acaso aquí no hay leyes que los protejan?

—¿Leyej? ¿Qué ej eso voj? Aquí la ley ej el latigazu o un balazu en la frente no judaj.

Belú asombrada inhala muy profundo, con la garganta provoca un sonido agudo que denota admiración.

—¡Ay no, qué barbaridad! —un poco reflexiva, como pensando: «en qué líos me he metido». Luego, otro largo e intenso suspiro.

Roco se acerca y le muestra sus maltratadas manos y sus dedos quemados:

—Mirá, comu mian quemadu ve —baja la voz.

—Esos de la Alianza Catorce son unos grandes malos, cabrones sin corazón.

—Púchica vos, y parece como si todo estuviera arreglado a su favor, como que ajustan las leyes solo para ellos.

—¡Jaai, es que estás en Cuscatla, dunde los probej no valemus nada!

—¿Pero y la policía, los derechos humanos, las iglesias?

—¿Aah, mmm, derechuj, jmmm, que ej esu voj?

—¡Lo que te da derecho a hablar y pedir ayuda!

—¡Ve, si aquí nu se puede hablar, no tenemus ni identidadi alguna! Miralu ahí, en ese patiu, con tuj propiuj ojoj ve.

—¡Increíble! ¿Oye, y qué fecha tenemos hoy?

—¡Púchica voj, ni la fecha dioy te sabéj, hoy es Domingu!

—Sí, ¿pero de qué mes y año?

—¡Ay, pero que jodej voj, hoy es Domingu, primero de Enero del año 1932!

—¿Qué, qué? —sorprendida y espantada, también hace brincar al bichito. —¿Decís que estoy en el año 1932?

—¡Sí, cuej! ¡Uta voj que sujto me sacajte! ¿Y que ej lo que te pajó cuej, qué tenéj, te olvidajte comu llegar a tu casa?

—No, es que, ¿cómo crees esa locura? ¿Estoy en un pasado lejano? Solo en películas, o en los cuentos.

—¿Qué, qué dijijte Lulu?

—¿Roco, en serio, cuál es la fecha de hoy? El cipote se asombra, se jala sus pelos y exclama:

—¡Grrr, ya te dije tres veces, primeru de Eneru de mil novecientus treinta y dos, el año de la rebelión y la furia de la Alianza Catorce! ¡Que rara soj voj, lulú!

—¡Belú, Belú, te dije! —de repente ella, se distrae viendo al otro niño y a su padre, con un tono de incertidumbre pregunta una vez más: —¿Decís que he viajado muy atrás en el tiempo, a un pueblo llamado Cuscatla, pero cómo así?

—¡Ve, no jodaj, yo nu sé quéj ejo voj! —dándole una cara de confusión y cierta burla.

—¿Qué decís, qué?

—Puej ji, es que me ejtaj mentandu eso de viajar en el tiempu y puras tonteraj cuej.

—¡Pero es cierto!

—¡Voj estáj loca, Balú!

—¡Belú, Belú!

—¡Sí, sí cuej, comu sella, pero es que aquí solu se viaja en carretaj, en caballoj ó a puro chuña, voj!

—¡No niño, es que yo tampoco entiendo! Yo soy de otro tiempo, el futuro para vos.

—¡Jai, qué chambrosa soj animala payula! ¿Dende cuándu? La siguanaba te a jugadu quizá a voj.

—Es verdad, yo recién estaba en el año 2018 y... —reflexiona,

y en voz alta se pregunta: —¿Y cómo voy a hacer para regresar?

—Ah, cuej jí, y yo tuve un sueñu donde platicaba con mi

hermanu por medio de una cajita negra de acero.

—¿Ah, qué?

Roco, con una sonrisa burlesca en su rostro:

—Ja, ja, ja, allá, bien lejuj estaba él.

—¿Ahh, hmm y dónde estabas?

—Allá estaba, bien lejísimu en otraj montañaj.

—¿Ah, y vos dónde estabas?

—Yo ejtaba en la casa.

—¿Y podían hablar decís?

—Sí, bien clarito, y hajta noj pudíamos ver las caraj y escucharnus bien de jerquita, comu si ejtuviéramoj aquí, cara a cara y frente a frente.

—¿Ahh, jmmm? ¡Teléfono celular!

—Olvidalo, bicha loca. Supieras lo que pasó con esos chunches después en el sueño,

—¿Ooh, qué pasó pues?

—¡Explotarun muchas por todus ladus y dejaron a la gente ciega, sorda y muda!

—¿De verdad vos, qué es lo que pasó? Yo no sé si creerte.

—¡Va y qué me importa!

—¡Comete un huevo en torta, ja, ja, ja!

—¿Aah? Mmm... —los ojos de Roco se ponen brillantes y alerta, saborea con la lengua —Yammi, mmm, mi dijti hambre. ¡Shh, callate, callate! —se percata de la triste situación de su hermano y su padre. —¡Mirá para allá mejor, mirá, mirá! —indicando las sangrientas y crueles imágenes.

—¡Ay, qué triste, pobrecitos, cómo sufren!

—Ah, peru esa no es la primera vez.

—¡Pero tu papá ya está viejito!

—¡Ve, mi tata nu está vieju voj!

—Digo mayorcito, tu hermanito también está chiquito, pobre.

Los dos se quedan en silencio, mirando las escenas que suscitan en la casa decorada con pringas de sangre.

El cipote entristece un poco de su voz al hablar:

—¿A saber cuándo llegará ese día que salga el sol para nojotruj aquí? Casi nunca para de llover sangre...

—Sí niño, un día, pronto terminará todo esto.

—Hajta laj mijmaj casaj tienen un día que se derrumban y se convierten nada maj que en polvu para repellar otraj casaj.

—Eso es muy cierto...

—¡Te lo juro que esoj jerotej pagarán un día por todu!

Belú observa hacia la casa, luego hacia el muchachito

—¡Ay no, qué gente! ¿Por qué les hacen eso Roco?

—¡Somuj suj ejclavus cuej! Ellus dicen que pertenecemos a la Alianza Catorce de Martín Militar.

Una vez más, la bulla de disparos y bombas a la distancia alerta a los niños, parece que hay combate en un cantón vecino. Ellos se ocultan y en silencio observan todo desde los arbustos bajo las sombras del hermoso Maquilishuat. Después de unos 30 minutos todo vuelve a la tranquilidad, la fresca brisa llega hasta el árbol rosado, cruzando alguna que otra nube. Belú disfruta de los tiernos ecos celestiales sobre los cultivos, y las coloridas montañas del pueblo de Cuscatla. Los regadíos de agua parecen un árbol de la vida sobre los sembrados de maíz y de frijol. Es que como regalo de Dios, desde los terrenos más altos del frondoso lugar, emerge un cristalino río, el sagrado Malep, que reparte las raciones de su abundante bendición a los pocos habitantes de la región. Los cuscatlos son felices con la amabilidad de esa fuente azul de amor, para ellos es una herencia orgánica de vida, el gran regalo de Dios, una fuente divina, la más fresca y dulce maravilla. El río Malep.

12. RAYMUNDA.

En la falda de una montaña de la villa de Cuscatla, hay un sendero donde caminan dos militares; el Sargento De La Rosa y el recluta Rolando Chacón. Hacen esporádicas paradas por los miradores de la espesa región, revisan un mapa mientras caminan, llegan a un desvío hacia una polvosa vereda. El Sargento da instrucciones y una mochila de municiones a su recluta Chacón, quien se va por el camino que lleva hasta el valle del Mozut, ubicado en el centro del verde y amplio lugar y donde parece que reina la paz y lo natural. Lástima que algunas veces la realidad es otra en esas praderas silenciosas, pues ahí también suele haber persecuciones y torturas. Es que en este lugar, gobernado y controlado por militares y unas pocas e injustas familias con poder, odio y desprecio, la gente pobre y los defensores de los pobres, a menudo suelen ser los peores enemigos del estado y de quienes lo alimentan.

El jefe militar hace su ronda a pasito muy lento, se para, y con mucha calma desabotona su camisa, luego destraba su cantimplora, toma un poco de agua y rápido se la reacomoda en su cintura. Lentamente levanta los minúsculos binoculares que

115

trae colgando en su pecho hasta su vista, de la bolsa derecha trasera de sus pantalones extrae un pañuelo verde con el que limpia los lentes. Luego, al contemplar el panorama de las montañas, suspira y sonríe: «*Una moderna carretera por allí, una fábrica por ese lado y unos cuantos hoteles, serán el éxito*» revisa los cartuchos en su arma y sigue su camino.

Después de unas horas, el recluta Chacón regresa, ya de cumplir una misión, a la distancia trae arrastrando a una persona sobre los espinosos y empedrados caminos.

Belú, acurrucadita, temblando un poco, en silencio observa todo desde la sombra del Maquilishuast.

Desde otro arbusto cerca, Roco, en voz muy bajita:

—¡Ja, mirá ese probe cuerpitu ve!

—¡Ay no, por dios, pero si es triturado por las piedras!

—¡Sí cuej, y churutes de palo y espinas en el caminu!

—¿Qué pasa, cómo es posible esto? ¡Es una mu…!

—¡Shh, callate! —vuelve a tapar la boca de la niña.

Ella sigue detrás de las manos de Roco:

—¡Tiene el pelo largo! —Belú libera su boca de las manos del niño. —¡Y trae aritos!

—¡Bien grandes y brillosus!

—¡Es una muchacha!

—¡Hey voj, pero nu hagas bulla hombe!

—¡Pero vamos, vamos a ayudarla!

—¡No, no, callate, mirá ve! —Roco apunta con su dedo al militar que lleva a la mujer por la vereda.

—¿Qué, y quiénes son esos?

—Loj guardiaj o los soldados, que empiezan a llegar, y parece que hoy se van a quebrar a la Raymunda.

—¿Quebrársela, cómo es eso, a quién?

—A darle gaj, a la Raymunda, esa muchacha, ¡a matarla cuej!

—Oh, ¿así se llama? ¿Pero cómo, por qué? ¡Oh no!

—Ej que ella es bien mentada por ejtuj rumboj, a causa de que dicen de que ella anda incindiando las casaj de la gente rica y de loj políticoj.

—Pobrecita, y que bonita que se mira ella.

—¡Ja, lo que pasa ej que esa es la mera mera Raymunda, la camarada especial! —el niño observa a la mujer y su tragedia con evidente dolor, se rasca un poco su cabeza y exclama: —Jiempre ayuda a la gentej que son probej y a loj más nejesitados. Mi tata me ha contadu que cuando ella nació allá por el 1890, cayeron rayus y muchos truenus alrededor.

—¡Ay, pero qué peligroso! ¿En serio?

—¡Ve, si también dijo que la luna se volvió ajulita, ajulita encendida, cumo que era una llamarada de culorej se miraba, diju mi papa!

—¡Ay, que hermoso! ¿Pero entonces, por qué la tratan así?

—Porque aquí en esta villa nuestraj vidaj son muy cortaj, no valemuj naa para elloj.

—¡Ay, vamos a ayudarle vos Cipotío!

Un ruido cerca.

—¡Shh, callate, callate que ahí vienen, ahí vienen y muy bien armados mirá!

El recluta Chacón se encuentra con su superior en un desvío de la vereda del Mozut. Se cuadra y hace el saludo de respeto militar ante el sargento, luego, al observar abajito de la loma, en el patio de la casa ensangrentada:

—Ya estuvo, misión cumplida mi Sargento, ya no hay joder de esos rebeldes del Mozut, ya no hay huellas, no hay sangre, no hay dueños.

—¿Los hijos? ¿Los viejos?

—Se fueron, los terminamos con todo y familias. Padres, hijos y nietos, abuelos, cancelados todos.

El jefe militar rápido levanta su mirada y sorprendido frunce sus espesas cejas al escucharlo. Luego, hace otro gesto, pero de admiración extrema, con sus ojos muy abiertos y con rostro de confusión al ver que trae una persona arrastrando.

—¿Y eso...?

—¡Aah, mire mi sargento Rosa! —señalando al viejo sirviente de Gabino quien sigue de rodillas. —¡Ahí está, el cipriano, en la finca de Gabino! ¿Quién sabe mire, quizás esta bandida y ese viejo tengan cositas que hablar?

El sargento mira hacia la casa que está un poco distante, luego da un medio vistazo a la mujer, de nuevo se acomoda los binoculares y voltea a las montañas quedando de espaldas hacia el recluta Chacón.

Se limpia la garganta y sin voltear pregunta:

—¿Quién es esa y qué tiene que ver con el Cipriano?

—¿Pero, cómo? Me asombra que no la reconozca mi Sargento. Oh, ya sé, es que ahora tiene pelo largo.

De la Rosa, lentamente remueve sus lentes de larga distancia, voltea y lanza una mirada de disciplina al soldado.

—¡Atención, firme recluta!

—¡Sí, sí, bien mi señor! —en el instante Chacón pone postura de verdadero militar, en posición de respeto. —le reporto que esta es la ermitaña Raymunda.

—¿Raymunda, Raymunda? —el sargento de la Rosa pone su frente en alto y lentamente busca el rostro de la mujer. La mira fijamente, la toma del cuello, la arrastra y la lanza por la vereda. Chacón se le acerca y le muestra fotos y documentos, mientras bajan la polvosa cuesta del Mozut:

—Mire mi Sargento la Rosa, esta vez se le acusa de los incendios en la alcaldía y las casas de préstamos.

—Yo sé, también de espionaje e intento de ataque contra miembros de la Alianza —con un movimiento rápido en la cabeza le indica que la traiga por la cuestecita hasta la casa, se aproximan al patio.

Chacón empuja a la agotada Raymunda y una vez más reacciona al ver a Cipriano.

—Mire, ahí está el viejo, ahí está.

El sargento, aún desde arriba, lanza una mirada incómoda hacia Gabino, quien tapa la inmensa pila de concreto con una carpeta negra; rápido lo disimula amarrando también un grueso lazo rojo de nylon en un tronco al lado.

El militar cuestiona:

—¿Qué es lo que está pasando Timbuco?

El gordo cacique corre hasta Cipriano, lo patea y con más furia reclama:

—¿Estás viendo, has visto en los líos que me metés? —saca un hierro ardiendo de una hornilla.

—No, pero yo, patrón...

—¿Oh, sí? —le pega el hierro a su piel.

—¡Aaay, aay! —hasta humo sale por el hierro ardiendo que se pega sobre sus espaldas y en las plantas de los pies.

—¿por qué patrón? ¡Aaay, aay!

Los militares llegan al patio por el extremo izquierdo de la casa, trayendo amarrada y arrastrando a la mujer.

El bárbaro Gabino se le acerca en cuanto llegan, le pregunta a ella con una irónica sonrisa:

—¿Y a vos, qué te pasó Raymunda? ¡Por fin caíste perra sinvergüenza! Por andar defendiendo a estos indios apestosos.

—¿Todavía no te han destazado puerco tufoso?

—¿Qué dijiste? Aquí topaste maje —se aproxima a la mujer, pero el sargento De la Rosa lo detiene.

—¡Alto! —grita y pone la palma de su mano derecha sobre el pecho del gordo, y le exige: —¡Dejá de joder, vos tripudo!

—¿Aah? Perdón, pase usted Sargento.

De la Rosa lo ignora y continúa mirando y caminando directo hacia la mujer.

—Vaya, vaya, vaya, mirá nada más, ¡mirá lo que tenemos aquí, mirate mujer! —le sostiene el mentón, luego sutilmente roza su mano hasta su oreja.

Ella lo mira mientras mueve su cabeza:

—¿Y voj qué, Rosa marchita, creej que voy a temblar?

—¡Callate el hocico, perra sucia, ya casi, casi estás muerta! —lanza un fuerte golpe a la mujer.

Mientras tanto, bajo la sombra del palo de Maquilishuat empieza la inquietud de la pequeña Belú.

—¡Mirá, allá cayó su sombrero, salió volando por el aire! —sin perder de vista a los militares y a Raymunda.

El pequeño Roco suena un poco triste y pensativo.

—Aaah sí, probecita la Raymunda hoy sí le tocó.

—¡Oh, no! ¿Qué le van a hacer?

El Sargento toma con fuerza el pelo de la mujer:

—¿Ya viste lo que provocan tus revueltas, miserable? —jala de un lado a otro la cabellera de la mujer, y le aprieta muy fuerte la boca.

Gabino también expresa:

—¿Aah, así que esta puta sigue protestando contra los ricos y el gobierno de Martín Militar, hablando lo que no es?

El sargento remueve su mano de la boca de Raymunda, quien como toda una valiente revolucionaria, mantiene sus ojos cerrados mientras los escucha en silencio, pero en un momento responde y los abre con un poder magistral en la mirada:

—¡Hijoj de puta corructoj, solo les interesa el dinero y el control! ¡Para nada la gente!

Gabino ríe y exclama:

—¿Oite ve, todavía tenés fuerzas? ¡Rendite cerota! ¡Te van a matar!

—¡Jamáj vendería mi dignidad como ustedej lo han hecho tiranos, jamáj! Yo sé que me persiguen como chúchoj rabiosoj y que me expulsan de mi propia patria por miedo a que un día me convierta en la gran gobernante de los probej, y lo haré democráticamente.

El sargento interviene y exige:

—¡Ya, silencio, callar he dicho! —acomoda una pañoleta sobre la boca de Raymunda, se la amarra apretando muy fuerte. —Ya me hartaste con tus boberías, miserable.

Sin embargo, la valiente dama continúa respondiendo, aun así, con la boca tapada.

—Yo sé que ujtedej son débilej y me tienen miedo.

Gabino ríe nuevamente.

—¡Uuy que miedo! Te van a matar Raymunda.

—¡Sí, ej cierto, todoj ujtedej, voj también cerdo chuco mierdoso, temen a que me quede hajta eliminarloj a todoj, buitrej!

El hombre militar una vez más, aprieta y mucho más fuerte, la pañoleta sobre su boca.

Mientras tanto, a lo lejos, por debajo de la amable y amplia sombra del árbol que se inunda de hojas color rosa, Roco y Belú observan en silencio. El corazón de ella está que salta del pecho al ver las imágenes de los maltratos sangrientos y los golpes de los militares sobre la mujer.

Sin embargo, Roco le celebra:

—¿Je, je, je, pero vijte, vijte, va cipota? ¡Ja, que yuca y fortachona que ej la Raymunda! ¿Va?

—¡Sí, ella sí es muy fuerte mirá!

Los dos están sorprendidos al ver cómo a pesar de los golpes, Raymunda sigue dándoles sus toques verbales a los militares y a Gabino.

—¡Un día de ejtoj pagarán, todo lo que le deben al pueblo, rataj! ¡Lo pagarán muy caro! Eso yo lo sé…

—¡Callate maldita! —el Sargento Rosa lanza otra fuerte cachetada, al golpear hace un ruido que vuela un montón de pijuyos y zanates de algunos árboles de la finca.

124

—¿Qué crees, que aquí estás con el hijueputa de Sadin, en las naciones del fuego? Se te acabaron esos buenos tiempos, traidora.

Gabino camina alrededor de la lastimada mujer, la observa fijamente:

—Pero, sargento, lo que yo no entiendo es por qué tanto aguante con esta maje.

—¡Ya Gabino, pará, pará!

—¡No sargento De Rosa, es que yo digo, en especial ahora, con esta situación económica, nombe, imagínese, hasta el mismo gobierno se ha opuesto a que le demos ejecución.

—¡Qué parés ya Gabino! —De la Rosa, mueve al hombre hacia un lado de nuevo. —¡Pará de hacer círculos alrededor! Puta vos, hacé caso, mejor dejá de comer ve, si seguís así de sanbumbo te va a dar un ataque en el corazón de repente.

—Ve, nombe Sargento de Rosas, solo es que yo estoy muy bien alimentado.

—Ah pues sí, traéme agua mejor tripudo.

El sobremedido hombre camina hacia adentro, exclama:

—No, es pura carne, pura piedra mi Sargento.

—Ajá, apuráte mejor, mové esa gran bolsa de manteca.

Raymunda, ahí tirada en el patio, frente a ellos, con una agilidad de dioses para liberarse, inteligente para decir las cosas, una vez más remueve el pañuelo con su lengua:

—Cobárdej, déjenme ir, yo no tengo nada que ver con esoj gurgojuj colorauj, ni con suj balaceraj.

Gabino regresa con el agua y se le acerca, le da una cachetada y advierte:

—¡Callate infeliz, vos no tenés nada que hablar! —en el momento es detenido nuevamente por el militar, quien reclama:

—¡Que te estés tranquilo, tranquilo Gabino! —con la mirada fija sobre la mujer. —Raymunda y sus grupos de indios rebeldes ya rebalsaron el vaso de la Alianza Catorce. ¡Ya tenemos problemas con la exportación del café y ahora también hay que reorganizar todo ese desvergue.

—¡Sí hombe, estos miserables han destruido casi todo en estos pueblos, Sargento!

—¡Pero ya todo terminó, ya basta de tantas mierdas!

Raymunda lanza una carcajada burlona:

—¿Acaso creéj que podej callar loj cantoj de los sin voz, Rosita? ¡Jamáj, jamáj!

—Yo lo haré de un solo pijazo —da unos pasos hacia atrás y toca el revólver en su cintura.

—¡Ya, despertá, pendejo! La revolución ej una diosa eterna, vivirá como guardián mientraj existan malhechorej como ujtedej, hombrej adoradores de la injujticia, ladronej de la libertad, y de la verdad.

—Solo los tontos que no aman la vida creen en esas mierdas.

—La revolución nunca cesará y siempre triunfará para loj vulnerablej, y esa justicia que ahora duerme, despertará muy furiosa contra loj miserablej como voj.

—¡Te enseñaré a respetar condenada! —se aproxima a ella. —¡Esas pendejadas de rebeldías, son solo fantasías y destruyen la paz! ¡Mucha destrucción han causado! —el militar grita muy fuerte frente a ella, a un par de centímetros de distancia.

Raymunda, confiada y con una mirada firme sobre el hombre.

—¡Es la bendita revolución: destrucción y evolución!

De la Rosa la mira directamente a sus ojos:

—¡Son muchos los daños que han causado, malditos comunistas!

—¡Que no soy comunista, milico necio y cobarde!

—¡Raymunda, no me tentés! —acerca su rostro a la mujer.

Ella mueve su mentón hacia arriba y hacia abajo, hasta lograr moverse un poco el pañuelo y escupe la cara del militar.

El hombre, sorprendido y furioso, siente el tremendo golpe de las pringas del residuo líquido y ligozo sobre toda su cara. Sus mejillas, sus ojos, su nariz, todo está empapado.

—¡Ya la cagaste hije puta! —con mucha sutileza, limpia lentamente las minúsculas bacterias lanzadas por la mujer. Su mirada es más firme, más seca e intensa que nunca. Se mueve del lugar, un poco reflexivo. Mientras tanto, por el extremo izquierdo lejano de esa casa manchada con sangre, debajo del colorido árbol, siguen Roco y Belú, quien está muy sorprendida.

—¡Oh, wow, qué bárbara! ¡Ella es muy fuerte y poderosa!

—¡Sí, le escupió la cara al hijueputa!

El Sargento está muy furioso por tanto desorden y falta de respeto de la revolucionaria. Voltea nuevamente hacia ella, pone su mano derecha en su revólver, lentamente lo saca de su funda, remueve el bloqueo de seguridad y levanta su brazo frente a ella, quien sonríe y expresa:

—Dale, dale con todo, Rosa podrida.

El hombre, con gotas de sudor en su frente, encoge sus ojos, su boca, pero en su mente piensa: —«*Qué hija de puta, me convence su valentía, ya no hay muchos como ella. Por eso mismo no puedo Raymunda...»*

La valiente mujer prosigue con su honorable discurso:

—Dale, jaa, dale hombe. ¿Sabés qué, Rosita? Voj y esa, tu Alianza Catorce, son peor que esa saliva en tu cochina cara.

—¡Cuidado Raymunda, cuidado! —una vez más es irrumpido por un pensamiento de duda y piensa: —*«Esa misma valentía estúpida no me permite matarte, no puedo hacerlo así por así, teniéndote cautiva y sin fuerza, no puedo aunque quiera».* Cuidado mujer, mucho cuidado, no te quiero maltratar.

—¿Qué vaj ha ser? Voj mijmo soj un venenoso gujano que dejaj dolores en la gente, ¡jaa, jmm, te fascina derramar sangre de tuj hermanos, solo por migajitas de pan!

—¡Callate, yo solo defiendo la patria de rebeldes tontos¡

—¿Cómo podéj dormir así, Rosita? ¿Cómo podéj ver la cara de tuj hijitoj antej de dormir? ¡Sucio, Rosa de espinas malditas!

De la Rosa se le acerca y hace como que la va a golpear, pero se detiene, piensa de nuevo: —*«Si llegaran a investigar el paradero de esta y dan que yo la he matado, tampoco me conviene, ya es muy conocida la perra»* —la mira y sugiere:

—Tranquila, todo deberá ser a su debido

tiempo —un poco más relajado, se acerca a la mujer, quien aún está en pos de batalla.

—¿Ha, te duele va? Te duele marica.

—Sos mía, toda mía —toca su pelo, pero ella rápido mueve su cabeza. De la Rosa da un paso atrás, enrolla sus mangas de la camisa y una vez más exclama: —¡Sos mía, toda mía! —hace como que la va a golpear.

—Dale Rosita, saca tu Magnum y jalale puej, acabá conmigo, mirá que fácil, aquí estoy cobarde, no tengaj miedo, mariquita.

—Desahogáte Raymunda, pero mañana, yo me cagaré de la risa. Lástima, no podrás ver mi rostro al escuchar las noticias, hablando de la gran mártir que se sacrificó por un montón de indios salvajes.

—¡Ja, ja, ja, en tuj sueños mariquita!

—Gentuza sin juicio, que no dejan que los avances y el desarrollo de la patria continúen.

—¿Qué avances ni que desarrollo? Son tuj tatas, esoj de la tal Alianza Catorce.

—¡Callate estúpida, de la Alianza no se habla como cualquier cosa, eso es sagrado, puta!

—Es cierto, vos y la alianza quieren matar loj campesinos, ¿Por qué, si ya lej han robado hajta suj almaj? ¿Qué máj quieren cochinos?

—¡Que no blasfemés contra la santa Alianza! —le agarra fuerte del pelo.

Un grito desde lejos...

—¡Heey, no!

—¿Aah? —el militar busca entre los charrales con la mirada. Gabino también reacciona y exclama:

—Hey, viene desde allá, por aquel árbol de Maquilishuat.

—¡Vamos, que no escapen! —rápido desenfunda su arma y mira alrededor, luego se la acomoda de nuevo, pues responsabiliza a una bandada de pájaros que se levanta del Maquilihuat, ordena a los hombres volver a la casa.

Mientras tanto, bajo la sombra del árbol, Roco, enojado, cubre la boca de Belú.

—¡Callate, callate! ¡por favor, no digas nada!

—¡Mmm, mmm, noo!

La niña se ha parado en alguna espina o en alguna astilla, intenta sacarla, mientras es sostenida por las manos de Roco, quien rápido las mueve y se quita sus caites y su sombrero.

—Tumá ve, punéte ejtoj caitej por si te toca correr, y así no te ejpinéj loj piesej, tumá ejte sombrero, punételu en la cabeza, peru callate.

El hombre, en la distancia, sigue golpeando a la mujer.

—¡Sucia comunista, el supremo gobernante Martín Militar y la gran Alianza Catorce se respetan como dioses, vos sabés eso!

—¡Yo nu soy comunista cerote!

—Pero, quemaste los cafetales Raymunda, y eso no ha sido bueno, eso fue la gota que rebalsó el vaso.

—¡No judás soldaditu, allí me tenían presa cuandu incendiarun esas tierras, estúpido!

—¡Raymunda, me vale verga! Sos vos quién pagará y muy caro, por los destrozos que vos o tus cursosos compinches hicieron a machetazos en la alcaldía.

—¡Tampocu fui yo, pendeju, eso lo hicieron los bandiduj Gorgojus Coloraus!

—Aah bueno, pues entonces por las muertes de mis guardias y los policías, ¿te acordás, va? Por todo eso, ahora sí, me han pedido tu último aliento maje —el hombre la lanza al patio fuertemente, se cruza sus brazos y camina observando el ambiente tratando de distraerse; pero Raymunda grita:

—¡Es por dimás, Rosita, jamás pudrán silenciar lus cantus de lus sin voz!

El militar voltea, lentamente se acerca, la toma de sus hombros y le mira a los ojos.

—Ya rendite basura.

—¡Estás pendeju, yo suy eternamente libre!

—¡Pero si estás en mis manos! Yo te puedo hacer azada en un espetón hasta que te hagás chicharrones y que desaparezcás entre los dientes de mis perros si yo quiero.

—¡Va, dale, dale, no tenej huevos, soj una marica!

El hombre se aleja un poco, desabotona su camisa, se limpia el sudor de su frente, de su cuello, y regresa más tranquilo.

—Está bien Raymunda, te dejaré libre. Mirá, sé inteligente, te hablo en serio. Solo necesito unos nombres.

—¡Ja, Ja, ja, si yo ya te lo dije pendeju, yo suy libre donde sella y comu sella! Yo jamáj, haría tratuj con basura comu voj, y tampoco traicionaría a ninguno de mij hermanoj.

—Mirá Raymunda, ya en serio, no te quiero hacer mal, solo ayudáme con esos nombres y te dejaré ir pues.

—¿Que nu   entendéj que no te vu a dar ningún nombre, jamáj?

El hombre insiste y con calma le sugiere muy de cerca:

—Rendite, no seas pendeja! Dame esa lista.

—¡Que no, mierda, yo nu tengu purque rendirme ante naiden, yo soy a imagen y semejanza de Dios!

—Ja, ja, hablando de dioses, acordate lo que le pasó al gran Prometeo por no reconocer la verdad ante Zeus.

—¡La única verdad que yo sé, es que voj soj un cobarde!

—¡Ay Raymunda, Raymunda! —levanta sus manos hacia las nubes. —La historia dice que no se puede luchar contra las leyes del destino.

Ella levanta el tono de su voz:

—Intoncis, voj debes aceptar tu mala suerte con ánimu serenu, Rosa maluliente.

El hombre se mueve lentamente frente a ella, con el semblante, más lento, serio y firme.

Gabino va y suelta a Cipriano del tronco, donde estaba arrodillado sobre vidrios quebrados y lo mueve junto a Raymunda, dejando a su hijito Raldo amarrado.

Pone a los dos de rodillas, les venda los ojos e indica:

—¡Ahora es cuándo, Sargento de Rosas! Chacón, ha chequeado todo, parece que no hay moros en la costa, dele con todo.

El sargento baja su mano hasta su revólver y exclama:

—Gracias Raymunda, te aseguro que en los libros vos serás el ejemplo a seguir, para que el resto deje de pensar en esas tonterías del comunismo aquí en el pueblo.

Camina frente a ellos y saca el arma de su funda, es un revólver 45.

La mujer ríe al escuchar sus pasos.

—¡Que viva el pueblo y su lucha, la voj de loj sin voj, nunca será callada! Jamáj juimos comunijtaj, solo juimos luchadorej pacifistaj, que solo queríamoj libertad y justicia para todoj.

—¡Adiós Raymunda! —el sargento pone la pistola en la frente de la mujer. —Ya no más, tu tiempo ha caduc...

—¡No, déjenla, déjenlos en paz! —Belú, sale corriendo y grita desde el distante árbol. Su voz es muy resonante, limpia y fuerte, se escucha hasta el patio: —¡Déjenlos libres, ellos son de la comunidad de los pobres!

El sargento está muy furioso y con ánimos de cacería.

—¡Tráiganme esos indios hijos de puta! —dispara hacia el árbol. Gabino y el soldado persiguen a Belú, por los arbustos y los árboles de la finca.

Ella corre a velocidad máxima y no para de gritar:

—¿Indios dijo? Sí, muy indios y muy pobres podemos ser, pero no somos tan tontos, ni tan chiche.

Raymunda vendada y sujeta en un árbol al lado del patio, también grita:

—¡Todoj semoj serej humanoj, hijoj de un solo dioj!

Los gritos del militar muestran su furia:

—¡Vivos o muertos! ¿Me escucharon? Quiero esos hijos de puta aquí, como caigan, ya me hartaron.

Belú grita, mientras corre entre arbustos y plantas:

—¡Sí, hijos de dios somos todos! —también grita a Raldo, —amiguito, corré, corré hacia tu hermano, liberalo y váyanse.

El niño corre y suelta la soga de su hermanito Raldo y luego los dos se pierden entre los matorrales.

Ella se esconde entre los arbustos, saca su caballito y rápido empieza a sobar su crin, su cabecita, su cuerpo.

—Bueno, espero funciones. Antes de entrar a este tiempo, lo único que dije fue:

Que bonito caballito,

noble, tranquilo y hermoso.

Su mirada es un símbolo

de lealtad, humildad y amor.

Los militares y el gordo Gabino corren, tratando de atrapar a los niños que huyen. Belú, preocupada al verlos, corre de un lado a otro, entre tanto movimiento, Memorus se cae de sus manos y se le extravía entre las hojas.

El sargento De la Rosa, enredado entre los gigantescos charrales, grita a sus hombres.

—¡Que no escape ni uno, los quiero a todos aquí, ahora!

De repente se escuchan unos súbitos ruidos extraños entre las nubes y el aire. Memorus, debajo del árbol ya se ha hecho grande. Belú se le acerca, pero este vuela lejos, pues los militares están escondidos en los charrales.

Aunque el caballo del tiempo ya se ha dado cuenta que los vigilan, Belú no ha visto a los hombres y sigue buscando.

—¡Memorus, Memorus, caballito por aquí! —se confunde al ver su caballo volar y sin ella. —¡Vení, es aquí Memorus!

El inteligente animal vuela alrededor de los militares tratando de llegar hacia ella, pero el sargento es muy listo y bastante ágil, y logra encontrar a Belú.

—¡Están rodeados!

Memorus intenta acercarse y luchar con él, pero el militar le lanza un fuerte manotazo, lo atrapa de las crines y ordena:

—¡Quédense donde están!

Ella, paralizada.

—¿Ah? ¿Pero cómo, qué pasa?

El militar la mira y sonríe:

—Creo que es muy malo el árbol que escogiste para tu sombra muchacha. Mirá cómo desgarro tu juguetito —fuertemente aprieta el cuello del animal y ofrece su mano a la niña. —Vamos ternura, viajarás junto a Raymunda y su grupito de rebeldes —con una mano arrastra a Memorus del cuello, con la otra sujeta la mano de Belú y regresan hasta el patio donde está Raymunda. De la Rosa entrega la niña al recluta Chacón, luego empuña su revólver 45 y pone la boquilla en la frente de la torturada mujer, quien aún tranquila y sin precipitación exclama:

—¡Ya verán, ya verán que la voz de la justicia jamáj será vencida, mal nacidus!

El sargento aún sostiene con la mano al especial corcel con alas, pero este de repente se vuelve minúsculo de nuevo, al punto de no poderse ver a simple vista y se escapa.

Un estridente sonido hace temblar la tierra, las nubes, la casa y el patio. Belú está muy preocupada, pero aun así, busca su caballo amigo.

—¿Memorus, dónde fuiste, dónde estás?

De la Rosa se para una vez más frente a Raymunda y Cipriano.

Levanta su brazo...

Un fuerte grito:

—¡Nooo, noo! —es la niña quien es retenida por el recluta Chacón. —¡No, no dispare, déjelos libres!

El sonido asesino de dos disparos responde dejando un triste eco y una melancólica noticia. Belú lucha por soltarse e ir a buscar los cuerpos. Súbitamente, en el cielo se vuelve a escuchar y esta vez mucho más fuertes, los extraños ruidos, luego unos rayos destrozan las nubes, el firmamento entero y el ambiente se vuelve blanco como la leche. Después de unos tres segundos de pura blancura, aparecen dos inmensas mariposas negras con manchas rojas que cortan el firmamento y bajan sobre Raymunda y Cipriano, ahora tirados en el suelo.

La pequeña intenta correr para ayudar un poco, pero solo derrama lágrimas al ver la situación y suplica con angustia:

—¡Soltame, soltame, ellos son buena gente, mirá como se los llevan ve! —su voz se va opacando mientras las distantes estrellas absorben a las criaturas que cargan a Raymunda y Cipriano, y se pierden en el firmamento.

De la Rosa y el cacique Gabino se distraen al ver los extraños seres con alas, que desde arriba también los observan y se quedan quietos en el aire, encienden unos puntos que tienen como ojos de donde les lanzan un delgado rayo azul que en el momento los deja convertidos en oscuras piedras. Memorus baja súbitamente de las alturas, Chacón está a punto de atrapar a la niña, pero en ese momento los monstruos alados esparcen un fantasmal ruido, el soldado voltea hacia arriba, y al verlos, en el instante también queda hecho piedra mediante el rayo azul en sus ojos.

Belú se suelta, brinca sobre las espaldas del caballo y se va gritando:

—¡Vamos Memorus, pero por favor, esta vez vámonos a casita, a nuestro tiempo! —se dibujan rayos que chocan entre sí, creando estelas de colores que forman el espectro que absorbe rápidamente a Belú y al caballo.

13. *LA PAREJA MISTERIOSA.*

Se dice que quien miente y traiciona a un amigo, hará lo mismo durante el resto de sus días con cualquier persona, no importando quien sea. La confianza y los pensamientos sutiles o amorosos no son suficientes cuando el precio por la vida o el poder tiene un número más alto que la amistad y la lealtad.

El territorio de La Santa es bastante activo y colorido, es un barrio muy bonito, ubicado en el centro del pueblo de Dorslava. Eso sí, casi todas las semanas hay manifestaciones en sus calles. El movimiento empieza poco a poco siguiendo el ritmo del primer trote de caballo por la mañana, el canto del primer gallo, y agarra más envión cuando aparece la gran pelota dorada del sol traspasando por las montañas, haciéndose más grande cada minuto. Cada quién en su jornada va forjando el día y sus actividades. La vida se desliza sobre sus altas y sus bajas, con los cantos de los pájaros y el rugir de los tractores, las carretas chillonas, los autos y las protestas.

La Santa es un lugar muy activo y hay mucha fluidez de personas, muchos negocios, casas de artesanías, cafetines. Los locales ofrecen música en vivo con bandas muy buenas. Entre esos lugares de bohemios y de espíritus libres, está "La Lucha". También ahí cerquita, en otro terreno, entre unos escombros abandonados a unos cincuenta metros al lado derecho del local, algo extraño sucede de repente. Es un ruido extraño que emerge entre esas ruinas de una antigua casa de adobes. Una explosión de chispas se esparce en el centro del lugar y el ruido sigue. A un metro de altura se forman delgados rayos que van creando un colorido espectro, como en forma de portal. Rápido se abre y se vuelve a cerrar, pero antes, la pequeña Belú Ciudadano aparece montada sobre su caballo Memorus, los dos son lanzados desde el portal, Memorus en el instante se hace minúsculo, pero ella cae. Rapidito se levanta, se queja un poco por la caída, se limpia las hojas y el polvo y sin saber dónde ha sido lanzada, empieza a caminar muy confiada por una polvosa y solitaria calle. Un estridente pito de un auto la hace brincar de repente.

—¡Ay, santo padre!

Alarmada por el pito de una camioneta pickup, con una leyenda en la parte superior del parabrisas que dice "Di no a la guerra, sí a la paz y el amor" y en su placa de atrás "Di-No" con un cuadrito color naranja en la esquina superior izquierda y un minúsculo número 75, y también en color rojo en la esquina superior derecha trae un número 80, también minúsculo.

El auto pasa quemando llantas muy de cerca, la asusta mucho, pero también la distrae el alto volumen de la radio que suena:

"Vuelve a mí, dulce bien,
que bien sabes que te espero
y yo nunca, nunca jamás
te olvidaré..."

—¡Ay, está buena la música, de la que le gustaba a mi papa!

El auto sigue su camino por la polvosa calle y con el musicón a todo meter, que se va disipando con la distancia.

La cipotía Ciudadano se sumerge en el ambiente y sus alrededores.

—¿Ooh, y aquí? ¡Qué agradable brisa, muy bonito lugar!

A sus espaldas tiene el sur, a su lado derecho tiene el este, a su izquierdo el oeste, pero está un poco sorprendida al observar al frente, una increíble cantidad de gente y carros que suben las cuestas en la calle hacia el norte. —¿Ay, pero es que dónde, dónde estoy pues? —súbitamente levanta un poco más su mirada, se queda en silencio e inhala la briza, y como si literalmente descubriera un paraíso prometido, lentamente voltea sorprendida ante el panorama del interesante lugar y más allá de las calles. Se acuerda del caballito, busca y lo encuentra hecho miniatura en su bolsa. En un momento, ella deja su mirada volar sobre las calles y sus caminos de los alrededores, se mete entre algunos solares, camina entre charrales, en silencio observa, como siguiendo el vuelo de una mariposa, exclama: —¡Vaya, al menos aquí hay mejor forma de transporte! La gente puede caminar más tranquila, sin espinarse y sin que los animales los muerdan.

Un extraño zumbido se escucha en una rama de un árbol.

—¡Uuy, ay, una cul, cul, culebra!

Una vez más el ruido, que deja una serpiente frente a ella.

—¡Ay, uuy, no, culebra, Sánta virgen pura, no! —Belú corre muy fuerte, dando brincos extraños. Es que la rabiosa criatura no solo se le ha cruzado en su camino, si no que en cuanto toca tierra también empieza a hacer sus espirales y zigzágs acercándose a ella, luego se enrolla como una rueda y gira y gira detrás persiguiéndola. Vale que trae puestas las viejas sandalias que le ayudan a correr muy rápido sobre roedores, espinas y piedras, le ayudan a escapar del pendenciero reptil.

Después de caminar un poco entre chiriviscos, charrales espinosos, la pequeña Ciudadano, logra volver al camino limpio y sin zacate. En cuanto sale a la calle se percata de una pareja frente a un local de comida y bebidas.

La mujer muestra algo de adentro al hombre.

Desde las orillas del lote próximo al local "La lucha", Belú los tiene bien vigilados, en silencio, escondida entre unas matas de chácara, desde a unos 15 metros de distancia observa cuando la mujer se pone a leer un papel. Ahí está frente al lugar y como que compara el número del establecimiento.

Indica al hombre con aspecto de gruñón, y con la cara bastante barbuda también:

—¡Aquí es, sí! —un poco exaltada. —¡Vaya, por fin, lo encontramos!

Belú logra escucharla y reacciona:

—¡Ay, dios mío! ¿Pero qué piensan hacer? —se queda en silencio, le preocupa ver que el hombre saca un arma de fuego que trae pegada a su cintura, pero que luego se tapa con su chaqueta de cuero café oscuro dando pasos hacia adentro. En ese momento la mujer se opone a su presencia y advierte.

—¡No, esperate, esperate, hay mucha gente, ay no, también hay unos guardias adentro!

—Bueno, vamos, ¡vámonos! —el hombre se reacomoda su pistola, se la cubre con su chaqueta, y en ese momento se van del lugar.

Belú espera que se pierdan, luego lanza un suspiro profundo y pone cara de tranquilidad al observar el área. Empieza a caminar lentamente, y bastante observativa del amplio terreno. Le llama la atención algunas casas bastante viejas, otras con poco techo o quizás con techo de cartón, de periódicos, bolsas plásticas, pero con personas aun viviendo adentro. Más adelante, descubre negocios de artesanías de muchos colores, con bultos y figuras para diferentes usos: cántaros, pipas, pitos, cuadros, flautas, trajes típicamente decorados, pero más le asombra la música que se escucha desde un negocio que parece que está bien alegre por dentro.

Ella observa y recuerda:

—¡Aah, aquí era que estaban paradas aquellas personas que sacaron el arma! Sí aquí era, frente al... —busca alrededor, luego lee al frente, al escuchar la música exclama: —¡Sí, fue aquí al frente del cafetín "La lucha"! —busca algo con la mirada. —¿Ay, tendrán pupusas ahí, o sándwiches? Hmm, tengo hambre —se va acercando a pasos lentos, curiosa por el lugar: —¿A ver, a ver? ¡Se escucha música! —llega hasta el andén de la cantina "La Lucha", que no es cafetín como la niña pensaba. El lugar es llamado así porque el nombre de la persona que inicialmente abrió el local con servicio al público, era "Luisa", y sus conocidos de cariño le llamaban "Lucha". Luisa era una tremenda revolucionaria en tiempos muy antiguos, cuando Dorslava apenas era una pequeña finca privada para los invasores de tierras. Sin embargo, con el tiempo, el establecimiento empezó a ser visitado por muchos líderes sociales luchadores por la justicia, revolucionarios y los rebeldes de todo el valle de La santa, e incluso todos los del pueblo de Dorslava, por eso le llaman así y también lo consideran su lugar central para la lucha. Es que ahí se encuentran para hacer sus charlas y sus planes para sus marchas y sus protestas.

El rostro de la niña entristece un poco, pues al frente dice que hay que pagar para entrar. Sin embargo, el lugar tiene en la parte superior de su pared un par de ventanas grandes con mallas de alambre, que pareciera que a propósito las han dejado ubicadas ahí, muy alto. Ella se queda pensando y observa lentamente el

147

área, luego corre al otro lado de la calle donde están tirados unos trozos y unas ramas, algunas tienen diferentes formas y tamaños.

—¡Ahí está, ese me va a servir! —se acerca un poco más y aprecia los recursos. —¡Sí, este que parece gancho de hondilla está cabalito! —regresa hacia la galera de entrada, pero antes de llegar, encuentra algo de gran apoyo para lo que ya tiene. —¡Ay, y con este par de adobes de barro será suficiente!

En cierto momento la aventurera cipotía, muy tranquila y feliz disfruta del festejo en el interior del local.

Este es el día del gran Raldo y sus alegres músicos quienes interpretan:

"Vamos hermano campesino,
otros que vuelvan del exilio,
para bañar a esta madre,
tráiganle besos, cariño.
Está enfermita esta tierra,
la pobre tiene hemorragia,
culiches en la panza
dolor de cabeza y cáncer.
Vamos campesino hermano,
a recuperar su estado,
le quitaremos el tufo,
y el dolor le sanaremos.
Ven a limpiar sus heridas,
sacudiremos su pólvora,

lo que sea
para curar a mamá."

—¡Ay, pero qué chivo, super bonito! —Belú, con brillo en sus ojos y una sonrisa que muestra satisfacción. Se pega más en la ventana y exclama: —¡Wow, esa hermosa canción habla de la madre!

Desde adentro se escuchan los eufóricos gritos:

"¡Bravo bravo!
¡Bravo para Raldo, el trovador!"

—¿Ah, se llama Raldo? —en ese momento la niña se distrae al
ver un anuncio publicitario pegado en la pared. —¿Qué? ¿Otro viaje? Esto ya parece un sueño, ¡vaya, aquí dice 10 de mayo de 1975! —nuevamente voltea hacia adentro y al ver al trovador. —¡Hey, su cara se me hace conocida! —se queda asombrada y con cierta duda —¡Sí! Un poco arrugada, pero la he visto… ¿dónde, dónde? —voltea nuevamente al panfleto con la fecha y frunce su nariz y sus cejas. —¡Hmmm!

Raldo, en el interior de local con su melódica voz declara:

—No, si es cierto, por poquito me toca, de no haber sido por ese terremoto de la semana pasada no me salvo, se los juro, bendito terremoto.

Alguien le grita de entre el público:

"¡Sos un Guanaco hijo de puta Raldo, ni las mismas rejas te detienen, que bueno es tenerte mi hermano, te queremos!"

El intérprete agradece y recoge algunas flores que le lanzan sus fanáticos.

—¡Je, je, gracia, muchas gracias, je, je… —sigue haciendo gestos de reverencia y luego solicita silencio, —¡bueno, bueno, ya enserio, les interpretaré algo que escribí recientemente:

Sepa usted señor,
ya no escribiré canciones de amor
No quiero hablar más
de romances de la vida y su pasión.
Mejor escribiré,
de la injusticia y el clamor del pueblo
Solo quiero dar
más comida y un abrigo para el niño,
quien merece paz,
mil abrazos, sonrisas, un hogar.
Sepa usted señor,
ya no escribiré canciones de amor…

El sonriente y talentoso hombre viste un excéntrico atuendo, una camisa negra con figuras de personas recitando un poema, bordadas en el pecho.

Mientras adentro le aplauden, la visitante Belú está encantada con la música y muy pegada en la ventana transparente de afuera intentando leer el pequeño poema en la camisa del artista.

—Aah, sí, a ver, así es que dice:

"El amor del poema nos salva, somos los eternos caminantes.

He aquí los hijos olvidados, que van en lucha constante."

—¡Ay, wow, las letras en su camisa, un gran mensaje, qué bonito! —la niña anonadada, muy atenta, jamás se hubiese imaginado ser testigo del destino de aquel hombre y su lucha, quien antes realiza un gran concierto en ese lugar. La misteriosa pareja de antes, regresa cerca del local, son Concepción Dapson y Leonel Matos. Tienen apariencia intrigante y peligrosa. Nuevamente se paran frente al local, Belú al verlos se hace a un lado y se acurruca, quedándose en silencio en una esquina del corredor de la entrada.

La mujer se pega a ver mediante una de las transparentes ventanas:

—Ahí está.

—¿Estás segura? —Leonel suena un poco agitado.

—¡Sí, sí, ¡puta vos, ese se mira exactamente como cuando lo conocí! «¡Ay que lindo oirte, Raldo!» —piensa, reflexiva.

El malencarado Leo, parado de lado, ignora su comentario mientras sostiene un puro entre sus dos dedos y pegado a sus labios, como fumando muy suave y poco, pregunta:

—¿Y qué, cuánto dura su conciertito?

—No es un concierto común, es su cumpleaños, vení ve, mirá, allá atrás le tienen un pastel.

—¿Dónde? —el hombre se acerca un poco y observa hacia dentro y busca.

La niña aún no se ha cambiado sus ropas, sigue vestida con sus trapos viejos del año 32. Ahora se ha quedado acurrucada, en silencio, en una esquina del corredor, entre cajas de cartón, y algunos sacos llenos de café. Arriba, de forma disimulada, la cubre el viejo sombrero que Roco, hijo de Cipriano le regaló bajo el árbol de Maquilishuat. Desde ahí los observa y los escucha conversar respecto al intérprete.

Concepción está un poco entusiasmada y confundida al escuchar la armoniosa voz del cantor.

—¿Hey, esperá, pero? Si aún le faltan cuatro días, yo sé que es el 14, ah, no, quizás es un concierto para el día de las madres —voltea su mirada hacia el malencarado Leo. —¡Sí, es que hoy es el día de las madres!

—¿Y entonces qué, lo sacamos? Tomá, tomá aquí tu pasamontañas.

—¡No, no! Mirá, yo creo que Raldo se pensaba ir de viaje de nuevo y por eso le adelantaron la fiesta.

—Bueno, lo importante es que a nosotros no se nos adelante él, ¿va? ¿Dónde está, dónde? ¡Adelantémosle nosotros la fiesta!

—Ahí ve, al lado de la barra. —la mirada de concepción, puesta muy fijamente directo sobre el artista, como si recordase algo muy especial: —Raldo, ay Raldo, ya casi llegás a la media naranja.

—Hasta ahí topó.

Con cierto asombro, la mujer voltea rápido hacia el soberbio hombre:

—Cuarenta y nueve son ya, y no deja lo popular, lo loco y lo juguetón —con su mirada sobre el cantante. —¡Aún tiene una excelente voz!

—Voz maldita que envenena. —Leonel parece disgustar la música o quizá la voz del hombre. —Ah, y casi llegaba a la media naranja, dirás.

Belú está muy cerca de ellos, reacciona:

—¿Qué, cómo? ¡Ashu! —sorprendida al escuchar su conversación, pero al ver cómo ellos se asustan al escuchar el estornudo, se queda callada debajo del sombrero sobre una inmensa percha de sacos y cajas vacías.

Ellos miran de lejos, el movimiento entre las cajas y sacos en esa esquina, pero luego lo ignoran, asumiendo que son algunas ratas entre los trapos viejos.

El mercenario retoma el tema:

—¿Entonces vos conocés muy bien a ese, va?

—Un poco, un poco... No creás que ese es chiche, con esa voz homenajeó a José Maria Meyéndez hace unos años, allá en el país Chilo.

—¡Qué hijueputa! —él limpia su garganta y con cierto recelo en su incómoda voz:

—¿Con Meyéndez? No lo sabía.

—¡Ah, entonces vos no sabés nada del gran Raldo!

—Ni que me pierda de la gran mierda.

—Ah, no jodás, ese se codea con grandes personalidades mundiales, gente como el Pintor Argentino Paz Vennéti, el poeta Carlos Giliano de Colombia, es amigo de Monserrat aquel gran saxofonista español, y también de...

—¡Ya, ya, no es para tanto! Vale verga, vale verga.

Concepción, muy quieta, observa alrededor, respira por unos cinco segundos, de repente se acerca al rudo hombre y le pone la mano derecha en su hombro, dibujando un rostro de piedad.

—Leo, Leonel, vení —lo lleva de su mano hasta un solar al lado del local, ahí se pierden entre viejas paredes, árboles, troncos y arbustos muy altos.

Mientras tanto, dentro del rústico y enfiestado espacio de la Lucha, el cantor sigue en su festejo:

—¡Un brindis por la vida, por todos ustedes amigos, por el apoyo en esta lucha! ¡Me alegro por el coraje de todos, salud!

Belú, ya un poco preocupada, sale de su escondite. Desde afuera observa al artista por la ventana, ha escuchado a la misteriosa pareja planear algo en contra de él, por lo que intenta llamar su atención con muecas y señas.

Le grita:

—¡Hey, Raldo, vení, vení hombe, apuráte, vení! —no hay respuesta alguna, pues el hombre está muy entusiasmado con sus invitados y su música, a parte, él no la conoce.

En el terreno próximo al cafetín, la pareja misteriosa sigue discutiendo, pues Leo recién ha hecho algunos cambios en la agenda del día. Concepción sentada sobre unos trozos le suplica, tratando de evitar algo, pero él no parece entender su comportamiento.

Rápido pregunta:

—¿Ahora qué, y para qué me traés aquí?

—Mirá Leoncito, yo acepto que Villa Altamirano es el gran comandante, pero, pero no creo que esto sea necesario vos.

—¿Qué estás diciendo? —el hombre remueve con desprecio la mano de la mujer, la mira fijamente y toca su arma enfundada.

—No te vaya a dar tu plomazo por maje, ¡sí lo vas a hacer!

—¡No tengo valor Leonel! Raldo y yo somos amigos desde que éramos bichitos, yo no lo puedo hacer vos, ¡uy, no!

—¡Calláte, antes que te de tu vergazo! —el agitado hombre, arrebata el cuello de la mujer y la presiona muy fuerte.

—¡No, Leonel, dejame, yo no lo puedo hacer!

—¡Sí lo vas a hacer!

—¿Por qué tengo que hacerlo yo?

—Es lo más conveniente, él ya sospecha de mí. —le da un último apretón con sus fuertes manos. —Lo vas a hacer.

La mujer, tose muy fuerte y se queja por la presión en su cuello, con cierto temor pero resignada, remueve las pesadas manos del hombre, quien no se le opone:

—¡Cuf, aay, cuf! ¡Me vas a ahogar, no me hagás eso!

—Hmm, dejate de mierdas pues, tenemos un compromiso, —indica hacia el local con el dedo. —Ese pendejo no respeta los códigos de honor y de confianza de la comunidad, ¡es espía de grupos de inteligencia internacional!

—¿Pero y por qué decís eso?

—Ja, eso no es nada, aparte los desvergues que tiene con los comandantes, ya se la cantaron varias veces.

—¿Pero qué pasó pues? Imagináte, yo haciendo cosas y ni siquiera sé por qué o para qué.

—¡Todo es para la liberación del pueblo! Pero ese maje está pendejo. —de espaldas, exclama e irónicamente sonríe. —Ja, ja, ¿puteando y contradiciendo al comandante Loba Herida?

—¿A Loba Herida, cómo así?

Leo voltea, mira a la mujer fijamente, se aproxima a ella y amenazante apunta con el dedo.

—Mirá... —se toca su arma en su cintura. —Hmm, ya me conocés, yo no amago si me fallan maje, no le digás a nadie.

La mujer, rapidito hace la señal de la cruz:

—Te lo juro.

El hombre nuevamente se pone de espaldas, saca otro grueso cigarro oscuro de tabaco, lo pone en su boca y lentamente camina hacia la mujer y lo enciende.

—Siempre se opone a las decisiones de Villa Altamirano, ayer otra vez se peleó con él y el comandante la Loba herida.

—¡Aaah eso no está nada bien! ¿Por qué, vos?

—Esta vez, solo porque entregaron a los rehenes, los hermanos Ampo, y por tomar la plata del rescate.

—¿Y solo por eso?

—Mutilados.

—¿Mutilados?

—Sí pues, en trocitos bien chiquitos los entregaron después de recibir la plata. ¡Ja, ni para tamales servían, ja, ja, ja!

—¡Puta, nombe, nombe! —la mujer se tapa su boca. —Pero es que ese no es el propósito de la lucha.

—¡Je, je, ese es el juego del poder; la vida o la muerte!

—¡Un juego de corrupción es lo que parece esto! —lanza su mirada reflexiva hacia el hombre, se toca una pulsera de oro que trae en su mano derecha, tiene forma de telaraña. —Tal como esta prenda, siempre se enreda más y más, malla de maldades.

Leonel, en silencio, apaga su puro, corta la parte quemada, lo empaca en la bolsa original en la que dice "Puros Castidel"

Se estira un poco, se activa, agita sus manos y exclama:

—Vaya, vaya, se acabó el recreo. Bueno, aquí vamos, a lo que te trajo Chencha.

—¿Qué, qué? —la mujer, afligida pregunta, mientras sale del escondite entre viejas paredes y árboles. —¡Ay, no, León, yo no! —se quedan en la orilla de la calle, un poco distante del local. Se dan cuenta que hay una persona pegada a la ventana, pero no creen que pueda escuchar su plática desde ahí. El hombre, con su voz incómoda, insiste con sus órdenes y empuja a su nerviosa compañera:

—¡Vaya pues Concepción, a cumplir la misión!

—¡Ve, yo no, ya te dije que yo no! ¡León, no me hagás esto!

—¡Que sí dije! Y se acabó la discusión, ya no nos podemos echar para atrás. Altamirano y La loba ya están hasta el gorro de las pendejadas de este maje. Sus charlas y su traición no nos ayudan, mucho menos ahora que vamos rumbo a las ligas mayores.

Desde la ventana, Belú escucha muy clarito la platicadera entre los individuos, con voz extraña, interpreta:

—¡Ustedes son la trampa, una trampa malvista!

—¿Aaah? —Leo, muy agitado, levanta las manos y grita a la mujer, pensando que fue ella quien recién habló. —¡A la Puta vos! ¿Acaso no sabés que el plan es tomar el control?

—¿Pero cómo? Esos tiburones imperialistas no lo permiten.

—¡Ja, ja, el capitalismo está a punto de caer! Ya vas a ver, ya vas a ver. Tomaremos este pueblo en nuestras manos, o si no, al menos veremos cómo lo compartimos, ja, ja, ja… —el mercenario hombre disfruta al imaginar las aberraciones que harán con el control del pueblo.

Ella, se queda reflexiva, da unos pasos y fantasea:

—Imaginate vos, crear nuestro propio partido, el gran partido del Fuego, "La libertad y la voz del pueblo."

—Así será, la liberación del pueblo, ja, ja, ja. Estamos a punto de crear una gran fuerza con la que pondremos todo el pueblo, toda la nación y a todos bajo nuestro control.

—¡Ay, qué vergón vos, yo quiero ser vicepresidenta, ja, ja!

—Sí, sí, lo podés ser, lo podés ser, o diputada quizá. Este pueblo y hasta la misma nación serán territorios del Fuego.

—¡Ja, ja, arderán las llamas! —Concepción sonríe por un momento, pero luego se queda callada y en voz baja pregunta: —¿Leo, por qué no antes, qué ha pasado, por qué hasta ahora?

—Mirá, no hay tiempo para hablar de eso, pero mientras ese cerote termina su fiestita esa, te cuento.

—Sí, sí, dale, contame.

—Necesitábamos el apoyo del Comandante Castidel, pero ya llegó el primer envío de armas.

—¿Ya lo aprobaron, llegaron a un acuerdo?

—Ya todo está aprobado, todo listo. Ahora sí tendremos muchas armas Soviétas, varios millones de pesos e incluso, apoyo de inteligencia de Guantanu.

—¡Hey, armas Sovietas son las mejores!

—Pues sí, puras carabinas semiautomáticas, Aká 47, fusiles... Ahora sí, armaremos a todos los campesinos, para que se sientan fuertes y con ganas de entrarle.

—¿Ese Castidel sí es un gran revolucionario, va, vos?

—¡No jodás, Castidel es el padre de la revolución!

—Sí, imaginate, ya son casi dos décadas de gobernar la isla de Guantanu y no habido perro que le ladre, je, je.

—Así mismo haremos aquí, muy pronto vas a ver. Solo falta limpiar algunas cositas.

—¡Sí! ¿Va vos? Ya hay mucha gente enlistada, pero hay que prepararlos, hay que prepararlos.

—No solo eso, más que todo tendremos que empezar a purgar nuestras comunidades, eliminar miembros débiles, infiltrados y orejas pone dedos.

—¿Aah, cómo?

—Este maje ha sido uno de esos mirá —indicando hacia Raldo con su boca.

Belú los escucha platicar, aún desde la ventana, en voz baja expresa:

—¡Van a sacrificar a su propia gente!

161

Concepción se percata de la reacción de la niña.

—¿Aah, qué? —se acerca un poco y se queda a unos metros de la ventana, la pequeña se pone nerviosa:

—¡Uy no, uy no, me va a pegar, me va a pegar!

—¿Aah y esa bicha qué, vos?

—¡Uy no, ay, no, no me pegue, no, no!

—¡Je, je, je, que cipota más loca!

Belú la observa en silencio, pero cuando la mujer está a punto de partir, grita:

—¡Hey, usted tiene un gran churute de oro como diente, ahí en su boca, sí, es oro!

Concepción regresa hasta el andén del lugar y pregunta.

—¿Qué es lo que decís vos, bicha?

—¡Guácala, uuf! —la cipotía reniega por el golpe del mal aliento de la mujer al hablar, quien se admira y sonríe cuando ve que se quita el sombrero de zacate para darse viento y espantar el tufo.

—¡Ja, ja, vaga pasmada!

—¡Uuuf, qué tufo más horrible! ¿Quién es pasmada y vaga? ¿Yo? ¡Uufa! —la niña sale corriendo desde su escondite, la mujer brinca al verla.

—¡Uuy, ay, por la virgen de las alturas!

—¡Uufa, guácala!! —Belú se va corriendo hasta los charrales gritando.

La distraída mujer también se mueve del lugar,

—¡Ay no, eso parecía un sapo, un duende, algo así!

Desde la distancia, Belú expresa:

—¡Vos, tenés el aliento de sapo muerto!

—¿Cómo, qué decís, quién? —Concepción busca un poco para ver quién grita. —¿Vos quién sos? Salí pues… —por su reacción parece que algo importante se le viene a la mente, pues pierde el interés en debatir con la pequeña. Ahora, voltea su mirada directo a los ojos del hombre, quién rápido le pregunta:

—¿Qué, qué putas, por qué me ves así?

—Leoncito, ahora que recuerdo, ¿y por fin, me vas a ayudar a acomodar a mi hermanita con un trabajito por ahí? Ayudame vos.

—Sí hombre, ya veremos.

—Puta, cuando me llevaste a la quebrada prometiste que conseguirías algo para ella.

—Sí hombre, sí, salimos de este encargo y luego te aviso.

—Pero que sea de verdad vos, por favor.

El hombre se percata que Raldo está saliendo del local.

—¡Vení, vení, sampate ahí, ahí entre esos charrales, ahí viene saliendo el maje, ahí viene!

—¡Ay no, ay no! —Concepción, abatida, busca esconderse entre unas paredes viejas en un terreno cercano.

—Apurate, apurate, escondéte. Si ves algo extraño, ya sabés, ¿va? —camina hacia la calle, desde ahí, espera, hasta encontrarse con el cantor, saluda: —¡Hermano, camarada!

Desde los arbustos del otro lado de la calle, se escucha:

—¡Shh, shh, vos, cuidado! —es la voz de Belú, quién ahora tiene un tono muy bajo. —¡Vos hombre, Raldo!

Lanza una pequeña piedra al cantante, quien camina confiado y tranquilo por la calle, de repente se queda parado.

—¡Ay! ¿Qué? —reacciona ante el golpe y masajea su cabeza.

Frente a él aparece el guerrillero, Leonel.

—¡Viva la revolución camarada!

—¿Ay, mmm, qué fue eso? ¡A la puta! —observa alrededor y se percata que el hombre está a unos pasos y que lo ha saludado. —¿Ajá, y vos que ondas pues churute, me andás siguiendo maje? Va pues, después no digás que no te dije, cuando te muerdan mis perros —masajea el golpe en su cabeza.

Leonel acerca su mano a su arma pegada a su cintura.

—Hey, calmate Raldo, calmate va, calmate.

—Pero entonces, dejá esos de la Comunidad del Fuego, ellos no pelean por el pueblo, cerote. Son fraudulentos, solo quieren controlar los recursos y repartirse el capital.

—¿Pero, cómo te atrevés a decir eso de la CDF, traidor? —el guerrillero, enfurecido se jala y acomoda bien una boina verde olivo que trae en su cabeza, luego saca y enciende su grueso cigarrillo nuevamente.

—Tené cuidado con lo que hablás Raldo, tené mucho cuidado.

El trovador sonríe y sin ningún tipo de tapujo prosigue:

—Sí, es verdad pues, esos de la CDF son frentudos y malacates, y mi abuela decía que los terengos con ese tipo de frente salen malos, matarifes, ladrones, talludos y tontos.

La barba del hombre parece temblar un poco por la furia, frunce sus cejas y rechina sus dientes:

—¡Dejá de hablar mierda Ral, vos no sos quién para hablar de la comunidad! —succiona con fuerza el puro, hasta que la brasa del cigarro se pone muy roja. Está que revienta.

Parece que esto no le importa al aventurero cantante, quien se ríe con un poco de sarcasmo.

—Je, je, je, aceptalo, los de la Comunidad del Fuego son unos cabeza hueca y resentidos, bayunco.

—¡Vos sos de los mismos, jueputa! Ahí has andado con nosotros en las movidas, quebrando puentes, incendiando alcaldías y buses y no lo podés negar maje.

—¿Qué putas voy a ser yo de ese grupo de chichipates? ¡Jamás! Yo no los conozco, perros. Solo son frutos podridos y corruptos. Digo eso, con conocimiento de causa, porque antes sí mirá, antes sí, yo mismo fui un miembro fundador de esa llamarada de fuego de tuza.

—Ja, ja, Raldo, vos ya estás bien metido en esto, papá.

—Sí, yo me involucré en esa mierda, porque pensé que si no lo hacía yo, ahí quedaría el espacio para los cerdos corruptos, la basura, y mirá, de nada sirvió, porque eso es lo mismo que ahora hay, mentiras, abusos y corrupción.

Una vez más, ruidos y susurros al otro lado de la calle:

—¡Shh, shh, vos, vos! —Belú, intenta advertir a Raldo desde la esquina del terreno del cafetín. —¡Hey vos, vení, vení!

—¿Aah, pero qué es? —el hombre busca el llamado alrededor. Mientras tanto, Leo también es arrebatado por Concepción, con quien se van hasta el otro lado de la calle y se meten entre unas paredes abandonadas llenas de hormigas y telas de arañas.

Ella está muy angustiada y suplica:

—¡Hey Leo, Leoncito, no puedo hacerlo camarada, no puedo!

El hombre muy enojado, empuña su mano izquierda y se la muestra desde muy cerquita y amenazante:

—¡Qué lo vas a hacer! Ya no podemos echarnos para atrás.

—¡Leonel, no, no, no me hagás esto, yo no quiero ser parte de esta locura! ¿A mi propio amigo? ¡Oh no!

Él se le acerca de nuevo, pero esta vez, un poco más suave y sutil, como queriéndola calmar.

—Ya tranquilita maje, shh, shh, ya va estar, ya vas a ver que este pueblo pronto estará en nuestras manos.

La mujer, con una voz resentida y llorosa, se limpia su nariz con un pañuelito blanco que tiene una estrellita roja bordada en una esquina.

—Pero es que no… —suena sus narices, mientras sostiene el pañuelo en los orificios. —Yo, yo apenas tengo treinta años y una hermanita que cuidar. ¡No quiero meterme en más líos, tampoco quiero andar como una traidora por la vida! —esta última expresión la dice tan fuerte que Leo corre y se esconde, pues la mujer suena muy angustiada y saca la cabeza hacia la calle.

Raldo también ha salido del otro lado, se encuentran.

—¿Qué ondas vos Conchita? —casi al frente de ella. —¿De qué hablás mujer? ¿Qué tenés?

—No, nada, no pasa nada Raldi —ella se limpia su cara y se mete de nuevo al solar vecino.

Una vez más, Belú sale y toma al cantante de la mano y se lo lleva hasta su escondite.

—¡Hey vos, vos, vení te digo!

—¿Ah, pero...? —Raldo, confundido e inquieto, pues no la conoce. Ella solo es una niña, que lo jala de un lado a otro: —¡Uuy! ¿Y vos, quién sos, niña?

—No, ¿vos? ¿Verdad que vos no sos el hermano de un cipote que se llama Roco? El hombre pone cara de aturdido y sonríe.

—¡Sí, soy yo! Bueno, era.

—¿Qué? ¿Vivieron en Cuscatla?

—Sí, ahí nacimos, él era mi hermano mayor... —arruga el centro de sus cejas y con un rostro de intriga la mira. —¿Pero, y quién sos vos, cómo conocés el nombre de mi hermano y el mío?

—Bueno, yo te conocí a vos y a Roco allá en Cuscat...

—¡Je, je, je, nombe, ya en serio, bromista! Decime, ¿cómo es que sabés de nosotros?

—Ya te dije, yo soy Belú y te conocí cuando estabas chiquito en Cuscatla.

—Niña, ya, en serio, ¿quién te habló de Roco y te dijo que él era mi hermano? Y por favor no insistás que lo conociste porque mirate ve, si apenas sos una cipotía culichosa. Mi hermano murió hace muchos años, vos ni por cerca habías nacido.

—¿Cómo, qué le pasó?

—Los guardias lo mandaron para el otro mundo. ¡Cerotes!

—¡Oh, qué triste! Mirá, antes que sea demasiado tarde, tené cuidado, tené cuidado vos. Esos dos traman algo, algo traman.

—¿Esos? ¡Nombre, ellos son camaradas! Hasta conocieron a mi hermano, imaginate.

—Bueno, eso yo no lo sé, pero sí escuché, cuando ella dijo que no lo quería hacer.

—¿Hacer qué? No niña, no te preocupés, todo está bien —el hombre de repente observa el atuendo de Belú, quien rápido se da cuenta y reclama:

—¿Qué, qué me ves?

—¿Vos, estás bien? Ese sombrero deshilado ya está viejito y esas chanclas de hule, igualitas a las que nos hacía mi papa.

—¡Pues estas son las mismas!

—Jaa, ja…, fantasiosa, bonito fuera ver aquellas maravillas hechas por las manos de mi papa… —con la mirada perdida sobre el infinito cielo. —Ay que lindos recuerdos, pero solo son tus zapatos de vagancia, ja, ja, ja.

—¡No, sí, estos son los que hizo tu papá!

Ellos dos conversan y juegan un poco, mientras tanto, al otro lado de la calle, Leonel Matos, a escondidas y muy furioso contra Concepción.

—¡Miráme la cara infeliz! —nuevamente arrebata y muy fuerte el cuello de la mujer. La sostiene firme y le lanza un chorro de humo en la cara, después pasa su mano sobre esta misma.

—¡Ay no, por favor no!

—¡Miráme, mirame! —pone un pucho de polvo en su boca y se lo empuja.

Concepción, asustada y temblando:

—¡No, Leonel, por favor, no me hagás esto! —intenta soltarse y regresa el polvo, pero el hombre, con fuerza le da un golpe en la cabeza y le ordena:

—¡Tragátelo, que te lo tragués perra! —a golpes la obliga a tragar, la mira a los ojos y con una voz un poco extraña exclama: —Concepción, vos, Concepción, estás bajo mi control, que te quede muy claro.

—¡Leoncito, Leo, no!

—Mírame, vas a hacer todo lo que te ordeno, desde ahora y para siempre —toca las orejas de la mujer, pasa las dos manos sobre ella, jala muy fuerte su grueso y negro cigarro, luego la empapa de oscuro y embrujado humo. Una vez más toca los ojos de la mujer, sus orejas, su nariz, su boca y todo el cuerpo, y le lanza más chorros del no tan agradable oxígeno contaminado.

—Tus oídos son solo para mí, Concepción, tu cuerpo, tus pensamientos, tus servicios y reverencias solo son míos. Tu alma pertenece y obedece a los victoriosos de la Comunidad del Fuego, ¡tu alma pertenece a la CDF! —la mira directo a los ojos.

—Ahora andá y cumplí con tu trabajo —le otorga una fuerte nalgada.

La mujer con una voz adormecida, su mirada débil, vacía, sin brillo, sin pasión, fija hacia la nada:

—Sí, sí, como usted ordene señor —saca la pistola que el hombre le dio temprano.

Raldo, recién ha salido del local y camina desprevenido, la saluda, la mujer temblando levanta su mano, él sonríe y canta:

Soy la miel de la vida,

Soy el viento, soy el sol.
Soy esperanza, soy sonrisas
siempre viajo hacia tu amor...
Al ritmo de la canción, la nerviosa mujer, pone el dedo en el gatillo y apunta hacia el hombre...

Un fuerte grito.

—¡Raldo! —es Belú desde un arbusto. —¡Cuidado!

Lástima, el estruendo de un disparo opaca todo sonido, incluso el grito de la niña se pierde en el eco del mortífero impacto al lado derecho del pecho del hombre.

—¡Eso! —Leo, desde su escondite celebra, al escuchar el toque final de la misión.

—Dale con todo Concha, ¡es tiempo de hacer sacrificios para lograr la victoria!

Raldo aún en pie, pero agonizante y ensangrentado en el centro de la calle se queja:

—Con, ¿vos, Concep?

—¡Raldo..., yo! Yo lo sien... —la mujer tiembla, empuña sus manos en el arma, mientras el hombre se retuerce y se queja en el centro de la calle.

—¡Ay, ay, ayuda, necesito ayuda!

El mercenario Leo, sale rápido del escondite.

—¡Listo! —trae un trapo empapado con algún tipo de droga líquida, lo pone en las narices del agonizante hombre, quien en el instante se queda anestesiado; luego se lo pone en uno de sus hombros y exige a la mujer: —¡Vení, vení vamos, ahora sí, casi terminamos con esta mierda!

Los dos criminales se van corriendo mientras cargan el cuerpo del gran trovador, se pierden entre los charrales y barrancos del valle de La Santa en el pueblo de Dorslava, hasta que llegan a un lugar llamado "La playa muerta". Ahí terminan de ejecutar al artista soñador, dejando su cuerpo desperdigado por diferentes partes. La desconsolada y nerviosa bichita empieza a buscar un lugar para escapar del peligro.

Entre llantos corre y reclama sin cesar:

—¡Yo se lo dije, yo se lo dije, ellos eran malos! —se esconde detrás del cafetín, llora y reclama por la tragedia que recién ha visto y la pareja de asesinos se han perdido del lugar. Rápido corre hacia donde inicialmente apareció junto a Memorus, y en el camino recoge una prenda que cayó de la mano de la mujer, una pulsera de oro con forma de telaraña. De manera silenciosa, Belú interpreta:

—Bonito y sabio caballito, noble, hermoso y tranquilo.

Tu mirada, símbolo de lealtad, humildad, elegancia y amor.

El caballito no reacciona, ella busca dentro de su bolsa,
lo ve en el fondo pero sin moverse o hacerse grande, luego se percata que los criminales regresan y buscan algo en el camino. Al verse sola, sin el apoyo de Memorus, tiembla un poco, se da cuenta que ellos traen un arma de fuego en sus manos.

—¡No lo puedo creer, y Memorus está bien tilinte, no reacciona nada ve, ay madrecita santa!

Las voces de los individuos se escuchan un poco más cerca

"*¡Parate ahí, no te movás va, parate!*"

Belú está como paralizada sin ideas y sin saber dónde moverse. Intenta una vez más hacer reaccionar al caballito:

—¡Bonito y sabio caballito, noble, hermoso y tranquilo!

—¡Hey, parate ahí, no te movás! —el violento Leonel Matos le apunta con una tremenda pistola desde la distancia.

La niña sigue con su mantra:

—Tu mirada, símbolo de lealtad, humildad, elegancia y amor...

Memorus enciende sus lucecitas y hace sus ruidos electrónicos y sale volando de la bolsa, mientras va creciendo rápido, vuela alrededor hasta ir creando esa cortadura en el grandioso telón del ayer, el hoy y el mañana; pasado, presente y futuro. El malandro Leonel queda atolondrado y asustado al ver las luces y al caballo, que ahora vuela hacia él. Cuando ya está a dos metros de distancias del asesino de artistas, el caballo se pone de espaldas y le otorga dos patadas sobre el pecho, lanzándolo muy lejos, como si lanzara una pluma por el aire, y luego vuela hasta Belú, quien sube a sus robustas espaldas para aventurarse en el hermoso puente del tiempo. El portal se abre, ellos se sumergen en sus profundidades para seguir con su vagancia, o para buscar a su mamacita quizás.

14. EN EL ESPACIO DEL NO TIEMPO.

Existe un territorio extrañamente mágico, con todo a su medida y con gran delicadeza. En el fondo, el ambiente es dibujado por un gigantesco charco azul oscuro con pringas blancas, amarillas y rosa, que se miran arriba, abajo y a los lados. Es el inmenso firmamento y su hermoso espacio sideral repleto de constelaciones relucientes de escarlata, unas muy cercanas, otras, tantito más distantes. Todo es decorado con extraños pero exuberantes colores alrededor. Hay estrellas por todos lados, espesas y veloces bolas brillantes que circulan por las máximas alturas y por las más remotas profundidades también.

Todo está en completa calma, en un pesado silencio. En esa especial y espacial tranquilidad, también hay suficiente territorio, un universo entero para respirar profundo y sentirse libre, feliz y fresco entre esas maravillosas energías.

—¡Wuoo ai, oh! —un súbito y extraño grito lejano irrumpe la paz del inmenso y pacífico lugar. —¡Aquí vamos! —el prolongado eco continúa e inunda el bien dibujado lugar estelar. Una gran ruptura se forma a partir de unas muy pero muy delgadas rayas de color blanco y violeta que aparecen. Al principio, los coloridos y delgados trazos vuelan entre las brisas distantes, como si fuera algún tipo de humo brillante en el horizonte. —¡Yaa, yajuua! —una silueta se dibuja en el azul océano estelar, que rápido se vuelve a cerrar.

—¡Ya casi, ya casi! —una vez más los alaridos, ahora más cerca. De repente aparecen Memorus y Belú, ella gritando desde la súbita silueta que ya se ha convertido en un portal de múltiples colores: —¡Ajuya, ay! —cae sobre una minúscula y brillante plataforma con figura de estrella. Rápido brinca, limpia y sacude su cuerpo, su pelo, y sorprendida observa estrellas, planetas, cometas y el inmenso espacio, un lugar sin una sola pared. —¡Guau, qué experiencia, jamás me imaginé ver esto! ¿Qué es este hermoso espacio celestial? ¡Guau, aquella muchacha no me dijo nada de esto!

"Belú, Belú".

Desde la pequeña bolsita que trae colgando, una voz sutil y delicada, es la minúscula figura de Memorus:

"¡Pilas, Belú Ciudadano, ponte pilas, tu eres el enigma!"

Se escucha muy fuerte y rápido, por lo que ella está más sorprendida que nunca.

—¿Ay, y ahora qué es? —muy curiosa busca la voz, pero luego mira a su alrededor. —¿Dónde estoy y que es este inmenso lugar? —a través de la tela de la bolsita que cuelga sobre sus hombros salen delgados rayos. —¡Oh, Memorus! —lo saca y lo pone fuera, muy cerca de ella.

Una vez más, la voz:

—"¡*Belú, Belú, niña Wanaka, cielito azul!*"

—¿Quién es, quién está ahí?

—"¡*Belú, Belú, niña Wanaka, cielito azul!*"

—¿Aaah, yo...? —muy atenta, confundida y nerviosa, pone sus manos sobre Memorus. —¿Qué, también hablás? ¿Me escuchás? ¡Hola!

Una vez más la voz:

"*Belú, Belú muy atenta,*
busca luz, Belú, Belú,
hay raíces que se pudren
y sus árboles dan malos frutos"

Ella observa a Memorus, le jala un poco las orejas.

—¡Sí, es cierto! Ay caballito, sos tremendo malandrín, tenés tantas cosas; viajás en el tiempo, me cargás sobre tus espaldas, ahora hablás, relinchás, ¡increíble! ¿No sos chiche va? —se queda quieta y observa su entorno. —¿Hey, pero dónde estoy ahora? ¿Aaah, mmm, y qué es eso? —la inquieta ver una hermosa figura flotar sobre las estrellas distantes y que tranquilamente se aproxima hacia ella. La inocente Belú, se emociona y brinca sobre su propia estrella minúscula. —¡Eso, ahí está la muchacha Rapsodia, ahora sí viene la victoria!

La poderosa guerrera monta un brillante y galante caballo de oro y plata, y viene cubierta desde la espalda con una brillante capa decorada con diamantes blancos y azules.

De repente, da vueltas por el aire sobre su compañero de nombre, Elegante, luego interpreta con voz resonante:

—*Bienvenida al corazón de la Era,*
el espacio magistral y sin tiempo.
El hogar para las almas guerreras,
bienvenida a tu hogar, a tu aposento.

La fuerte mujer brinca desde su caballo, el cual parece haber nacido de algún proceso alquímico de relucientes metales y piedras preciosas.

En cuanto la ágil guerrera baja del hermoso animal, este se hace muy minúsculo, ella cae sobre la plataforma con figura de estrella donde está la niña, quien grita:

—¿Hey, en verdad sos, mi amiga la de allá, la que me dio el caballo pues?

La fuerte dama toma la miniatura de Elegante, que ahora es tan pequeño que lo guarda en un cofrecito de oro sobre un anillo en su dedo, brilla mucho debido a una capa de perlas preciosas que la envuelven, se aproxima a Belú, quien vuelve a preguntar:

—¿Hey, decime pues, sos mi amiga aquella que me mandó por el tiempo?

—*"Sí, soy Rapsodia y estaré aquí si me necesitas.*

Di Amor, con amor, Rapsodia, ven visita.

Madre fiel de los hijos en el exilio.

Clama mi nombre y aquí estaré cerquita".

La niña Ciudadano, un poco quieta, solo observa los movimientos y escucha el muy bien entonado canto de Rapsodia, en un momento suelta su voz.

—¡Hey vos, muchacha peleadora! La otra vez dijiste que estábamos relacionadas, ¿qué, acaso somos hermanas? ¿Sí? ¿Sos mi tía o mi prima? ¡Decime pues!

La hermosa hembra pone las dos manos en las puntas de su capa y se levanta por el aire con euforia.

—*Tu y yo, somos la madre Era,*

somos también la primavera,

un solo ser que se regenera,

somos la misma madre primera.

—¿Aaah? ¿Madre, era? ¿Y eso, cómo?

—*¡Vamos Belú!*

La generación salvatruca,

una época más

que completamos.

El retorno del viajero,
los amores que buscas,
los alegres corazones
y sus gritos del alma.
La niña escucha el canto, pero parece un poco inquieta.

—¿Aah? ¿Hmm..? No entiendo nada, es que, ¿era, madre?

—*Tranquila, porque...*
Tú y yo, hemos viajado juntas,
antes ya, por playas y otras rutas,
bajo el sol, oasis, fangos, grutas,
con un amor que no se muere nunca.
Rapidito, rapidito, se abre el portal y la guerrera monta   sobre su caballo y súbitamente desaparece.

Belú entusiasmada la busca y no la encuentra.

—¡Muy hermoso! ¿Pero, dónde se fue? —súbitamente, Memorus se agranda, ella grita: —¡Ay Memorus, mi fiel amigo! —se forma otro portal frente a ellos, en ese momento la aventurera cipota monta su caballo, y ahí se van volando por el abismo del tiempo.

15. *LA FIERA DEL REGGAETON.*

Todo está tranquilo sobre la calle José Cañas por la mañana, poco a poco y en silencio se va despejando el ambiente calientito por el tremendo sol que aparece y cada vez más cerquita. De repente, la plaza y las esquinas principales del pueblo de Dorslava empiezan a tomar vida. Tal como si fuesen repentinos chorros de agua que crecen cada vez más, así se llena por varios lados de gente trabajadora y humilde, cruzándose los unos a los otros mientras viajan a sus labores. Unos van hacia las fábricas, otros para el mercado, a construir casas, a las tiendas, o quizás para alguna oficina. Pero algo que sí es seguro, es que ahí en el camino se disfrutan un atolito chuco, una pupusa con curtido, un par de totopostes con chocolate, otro quizás se lleva algún manguito picado con chile, una bolsita de chilate. Sin embargo, como hoy hace calorcito, quizá prefieran alguna minuta con jarabe de tamarindo, una charamusca ó un sorbete con sabor a coco. Para el mediodía, se inunda de gente por toda la región, pero el sector donde está la calle José Cañas es uno de los más populares. Es casi imposible que los que caminen por esos rumbos ignoren, o no se sorprendan, ante la lenta danza ondulante de la bandera azul, ubicada sobre la base de concreto frente a la hermosa mansión número 87, la de la familia Ciudadano.

Alrededor de esa base patriótica, hay verde zacate que súbitamente es arrasado por una mancha de luz, junto con un cortante zumbido. En ese preciso momento, alguien abre la puerta izquierda del sótano de la mansión, pero ahí, pegadito al símbolo patriótico, se sigue formando un espectro de colores, aplastando y rostizando algunos charrales cerca de la base de concreto. De repente aparecen America Belú Ciudadano y su poderoso caballito Memorus, traspasando la malla del tiempo.

Rápido baja de su caballito gritando como siempre:

—¡Ay, por fin, aquí sí parece como mi tiempo! —encuentra algo muy especial a un lado de la base. —¡Oh, mi viejo balde! —le sacude el polvo y las hojas, se lo amarra a su cintura, lo toca como tambor y voltea hacia la hermosa casa: —¡Maruja, ya regresé! Tenés que irte, por las buenas o por las malas, ¡pero ya! —el "ratatata" de su balde pone la acción y hace que el tiempo vuele más rápido.

Por la puerta del sótano, sale una señora con cara de recién levantada, con el pelo aún desarreglado y el rostro encogido y como con ganas de dormir. Enciende una pequeña y vieja radio que tiene afuera de su ventana, suena:

"Nara Nara, Nara Nara
Nara Nara, Nara Na…."

Un energético locutor con una voz que parece una gigantesca motocicleta, pero con ritmo:

"¡Son las once, mis campeones, once de la mañana con 30 minutos, este día veranero de Agosto del 2019 en todo el pueblo de Dorslava la tierra de oro! ¡El tiempo se nos escapa de las manos en un parpadear de ojos, por lo que mejor nos vamos con la música que le hace mover con ganas y gozar de la vida. ¡Goofy!

"Nara Nara, Nara Nara
Nara Nara, Nara Nara…."

Suena un tema de reggaeton, del famoso Goofy Poop, música popular en las mentes comunes de la ciudad. Belú se distrae, suspende los redobles, sonríe, se tapa la boca al ver los movimientos que la mujer hace, pues son muy divertidos.

"Nara Nara, Nara Nara
Nara Nara, Nara Nara"

—¡Vaya, y ahora esa reguetonera! ¿Quién es esa fiera? —Belú no se pierde un detalle de los pasos de la mujer, quien trae puesta una pijama rosada y una camiseta blanca larga con un osito rojo en el centro con una frase que dice: "Te amo Goofy"

La vieja mujer tararea la canción y estira lentamente sus flacos brazos, mueve su cuello, luego con sus planas caderas, hace unos movimientos al ritmo de la música en la radio.

"Nara Nara, Nara Nara
Nara Nara, Nara Nara...
Nara Nara, Nara Nara
Nara Nara, Nara Nara...
Ese culito pa lante
y rápido pa atrás,
Pa arriba, pa abajo
y otra vez mami.
Esta cosita pal frente
y te haré goza...
Polque eres mi gata,
yo tu chico malo
Ven perreale mami
a este tu galán, ooh
Ven perreale mami
a este tu galán, ooh.

La mujer le da rienda suelta a su macarena, con el pegajoso ritmo de los timbales y tambores calienta sus huesitos. Belú sonríe al verla bailar reggaeton.

—¡Ja, ja, ja, vaya, dele con todo! Ya se mira bien   grandecita pero todavía se mueve shis, todos modos.

La inquieta señora, lentamente riega las plantas, mientras baila, baja y sube los escalones de concreto frente a la puerta de entrada. Sobre un tronco cerca, hay un espejo con el que quizá ella hable en secreto, lo toma, lo limpia un poco y se mira. Pone los dedos de sus manos en forma de peineta y con cierta velocidad se arregla su pelo. De su mano derecha, se pone el dedo índice, el dedo medio y el anular en la punta de su lengua, luego los lubrica con suficiente saliva y se los pasa sobre su cabeza, una vez más, por su boca y sobre sus pómulos, en las esquinas de sus labios y de sus ojos, también en su barbilla.

La pequeña saluda:

—¡Hola, buenas!

—¿Aaah? —la mujer voltea su furiosa mirada, que refleja la sorpresa y el enojo, rapidito acomoda el espejo sobre el mismo tronco. —¡Uy no, uy no! —arruga el entrecejo y con una de sus manos se cubre del sol para distinguir mejor.

La cipotía detrás del cerco, entre arbustos:

—Hola doñita, hola, ¿poniéndose guapa va? ¿cómo está? —se aproxima un poco. —Hey, baila muy bien.

Belú saluda desde la distancia, con toda confianza, pero parece que la señora no está muy contenta al observar.

—¡La callejera! ¿Qué hacés ahí? ¿Vos sos la vaga Belú, va?

La niña no alcanza a oír todo lo que la mujer grita, solo logra entender: "Belú".

—¡Hola, sí, yo soy Belú Ciudadano! ¿Y usted, quién es?

—¡Aaah sí, sos vos bicha vaga, ya venís a causar problemas!

—¿Ah, yo? ¡No!

—¡Imaginate, ve! —corre y apaga la radio y la trae consigo, —¿Ya venís a robar cosas de este hogar y de las casas vecinas?

—¿Ooh? ¿Y esta? No la reconozco, pero su voz me suena un poco familiar.

—¡Largate lejos, fuera de aquí, cara de tortilla pasmada!

—¿Cómo me dijo, señora malencarada?

—¿Ah, cómo, y vos, ya te viste en un espejo? —la enflaquecida vieja tiene una escoba hecha con chiriviscos puesta en una esquina, la toma y camina hasta la orilla del solar lanzando escobazos a la niña, como evitando que traspase la propiedad.

—¡Andate, andate lejos!

—¡No, usted, yo creo que la conozco!

—¿Cómo, qué dijiste? ¡Ay, no, ay no!

La mujer se para, y empieza a jalarse los pelos y se los hace un alboroto.

Belú da unos pasos hacia dentro del solar, observa a la mujer con cierta atención.

—Hey usted, usted..., ¡sí, usted se parece a alguien! —lentamente se introduce un poco más. —¡Sí, me recuerda a alguien, pero, pero no puedo recordar su nombre ahora. Es que con esos pelos no es posible, ¡qué horrible!

—¡Ay sí, ay sí, mal educada! —recoge piedras y palos del piso y luego lanza con fuerza hacia la niña. —¡Fuera, shuu, fuera! Mejor vos, mirate lo horrible que sos.

—Pero, si yo...

—¡Callate y largate delincuente! —la muy enfurecida señora, no la deja hablar, grita a los cuatro vientos como para que escuchen hasta los ángeles del cielo o los marcianos. —¡Cuidado, cuidado, por ahí anda la vaga piojosa, la que grita locuras y se mete drogas, cuidado, cuidado!

—¿Pero, por qué grita esas cosas de mí? —Belú se acerca un poco más, reclamando fuertemente: —Ve, yo no soy nada de eso que dice usted, lo único que quiero es entrar a mi casa y descansar, ¿es acaso eso mucho que pedir?

—¡Sí, es mucho! Es que no dejás de joder y joder, ¡ya dejános en paz vos, solo sos insultos y malcriadeces, respetá a los mayores, piojosa!

—¡Pero, pero, si son ustedes los que me han robado la casa!

—¿Viste, viste que te dije? Solo acusándonos de boberías pasás, estás mal de la cabeza, miráte cómo andás ve.

—¡Pero si la Maruja me fue a dejar perdida bien lejos, para el día de mis cumpleaños!

—¡Oite ve, oite ve…, je, je! ¡Si hasta parecés borracha hablando locuras, drogada andás quizá, miráte, como que sos loca con ese pedazo de sombrero!

—¿Aah, qué dice? —Belú la escucha y rápido recuerda, se observa a sí misma, sus pies, su ropa, su sombrero. Es que aún tiene puesto el atuendo que trae desde el año 1932. —¿Aah, yo? ¿Esto? Esto es un bonito recuerdo.

—¡Ja, ja, ja! ¿Hmm, un bonito recuerdo…, esos caites?

—Yo no entiendo qué quiere usted señora.

—¿No sabés, qué vas a saber vos, ignorante? Mirate ve, toda llena de zacate, guácala. —una vez más cubre sus cejas con la palma de su mano para bloquear los rayos del sol. —¡Hey, esperá!

—Yo la verdad no entiendo lo que usted dice.

Las dos se quedan quietas, mirándose fijamente una a la otra, súbitamente la mujer grita:

—¡Esperá, esperá! Vos me recordás a una bicha que estaba en..., ¿aquel café? —baja la voz y reflexiona como para sí misma.

—¡No! Imposible, eso fue hace muchos años.

—No sé lo que dice señora, pero usted parece estar un poco loquita.

—¡Malcriada, ya veo que como vos no hay otra, ya empezás con tus insultos y expresiones de odio!

—¿Aah, sí? No, no, ¿qué va ser? ¡Son todos ustedes y esa mala mujer Maruja, quienes deben salir ya! Yo, la verdad que a muchos de ustedes ya ni los conozco.

—¡Callate trompuda, respetá a la Maru, ella es tu mama!

—¿Qué dice usted? Ve yo no shis.

Belú intenta entrar un poco al solar de la casa, pero la mujer brinca y se le opone cerrando y abriendo sus manos y sus piernas. Por momentos parece una extraña tijera humana, con sus dos navajas, cierra y abre, cierra y abre.

—¡No, que no vas a entrar, aquí no, olvidate, porque no!

—Pues fíjese que sí, aquí voy.

—Quiero ver, quiero ver —cierra y abre, cierra y abre.

Belú se mueve de un lado a otro, chuleando a la mujer.

—¡Aquí voy para adentro!

La vieja brinca muy ágil y lanza golpes al aire.

—¡Dije que no, malacate, vení! —arranca chimisas y ramitas secas, las sacude sobre la niña, lanza golpes. —¿Te vas o te saco? ¡Que te vas, te vas!

—¡Que no, espere! ¿Qué hace mujer? —Belú corre evadiendo los golpes de las ramas que le dejan hojas sobre su cuerpo y brazos. Súbitamente se queda parada, espera que la mujer se acerque un poco y grite más, cierra sus ojos, lentamente inhala profundo, luego abre sus ojos de nuevo y empieza a recordar. —¡Aah, espere! ¡Ay, pero si usted es doña Conchita! ¿Pero qué le pasó, ya no anda el permanente en el copo de su pelo y ya no se viste con vestidos largos y con el cuello tapado?

—¡Maruja es tu mama, respetala!

—¡Uuy no! ¿Ella? ¿Qué dice usted? ¡Oh no, no, esa mujer y yo, ni siquiera parientes somos, ¿tampoco usted verdad?

—¡Callata animala, te van a oír los vecinos!

La flaca concepción se acerca a la niña cada vez más, sacude las ramas secas hacia ella.

Belú, sin correr, solo se cubre y se protege de los golpes.

—¡Pare, pare Concha, pare ya!

—¡Ajá, vení para acá! —después de tanto correr, la mujer se cansa un poco y pone a un lado el manojo de chiriviscos, se queda tranquila, pero de repente… —¡Ajá, vení, vení pues, ya te vua enseñar vas a ver! —brinca e intenta atrapar a la niña.

—¡Deténgase, deje de hacer locuras, se puede lastimar!

—¡Nada, vení, vení para acá, vaga puñetera! —saca una torcida varita seca desde su cinturón —¡Ya te vua dar!

La cipotía se da cuenta que la mujer cada vez es más violenta, por lo que empieza a moverse más rápido.

—¡Deténgase Concha! ¿Por qué se comporta tal como Maruja?

—¡Nada, callate y largate, violenta ignorante! ¡Respetá a tus adultos y las leyes!

Belú se asombra al ver cómo la vieja la persigue de esa manera, con furia y muy insistente.

—¡Ya pues, ya pare usted, que no me persiga más!

—¡No hasta que te vayás de aquí! Todo estaba bien hasta que volviste! —sigue lanzando golpes con el chirrión y el garrote.

—Ya pare eso, a mí ya no me asusta. —con entusiasmo reflexiona y de nuevo se para al frente de la mujer. —¡Es cierto, ya no le temo a ese chirrión, ni a ese palo seco, tampoco al cinturón de la Maruja! ¡Terminó!

—Ah pues sí, ahora verás. ¡Aquí voy! —empieza a girar y girar cada vez con más velocidad hasta levantar polvo: —¡Abracadabra, dientes de chupacabra...! —lanza una extraña voz, la persigue, moviendo y apuntando la varita seca y retorcida hacia ella. —¡Oh varita mágica, que se vaya, que se vaya!

—¿Y ahora qué? ¿Entonces, ahora usted es una bruja?

—Ahora lo vas a ver.

—¡Oh, increíble, lo sabía...! Pero mire, ya parece que se le
acabó el poder a su palito seco, ja, ja, ja.

El rostro de la vieja ahora se mira mucho más arrugado y
furioso, pero peor se le ve cuando se pone un sombrero puntudo, gritando voces misteriosas y extrañas.

—¡Vas a respetar mi sangre, no permitiré que te burlés de
mí, o de mi gente! —rápido apunta con la varita seca. —Abracadabra, colita bonita, convierte a esa bicha en una ranita.

—Espere, espere, ¿dijo su sangre, su gente? ¿Por qué, por

quién, por Maruja? Cálmese y dígame.

—¡Que no me preguntés nada! Después, te inventás cosas y te

hacés la víctima y te ponés a gritar cosas odiosas de uno, mala.

—Ve, yo no usted, yo solo digo la verdad y nada más que la puritita verdad.

—Maruja es tu mama, respetá sus decisiones —de repente, la

mujer parece recordar algo emocional, agacha su cabeza y se lamenta. —Pobre mi her…, ¡aay, muah, muah!

—¿Hmm…, qué? —en voz baja —¡Un brillo resplandece desde uno de sus dientes! Hmm, eso me parece familiar, ¿dónde fue, dónde fue que lo vi, dónde?

La vieja, se queja con una voz melancólica y llorosa:

—¡Ay, Ma, Marujita, tantas cosas te han pasado, desde que mamá nos abandonó, pobre hermanita mía!

—¿Qué, qué? —Belú, levanta muy firme su cabeza, luego la sacude. —¿Dijo usted, hermanita? ¡Oh, no!

—¿Yo? No, yo, digo, oh, oh.

—¡Ay sí, usted dijo…! ¿Está bromeando verdad, Concha?

—¡Yo no tengo por qué bromear con vos, ni decirte nada!

—¡Sí, usted...!

—¡Ay que no, con las dudas te vas a quedar esperando que te diga que sí dije hermana, porque aunque llueva y truene no te lo voy a decir! ¡Dejanos en paz! —la mujer sigue moviendo su varita frente a la niña.

—¡Abracadabra, ya desaparecé! —de repente se vuelve a poner triste y con la cabeza agachada, pero antes expresa, mostrando un delgadito rayo desde su boca. —Pobre ella, desde muy jovencita le ha tocado luchar.

—¡Hey, espere, espere! —sorprendida Belú.

—Concha, me parece que yo a usted la he visto en otro lugar, ¿pero mire, y ese, ese diente es de oro?

La vieja como si no la escuchara, insiste:

—¡Ya dejanos en paz, dejá a la Mar tranquila! Si ella se llega a poner mal, vos vas a ser la culpable —una vez más, el brillo se desprende de un diente de la mujer, quien luego se mete a su sótano.

—¡Espere, espere! ¿qué, es su hermana o no? Ya no entiendo.

La mujer ignora su pregunta y se mete. Belú lentamente se va y busca su balde, lo encuentra, da redobles, y camina gritando frente a la casa.

—¡Que salga, que salga, que salga la vieja Maruja...! —luego, se queda quieta, en silencio, pensativa, trae lentamente el caballito a su mano, fija su mirada sobre este, mientras lo acaricia, recuerda algo:

—¿Hmm, vos, qué pensás Memorus? Antes que mi mamita desapareciera, doña Conchita era más joven y trabajaba ahí, en mi casa, ay no, pero ella se miraba muy diferente.

La vieja grita por la ventana:

—¡Ay, hasta aquí adentro se siente la mala vibra!

—¡Ah, pobre, tiene miedo la Concepción Ortiz! ¿Oh, perdón, cuál era su apellido?

—¡No jodás, has venido a robarnos la alegría, la paz y la tranquilidad que teníamos!

—¡Vaya, está intranquila! Antes era más callada y sobre todo mucho más decente.

—¿Y que todavía estás ahí afuera, vos cipota vaga? —una vez más la mujer asoma su cabeza por la ventana. —¡Largo, fuera!

—¡Sí, sí, ya nos vamos, pero volveremos pronto, y para quedarnos! —vuelve su mirada al caballo y le sigue conversando: —Antes, ella no andaba entre criminales, siempre exigía respetar la ley y el orden, pero ahora, algo extraño le pasa, que hasta baila como una diva o una fiera del reggaeton, je, je.

Las múrmuras se escuchan adentro de la casa.

—¡Ya largate, vaga drogadicta y lengua larga! —la flacucha vieja, entre sonidos de peroles, cacerolas, tenedores y cucharas en el interior de ese sótano.

Belú soba la cabecita del caballito, del que de repente emergen coloridas luces. Ella mira hacia la ventana del sótano, pero en ese instante a su lado se forma el espectro de colores. Memorus se hace muy grande, por lo que ella, sorprendida y alegre por el cambio repentino del animal exclama:

—¿Aah? ¡De nuevo! —rápido lo monta y grita: —¡Hacia los rincones del tiempo! —se abre el portal, el cual cruzan en segundos y desaparecen de nuevo.

16. RAMORES.

En una calle principal del pueblo, un vendedor de
periódicos anuncia las noticias del día. *"¡Virus, un virus extraño y asesino del cual nadie sabe el nombre, mata a miles y miles por todo el mundo, se propaga muy rápido de ciudad en ciudad! ¡Tristes y amargas* consecuencias por la guerra fría entre Los Estados Nor y La Sovieta Perestroika!".* Sin embargo, por otro lado del pueblo, en la bajada hacia la plaza a la que llaman "Salvador Mundial", cerca de donde están las iglesias, también, un predicador grita por los andenes: *"¡Arrepiéntanse, arrepiéntanse, son los últimos días. Prometido está, en el libro santo; enfermedades, virus y pestes, son el castigo del cielo por tantas aberraciones sexuales y malignas!"* En cierto momento se le aproxima un tipo flaco, con un pasamontañas color negro, le pone un papel en su mano y luego se pierde entre la gente de la plaza. El hombre de dios, abre el papel, hay una nota escrita, es una amenaza de muerte: "Deje de predicar estupideces y cosas abusivas o pagará las consecuencias, abusivo". Así como él, otros líderes eclesiásticos del

pueblo también han recibido esos papeles amenazantes en los últimos días.

Pero en la plaza del pueblo, sí parece haber fiestón y comida. Por el energético ambiente que se ha formado, es evidente que algo especial sucede. En el aire se esparcen los gritos de alegría que se vive en el centro del lugar. Entre todo el bullicio sobresale la canción del momento:

—*"Este guayabo que tengo no lo aguanto,*
y ya no vuelvo a tomarme otro traguito.
Este guayabo que tengo no lo aguanto, y
ya no vuelvo a tomarme otro traguito,
¡hay, hay, hay que guayabo!"

El día se ha puesto elegante, juguetón y muy atractivo, pero en silencio prepara lecciones y sorpresas. Es que así como los perros se enfurecen y muerden cuando se les quita el hueso, también hay hombres que regalan pan y circo o se manchan las manos de sangre inocente con tal de mantener el poder y el control sobre el resto.

El pueblito tiene un aspecto sencillo, humilde y autóctono, pero eso sí, muy alegre. Algunas personas que viven en los alrededores de la plaza, han pintado sus casas con colores bonitos; amarillo, azul, rosadito, verde claro y hasta celestito tierno, todos dan un toquesito de armonía a la región.

Muchas de las casas son hechas con reglas de madera, otras con láminas, con bolsas y trastos de plástico, e incluso hay una gente tan pobre que le toca hacer sus amparos con cartulina, piedras y trozos de madera. Bueno, pero sí hay unas pocas que tienen sus paredes y muros completamente levantados con ladrillos, con bloques, o quizá con fuertes piedras. Algunas de esas últimas tres, tienen guardias con cascos duros y negros en la cabeza frente a sus puertas principales o en sus patios, ¿haciendo quién sabe qué? ¿Protegiendo a la familia de algún político o algún comandante militar quizás? Mientras tanto, allá en las olvidadas casuchas de lodo, de paja o de cartón, por alguna razón, varias de ellas tienen insignias que parecen haber sido pintadas con sangre.

Sin embargo, en la celebración, la variedad en la cultura culinaria de Dorslava está que inunda la plaza. Es que nadie se debe perder la oportunidad de mostrar y probar los sabrosos platillos típicos que se detectan en el aire. Vuela el suculento aroma y se esfuma entre las nubes. Los puestos de comida ofrecen una variedad de pupusas, yuca con chicharrones, carne asada, sopa de res con hojas de chipilín, caldo de pescado, el sopón de mondongo y quizás, aunque sin que usted se de cuenta, pueda probar la carne de chucho asada entre tortillas tostadas con limón y sal.

Los pequeños quioscos muestran en sus entradas los carteles de los artistas del momento: Don Puma, Fiebre M, Camilo Es, Pipiripa y su grupo Joya Marina, toda la música de ellos se encuentra en esas ventas de casetes musicales.

Los gritos de vendedores y las canciones en los locales inundan el ambiente.

"A mí me llaman señorita cumbia, porque la bailo con el corazón..."

—*"¡Sorbetes, sorbetes!"* —Camina un señor con gorra, sonando el cascabel de su carrito, ofrece: —*"¡Sorbetes, sorbetes, de fresa para la princesa y de vainilla para la que sonría!"*

—*"¡Agua helada y horchata!"* —grita una muchacha descalza, muy delgadita, requemadita de la piel, que trae un delantal blanco y un garrote amarrado con un pañuelo a su mano, sin complicaciones aparece brincando con un solo pie, pues en el otro solo tiene la mitad, pero aún así, cruza por el centro de la plaza, llevando la cargada paila bien puesta sobre su yagual. —*"¡Agua helada y horchata, agüita helada y su horchatita con hielo corazón! ¿Qué va llevar mi encanto?"*

Claro, también el muchacho del periodico llega y anuncia:

—"*¡Prensa, la prensa de hoy, balaceras en las protestas dejan cientos de estudiantes muertos en la ciudad capital, prensa, compre la prensa de hoy!*"

Mientras ese mundo de gritos, de movimientos y de malas noticias se desparrama en aquella celebración, entre unos arbustos al lado derecho de la plaza, un espectro de colores rompe el espacio con ruidos y vientos. Es la aventurera niña Ciudadano y su futurístico corcel, con el que brinca sobre las fantásticas olas del tiempo, cruza el portal hecho con rayos de varios colores.

—¿Oooh? ¡Que chévere se ve todo! —aún montada sobre Memorus, pero rápido baja.

—¡Mmmm, que rico huele, mmm! —en el instante el caballo se encoge, la niña lo guarda en su bolso, luego da unos pasos, avanza y observa las casas del lugar:

—¿Oooh? Bueno, al menos aquí creen en Dios —se persigna con reverencia al ver las casas. —¿Una iglesia? ¡Ay, pero qué grandota, esa cruz ahí arriba de la puerta!

—¡Hola, vení por aquí, Belú Ciudadano! —es la voz de una joven y hermosa monja, parada en la puerta de entrada de la pequeña iglesia a varios metros de distancia, despide a unos feligreses dándoles su debida bendición. Voltea hacia la niña y empieza a dar lentos pasos hacia ella. —Qué bien, qué bien que llegaste, chiquita —la mira fijamente, le ofrece sus manos abiertas, y exclama, con un tono de suspenso —Ya era tiempo.

—¡Oh reverenda! ¿Pero usted...? —se queda quieta, muy aturdida, piensa: «*Hay no, ojalá no vaya salir con sermones largos*» —¡Oh, sí, sí, buenas! —pone sus manos juntas y hace reverencia de respeto a la monja, —¡que el señor esté con usted!

La monja, con sus ojos muy abiertos, con una voz estricta:

—Hoy mismo viajarás a ese abismo del infinito ¡Observá y aprendé!

Belú da un salto, al escuchar el tono de voz de la muchacha, su corazón palpita un poco más rápido, sus manos sudan y tartamudea por el miedo al hablar.

—¿Pero, y usted, cómo conoce mi nombre? —un poco sorprendida la cipota —Y, yo, yo, ya sé de muchas cosas.

—¿Ah, entonces ya sabés quién sos, de dónde venís y para dónde vas?

—Bueno, yo soy Belú, hija de Maclovio...

—¡Ay, chiquita, un día sabrás de lo inmenso de este cosmos, que sos vos misma! —abre sus brazos hacia arriba, poniendo sus manos abiertas...

La niña la observa y reflexiona: «¿*Pero, de qué habla? ¡Qué extraña es esta muchacha!*»

La culta y mística damita sonríe, lentamente trae sus manos a su boca y pone un beso bien marcado sobre las dos palmas, luego lo lanza hacia el firmamento. —¡Ese grandioso ser, que también está inmerso en un simple granito de arena, eso eres, eso soy!

—*¿Aah, qué, cómo dijo, en un grano de arena? ¿Ay, pero cómo va a caber?*.

La monja al verla sigue sonriendo y empieza a dar pasos lentos, sugiere con una voz bastante tenue y fría:

—Es mejor así.

—¿Aah, pero dígame señora madre, quién es usted y qué hago aquí, explíqueme, sí?

—¡Oh, pobre! ¿No sabés? Entonces, mejor así...

La muchacha no puede evitar sonreír un poco al ver la inocencia de la niña. —Así estás bien por hoy, es mejor Belú, tranquila —al ritmo del canto de los pájaros sobre los árboles y con un clima tibio del día soleado, empieza a dar pasos hacia ella, mirándola directamente a los ojos.

Belú exclama:

—¡Espere, no tan cerca, no tan cerca, no tan cerca! —da un paso hacia atrás.

La religiosa está a un par de metros de distancia, se queda quieta por tres segundos, pero luego, lentamente camina.

—¡In nomine patris, et filii, et spiritus sancti, amén!

—¿Aah, uuh? ¡Quédese ahí, quédese ahí!

—¡In nomine patris, et filii, et spiritus sancti, amén!   —¡No se acerque, no entiendo nada!

—¡Los grandes estamos locos! —su voz ahora es más fuerte,

da un paso más, sostiene los hombros de la bichita, quien reacciona bastante nerviosa.

—¡Pero, no! ¿Quién es usted?

—¡Estamos perdidos...! —lentamente pega muy, pero muy cerca el rostro de la pequeña hacia ella, como a tres pulgadas de distancia, exclama con fuerza, con una voz melancólicamente extraña.   —¡Estamos atrapados en un agujero sin fondo!

—¿Pero, qué significa eso, no entiendo monjita? ¡Yo no sé!

—¡Hemos perdido la inocencia, la causa y la voluntad para amar de verdad! —esta vez, el eco se queda por largo rato. Belú queda inconsciente, sin decir nada por unos 8 segundos. De repente abre sus ojos con mucha sorpresa e inquietud, pero ya no ve nada, todo se oscurece para ella, fuertes zumbidos retumban en sus timpanos, y en sus firmes ojos abiertos, sin parpadear, parece que quiere tragarse el cielo con la vista. En verdad, tras esa mirada frizada, la niña percibe rayos y centellas por todos lados sobre ella. De repente, visualiza un caos estridente desde su cabeza hacia las nubes, se estremece muy fuerte y cae sin moverse. En seguida, su cuerpo desaparece, quedando solo la monja quien camina en medio de las enfiestadas calles.

—Shh, todo estará bien, todo estará bien —repite la monja.

Del mismo cuerpo otra voz, muy preocupada se escucha:

—¿Ah, uh...? ¿Hola, hola, ah..., uy, qué?

—Shh, todo estará bien, todo estará bien.

—¿Qué, com..., pero, y hoy qué locura es esta? ¿Qué es esto? —se toca sus pechos.

—¡Ea, uy! ¿Mi cuerpo, mi lindo cuerpecito?

—Solo compartimos el mismo cuerpo por hoy, ya estarás bien, quedate tranquila niña.

—¿Aah? —Belú se toca su cintura. —¡Aay, no, qué grandes! ¡Noo, nada está bien!

—El cuerpo es una ilusión, chiquita. Controlá tu espíritu y tu mente que es lo que en verdad importa.

—¡Uuy, no, no me gustan! —toca sus caderas, su rostro, —¡Uy, qué horrible! ¿Qué es esto?

—¡Todo está bien! Estás aquí para aprender cosas nuevas e importantes, el mundo ya no será igual.

—¡No, no, dios mío, no, esto es una locura!

—¡Para conocer deberás experimentar, y así podrás educar tus futuras generaciones.

—¡Ay no, que alguien me explique! ¿Qué es todo esto?

—¡Belú, quedate tranquila! —la monja intenta controlar un poco el disturbio.

—¡Todo estará bien, confiá, confiá! Yo puedo escuchar todos tus pensamientos y preocupaciones. ¡Por cierto, ya dejá de tocar tanto mi cuerpo!

—¡Ay no, es que yo ya no puedo con esto!

—¡Ah, y quitáte ese pensamiento de que soy familia de tu madrastra, ¡también eso de que soy mala persona, por qué no!

—No, pero es que, ¡ay!

—No Belú, no hay, no existe algo tal, como mala o buena persona, solo existe un ser perfecto, creado para amar y para vivir feliz, el humano es perfecto.

Asombrada y reflexiva:

—¡Ay no, pero qué sueño más loco, cosas raras dice...!

—¡Que no son cosas raras, solo somos seres perfectamente creados, pero estamos enfermos de pensamientos de temor, de odio, de lujurias. Son cancerígenos, asesinos y suicidas.

—¡Oh, no, no, no! ¿O sea, que ahora resulta que estoy dentro de este cuerpo, y escuchando voces?

—No son voces, es mi voz muchacha.

—¿Y entonces, mi hermoso cuerpito pues? ¡No me veo, qué locura! ¿Dónde está?

—Tu cuerpo está en el espacio del no tiempo. Estarás bien.

—¿Pero, yo? ¡No, no!

—¡Mirá, pero, por hoy, podés ir aprendiendo, niña! ¡Podés descubrir tus valores, tu fortaleza y tus virtudes, el amor, todo eso falta en el mundo!

La monja camina entre la gente y la música a todo volumen, en el parlante suena la canción del momento:

"Papa Papaya, paya,
Papa Papaya, paya"

La bichita ya está más tranquila y un poco emocionada, envía un movimiento de baile sobre el cuerpo de la monja.

—¡Ay, ay ay, ajuya! ¡Esta fiesta sí está buena, mire qué montón de gente en caballos y en carretas! —mientras escudriñan los puestos de ventas, se sumergen en el ambiente.

—¡Uy, cuidado niña! Esos señores sombrerudos traen sus machetes desenvainados y muy afilados, ¡me pueden cortar!

—¡Uy sí, y toman del guaro de la mujer con las trenzas! ¿Uy…, y al frente de la casa de oración? ¡Qué pecado!

—¡Silencio!

La monja se tapa un poco su boca y sigue su camino hacia la parte alta del lugar, que es como una forma de tarima de concreto que tienen en la plaza, para eventos especiales, tal como el de hoy, auspiciado por la alcaldía y algunos negocios locales.

De repente, Mar, la joven asistente del alcalde, sube, toma el micrófono y saluda:

—Bienvenidos a todos, a la inauguración de nuestras fiestas patronales. Para los que no tienen el placer de conocer de mi hermosa persona, mi nombre es Mar.

Hombres gritan y silban en el público:

"*¡Que chulada, mamacita!*"

"*¡Un beso mi amor!*"

Otros aplauden, luego alguien deja ir un mortero al aire.

Ella espera que explote, observa y sonríe:

—¡Ay, que lindo, gracias, gracias! —se dirige hacia los asistente. —Bueno, les anuncio, que hoy contamos con la honorable presencia de nuestro grandioso alcalde, Alfroudo Gastón, también presentaremos un reporte de los grandes logros de la alcaldía durante el presente año de 1980. Tomen, aquí les traigo unos regalitos.

Se escuchan gritos entre la gente:

"*¡Oiga usted, deme un beso, digo, un vaso!*"

"*¡Mire, cree que me da un capirucho!*"

La joven sonríe y responde muy entusiasmada:

—¡Aah, no, esta vez les traigo algo mejor y más importante para la casa! Tome, tome, —la simpática y risueña Mar, invita al alcalde, a repartir calendarios que en la parte de atrás traen los colores de su partido Magenta. Todo el mundo está feliz.

—No se olviden de darnos su voto en las próximas elecciones, gracias.

De repente la buya baja un poco y solo se escuchan unas cuantas múrmuras, es que la gente se asombra y cede espacio al descubrir a la joven monja caminando entre ellos. Todos se persignan con reverencia cuando ella se acerca.

—¿Ah, cómo? —pregunta Belú, —¿cómo fue que dijo esa muchacha que se llamaba, Mar o Maru?

—¿Hmm?

—Ella es bonita, tiene el pelo liso y un poco rubio, ¿qué estoy pensando?

—¡Niña, poné atención en todo, para eso estás aquí, para aprender de las cosas!

La joven asistente del alcalde sigue con su discurso ante el público presente:

—Bueno, bueno, vamos a empezar. Primero que todo, déjenme contarles que este día también hemos invitado a nuestros elegantes empresarios y grandiosos líderes, a los supremos miembros de la guardia nacional, a los sublimes y casi santos representantes religiosos y a la gente común del pueblo, ¡aplausos para todos por favor!

Belú está intrigada por el ambiente, luego internamente, una vez más la voz:

—¡Poné atención a todo!

—¿Aah, qué? —se queda muy atenta a la voz.

—La corrupción y la lucha son muy viejas y siempre hay sacrificios.

—Pero, es que, antes que nada quisiera que me diga usted, ¿qué quiere de mí, por qué me ha robado mi cuerpo? ¿Quién es usted, monjita, por favor dígame?

—Soy la que soy, soy vos misma, soy lo que ves ahora. No digas nada, no hablés nada, yo hablaré por hoy.

La monja sube al sitio donde la otra muchacha ha saludado al público, toma uno de los micrófonos y lanza su potente voz:

—Hola, hola —prueba el micrófono, y suave lo golpea con el dedo. —Vaya, vaya pues, ya estoy aquí y quiero pedirles que antes que la fiesta empiece, se reconcilien con el señor.

Mar pone los calendarios sobre una mesa, sube e intenta moverla del lugar.

—¡Madre, monjita, venga, ya estuvo!

—¡No, vos vení, vos también tenés que escuchar!

La joven oficial se pone al frente, intentando tapar la

intervención de la eclesiástica damita.

—Muy bien, gracias por todo, gracias madrecita.

—¡No, no, esperá, esperá, tengo otras cosas que decir!

—ahí mismo, frente al micrófono, pone su mirada firme sobre los

empresarios, los políticos y los líderes del pueblo que están alrededor del lugar.

—¡Oigan ustedes, ya hombre! Ya no sigan reprimiendo tanto a la gente, dejen de venderles sus ríos, dejen de robar sus tierras y de asesinar a sus hijos.

La asistente se le acerca de nuevo y la toma del brazo.

—Vaya, vaya madre, tenemos que seguir con el evento —ella

intenta bajar a la monja, quien sigue con su discurso:

—¡Tóquense el corazón ya hombre, es demasiado! Todos inflados flotan los cuerpos por esos ríos y en esas casitas los perros cargan miembros de jóvenes estudiantes en el hocico.

—¡Madre Ramores! —desde algún lugar del público, la voz de Oscar Ciudadano: —¡Se lo suplico, no diga nada, por favor!

—¡Solo Dios es el dueño de la vida hijos míos, estos no

pueden callar la voz de los sin voz! Ya deben darse cuenta que por muy pobre que la gente sea, todos somos hermanos y hay que velar por el bienestar de los más débiles. Groseros, solo ustedes celebran, nombre, sean justos.

A unos metros de distancia del micrófono están los invitados especiales, bajo una ramadita cubierta con una pancarta verde camuflado, entre ellos hay militares, abogados y líderes políticos. El Comandante Chaco está sentado sobre una silla tapizada con cuero negro, un poco molesto por la intervencion de la monja, le exige con un tono agresivo:

—¡Mire señora, cállese ya, no necesitamos problemas!

—¡Es cierto, son animales sin corazón, bárbaros! ¿Cómo

fueron capaces de ametrallar al padre Urtalio Magno? Acribillaron a los niños y ancianos en el Mozú.

—¡Que cierre su boca, señora!

—¡Nada! ¿Cuál zapato, ni qué piricuaco? ¡No me callaré
jamás, porque aquí huele a azufre hijos del diablo!
El sargento ya enfurecido, levanta su voz:
—¡Que se calle la boca vieja loc...!
—¡Cuidado, cuidado! ¡Es Ramores, Ramores! —desde otra silla, bajo la misma pancarta, Calerdón Ciudadano también interviene.
—¡Es madre Ramores Caros, sargento Chaco! Se llama madre Ramores Caros —con mucha confianza exige, pues él y su hermano Oscar tienen voz de mando en el pueblo.
—Por favor, llámela por su nombre, sargento. Ramores Caros.
Mar, la misma joven anunciante y ayudante del alcalde, una
vez más interviene:
—¡Ay, pero qué mujer esa!
El Sargento la escucha y le grita:
—¡Por favor, silencio Señorita Dapson!
—¡Pero entonces, dígale que deje de gritar, hoy es día
de fiesta, ya lo va a arruinar todo!
—Vos callate muchacha maleducada, sos muy joven para
hablar así —exclama Oscar, pero en un instante, la observa con una mirada hambrienta y pícara, como cuando un lobo detecta su más suculenta presa: —Mirala ve, mirala ve, apenas tenés..., unos

catorce añitos, ¿y ya le hablás así a la reverenda?

—¡Aah shiss! ¿Y qué pues?

—¡Ja, jai, esperate un tiempito oístes, solo un tiempito!

—Vos Oscar estáte quieto, esa cipota es una menor,

—¿Y qué con eso Maclovio? Esa princesita ya tiene sus 14.

—¡Aah! ¿Hey, y usted cómo sabe mi edad viejo rancio?

—¡Híjole, qué malcriada sos! Sí, estás bien monita, pero va a ver que domarte todavía muchachita.

—¡Pero que es peligrosa te estoy diciendo hombe Oscar!

—¡Ay, usted cállese viejo loco sin voz ni voto!

—El sargento Chaco, al escuchar, reacciona.

—¡Silencio, señorita Dapson! —rápido interrumpe y ordena muy serio: —¡Señorita Dapson, ya le dije que usted no debería hablar así a los adultos! —se limpia la garganta y mira a los viejos. —Ahí disculpen a esta niña insolente, don Maclo y don Oscar —sin embargo, la arrebatada muchacha insiste:

—¿Pero, que acaso no ve, Sargento, cómo ese viejo chuco
defiende a esa monja loc...?

—¡He dicho que se calle Señorita Dapson, ya no hable más,

es una Orden! Tonterías, habla sin saber —se le acerca y la mira directo a los ojos, con un suave tono expresa: —los señores Ciudadano son hombres muy honorables y leales contribuyentes del partido Magenta, el de su jefe y también nuestro Azul, y no pienso perder su grandioso apoyo.

—¡Ay, claro, claro, perdón, perdón Sargento, perdonen ustedes caballeros, mil disculpas!

El sargento se remueve su gorra militar, camina frente a los hombres y como para halagar, exclama:

—¡Estos dos caballeros son los más grandes pilares del legado Ciudadano!

La asistente se le acerca y le pregunta al oído:

—¿Mire Sargento, de verdad tienen dinero estos señores?

Él, la observa, camina hacia ella, y en voz baja responde:

—Haciendas tienen, ganado, caballos, muchas tierras y propiedades en la ciudad, cuidado Mar —luego se dirige a la monja: —Usted Señora...

—¡Madre Ramores, por favor Sargento! —una vez más, el viejo

Maclovio. —En nombre del pueblo se lo pido.

El militar vuelve a solicitar a la religiosa:

—¡Bien, señora, madre…, —se limpia su garganta —Madre Ra,

Ramores, le suplico que no siga con esta violencia en contra del pueblo, eso no ayuda, solo trae más problemas.

—¡Callate hijo del pecado! Vos porque te hacés el del ojo

pacho y defendés a los ricos, claro, es que no quieren que se levante ese telón.

La muy inquieta joven asistente, quejándose, se mueve de un lado a otro.

—¡Esa mujer, esa monja es una aguafiestas! El día es para

celebrar.

Ramores responde con euforia.

—¡Inconscientes! Hablan de fiestas y celebraciones, pero,

y entonces, ¿quién hablará por esos pobres hombres asesinados anoche, por esos niños que han quedado sin padre, sin madre, y enfrentando a todas esas desgracias e infiernos que ustedes les hacen pasar, solo por decir las verdades? ¡No es justo!

Oscar insiste:

—¡Madre Ramores, no!

La joven asistente lanza una mirada a su reloj y grita:

—¡Sargento, sargento, ya es la hora, la hora! —mira también

a Oscar Ciudadano. —¡Usted Señor Ciudadano, deje de gritar tan fuerte! —dibuja una tenue sonrisa en su fresco rostro, le cierra un ojo, como coqueteándole.

Oscar está un poco intrigado, emocionado y confundido.

—¿Qué? Haa, ¿qué te pasa?

—¡Tshh, tshh! —la muchacha le indica que se calle, pega sus

labios sobre la palma de su mano y los hace tronar, luego lanza en un soplido el beso.

El sargento Chaco está a punto de marcharse, pero antes de

partir, una vez más exige:

—¡Señora Ramores! —voltea su mirada, muy serio hacia Mar y

solo hace un ruido breve con su garganta, pero luego sigue con la religiosa —reverenda, le pido que no siga —el militar empieza a caminar y se pierde entre la multitud.

Sin embargo, Ramores quiere aprovechar el momento en

que tiene a muchos representantes del pueblo ahí reunidos.

—¡Injustos, liberen a la gente! —mira hacia el cielo con

las palmas de sus manos pegadas, y puestas sobre su frente inclinada en posición de sumisión. —Padre nuestro perdonalos,
aunque ellos sí saben lo que hacen.
Entre el público, un líder más, y quien es fácil de distinguirse entre todos. Los colochos pelos anaranjados de su barba y de su cabeza, exponen al flaco y arrogante doctor Parco:
—¿Ramores, por qué no se queda en el convento mejor usted?
—¡Estoy aquí para decir siempre la verdad, me hagan lo que
me hagan, no daré tregua hasta que liberen a la gente!
—¡Haga caso monja, allá debería estar, rezando mire, para
que llegue la paz en el mundo, ja, ja, ja.
—¡Usted, Parco, es de los peores. Yo sé que usted sabe muy
bien quiénes fueron los asesinos de Las hermanitas de Jesús.
—¡Esta monja está quedando loca, creo que anda borracha!
—¿Ah sí, no se acuerda de eso entonces? Su día llegará pronto y la justicia le cobrará las deudas pendientes, ya verá Parco, ya pronto lo verá.
—¡Estás loca Ramores, yo soy como el águila! Siempre

volando alto, destrabándome las garrapatas como...

—¿Ah, como un águila? ¡Gallina!

—Ustedes, los que hablan cosas de mí, son sucios garrapatas que se quieren pegar a mis alas para que los lleve a volar.

—Se acabó don Parco, ya casi llega el día en que ninguna de sus empresas y amigos políticos le podrán ayudar en su vuelo.

Una vez más la joven asistente:

—¡Qué mujer más necia!

Ciudadano también insiste:

—¡Madre, madrecita, no siga por favor, y vos, muchacha

bocuda, ¡ya callate! —Mar sonríe y cierra un ojo a Ciudadano.

—Sí señor, está bien, como usted diga.

Parco, el chelerque doctor con pelos de naranja exclama:

—¡Monja, hágale caso a la gente, no se meta en problemas

sin necesidad, deje de andar de revoltosa!

Pero Ramores, con más ímpetu se dirige a todos:

—Les ordeno una vez más, ¡cese la represión! Ustedes,

policías y soldados, ya no maten a la gente humilde.

—¡Hey, tengo hambre! —un joven como de 20 años, pero eso

sí, muy desarrollado, bastante cholotón. Trae el pelo muy colocho, colocho. Se para entre la multitud, un poco preocupado. —¿A qué horas comemos?

La joven Mar se ríe muy fuerte responde al hombre:

—¡Puta Tebón, vas a reventar hombe! Hace 15 minutos que comimos, andá al baño por lo menos bicho.

De repente, la fuerte voz de la monja acapara la atención:

—Ya, por piedad de Dios, tengan un poco de conciencia, y ustedes —señalando a los empresarios. —Ya sé, ya sé que se convierten en animales roedores para ir a robar gallinas y cerdos a otros pueblos. ¿Qué, no les da vergüenza? ¡Ya dejen de hacer brujerías, hijos del pecado!

El doctorcito cabeza de fósforo sigue bastante renuente y
violento con la monja.

—¡Ya Ramores, dejá los disturbios! —mientras habla, también
parece buscar a alguien con la mirada. —¿Hey vos, Tebón? ¡Sí vos maje! Te doy sushi y una hamburguesa si venís y te parás aquí a mi lado.

—¡Sí hómbe mandarino, con gusto, ahí te voy papa! ¿Y la
comida? ¡Tengo hambre! —el gordo muchacho camina hacia Parco.

La monjita avanza hasta llegar al frente de la iglesia, pero en eso Maclovio le grita fuertemente:

—¡Madre Ramores, venga madre, vámonos, no les dé motivo a

estos para que me le vayan a hacer algún daño.

—¡Solo Dios es dueño de la vida, hijo! ¡Que vivan los

pobres! Yo, aquí estoy por ellos, para ellos y con ellos, ahora y para siempre.

Súbitamente Belú invade la boca de la monja:

—¡Oh noo, algo se mueve ahí!

—¿Qué, dónde?

—¡En la tierra!

El hombre con pelos anaranjados también reacciona:

—¡Oh, no! ¡Es la hora! —ríe, pega y cruza el dedo grande de su mano izquierda hacia el lado derecho de su cuello. —¡Es la hora, es la hora!

La voz de Belú vuelve a surgir:

—¿Pero, qué es ese horrible ruido?

—¡Callate muchacha, no hablés!

—¡No, pero es que mire monjita, qué inmensa bestia, allá!

—Está bien, no es nada, callate.

Parco en silencio ha estado observando a Ramores, exclama

muy fuerte:

—¡Vaya mirala ve, mirala ve, por tanto fumar esa cosa la joven reverenda está quedando loca, ya habla sola!

El gordo Tebón, aplaude y ríe muy fuerte:

—¡Jaa, ja, ya me dio hambre esta bicha!

Belú insiste:

—¡Sí, es cierto, ahí ha salido un monstruoso animal y ha

hecho un agujero en la tierra!

La monja reclama:

—¡Niña, no hablés, ya te dije!

Parco sonriente y asombrado:

—¿Hey, se ha formado de polvo o arena?

Belú responde con una voz muy diferente a la de la monja.

—Yo no sé, pero parece un dragón.

—¡Callate muchacha! —insiste la monja Ramores.

Parco sonríe de nuevo y sigue haciendo giros con sus dedos a un lado de su sien, insinuando que está loca.

Un cambio súbito en el ambiente manifiesta euforia, incertidumbre, melancolía, se oyen balas y bombas.

El pueblo completo de Dorslava es invadido por fuego, garrafas de metralletas por todos lados, gritos, llantos, aviones, balas y más balas. Angustiante y sangriento caos que permanece por 12 minutos.

Luego, todo vuelve a la calma, y la multitud grita, llora, corre, todos caen ensangrentados, baleados o muertos sobre aquella plaza y sus alrededores.

La monja también se ha escondido en una pequeña cueva formada en los cimientos de un inmenso tronco viejo al que apenas le retoñan ramitas y hojas. Ella hace movimientos extraños, Belú desde su propio sentimiento, hace que el cuerpo de la monja tiemble, está muy nerviosa por los sangrientos sucesos.

—¡Monjita, monjita! ¿Qué es eso? Tengo miedo, tengo miedo, tengo dolor, frío, siento algo bien raro.

—¡Oh, eso es bueno! Es parte del proceso, deberás experimentar esa catarsis.

—¿Aah, qué?

—Es algo muy importante.

—¿Qué, y para qué?

—Ooh, para que tu mente se clarifique y liberés las memorias dañinas.

—Hmm, no, no creo.

—¿Me podés explicar un poco de lo que sentís?

—Mmm, no sé qué es, ¿miedo, hambre o ganas de llorar o reír quizás? ¡Yo no sé!

En voz baja Ramores responde:

—Ya te pasará y estarás mejor que nunca.

—¿En serio, por qué lo dice?

—Todo se origina en tu mente, que es tu peor enemigo o tu única salvación —la reverenda cierra sus ojos y empuña sus manos. Salen hacia la plaza donde antes estaban, ahí hay varias personas baleadas, muertas sobre los andenes, tiradas en la calle, toda el área está llena de ambulancias y bomberos. Algunos del evento también han regresado.

De repente, Belú, una vez más grita muy eufórica:

—¡Uy, ahí está esa bestia, mire, se forma de lodo y de arena y viene directo a nosotros! —la horrible criatura tiene el cuerpo de dragón, con una larga lengua, da un inmenso salto y atrapa el cuerpo de Ramores con sus garras.

—¡Ayuda, ayud! —la voz de Belú se escucha por última vez y muy fuerte en el cuerpo de la monja que va siendo arrastrado por la horrenda bestia, que luego se mete dentro de la tierra haciendo su estridente ruido de intensa guerra nuevamente:

El viejo y flacucho doctor, rápido se pone rojo, se le paran los anaranjados pelos por el miedo, se le va el blanco color de su piel. Se lanza al suelo de rodillas, cierra sus ojos, levanta sus manos, hace reverencia ante el suceso y el escandaloso tiroteo:

—¡Alabad, alabad todos, a la gran madre del imperio! —descubre que Tebón, su nuevo amigo no se arrodilla, lo jala hacia abajo y sigue: —¡Ooh, la gran diosa Narea, ha regresado! Nuestra diosa Narea, nacida de las arenas ha vuelto por nosotros sus hijos.

Ahora Parco es apoyado en su ritual y oración.

—¡Oh amada mía, diosa Narea, venga ahora señora y déjeme un pan con pollo! —es el gordo Tebón quien imita sus alaridos. —¡Ooh, gran diosa Narea, solo vos, solo vos!

En cuanto más gritan y repiten, más retumba el sonido de aviones, granadas, misiles, metralletas. La afligida gente corre de un lado a otro, llorando, buscando familiares, otros baleados. De repente, el ambiente en la plaza oscurece, pero en otra región del mundo, o quizá del mismo cosmos, Ramores, camina por el espacio del no tiempo, circula por esa forma de estrella que tiene un universo sideral como paredes, un espacio que parece ser conocido por ella. Se mira mucho más recuperada, su piel resplandece, parece más joven, más bonita. Muy fresca, camina sobre la brillante estrella del espacio de no tiempo, que está compuesto con algún tipo de cristal, pues es muy sólido y brilla mucho. Ahí mismo, en el centro de ese astro, sobre algo que parece una mesa, o un altar, Belú duerme en su propio cuerpo, la monja le pasa su mano sobre el rostro, en el centro de su frente, en su pecho.

—Vamos Belú, ya despertá, ya todo ha terminado —con una voz muy suave y sutil, le soba sus pies, luego se mueve hasta su cabeza y le hace masajes en la cien.

—¡Despertá muchacha, despertá, que ya todo terminó por fin!

La bichita empieza a hacer ruidos, los cuales advierten que ya va reaccionando, abre sus ojos y observa:

—Gr, um, ¿ay, dónde, quién? ¿Qué pasó, dónde fueron todos?

—¡Belú, despierta! Como siempre, todo se ha calcinado.

—¡Había fuego y más fuego por todos lados!

La monja frota la crin del caballo, lo pone en las manos de la cipota y mientras le sonríe.

—Cantale Belú, la música tiene un poder eterno y sublime.

La niña se acerca y masajea la figurita e interpreta:

—*Bonito y sabio caballito, noble, hermoso y tranquilo.*

¡Tu mirada, símbolo de lealtad, humildad, elegancia y amor!

Memorus se estremece, crece, esparce
sonidos fuertes, Belú sube y se van por
los senderos del tiempo.

17. El VIRUS NEGRO.

La variedad de los orgánicos diseños y colores en las flores de los jardines de la calle José Cañas, emanan alegría, provocan deseos de salir a caminar y tomar aire fresco. En el verano, dan ganas de sumergirse entre sus maravillosas y coloridas virtudes, en especial las del patio de la gran mansión número 87. La juguetona brisa de la tarde ondea a ritmo lento una bandera azul que tiene una flor blanca en el centro. Despuesito aparece el negruzco manto de la noche cubriendo poco a poco la región y sus habitantes, un ratito antes de que oscurezca por completo, en la base de concreto de la bandera frente a la hermosa casa, parece que suceden cosas extrañas.

Unos delgados rayos de colores forman un gran anillo fosforescente en el aire, que lueguito se transforma en el hermoso portal brillante de donde súbitamente sale Belú, la jinete del tiempo, sobre las espaldas de su caballo Memorus. Hace un tremendo calor en ese lugar, pues la energía que se esparce es muy potente. Esto hace doblar el buzón de correo, como si fuese de goma, se abre la ventanita de seguridad por sí sola y caen las cartas, los cobros y las ofertas semanales sobre la requemada grama. Belú Ciudadano corre, busca cosas en el piso, toma un panfleto de ofertas de supermercado, lee la parte superior, donde dice la fecha de hoy en letras pequeñas.

—¡Ay, pero qué chivo! —brinca, lanza el panfleto por el aire y celebra. —¡Por fin llegamos frente a mi casa y en mi tiempo, Mayo del 2019, yuju...! —se queda pensativa, entristece el rostro y agacha su cabeza. —Ay no, si yo salí del 2018... Bueno, pero ya casi, ya casi. —camina un poco hacia la calle y escudriña el espacio en silencio. —¡Ay, pero qué solitarias y calladas están las calles, ni una sola alma se mira! —voltea su mirada hacia la hermosa mansión, sus ojos brillan al reconocer el jardín del lugar, luego enfoca su mirada hacia las ventanas. —Vamos a ver, vamos a ver, ¿qué están haciendo ahí adentro? —se escucha el ambiente lujurioso desde la ventana del centro en el segundo piso y se observan los colores de las luces.

La distraen los quejidos de unas personas que caminan al otro lado de la calle, que llevan dos huecos oscuros en la parte donde deberían ir los ojos.

Todos lloran y se lamentan mientras deambulan:

"*¡Ya todo acabó, en especial el amor, a nadie le importa el sufrimiento ajeno!*"

"*¡Ay no, llegó el fin del mundo, y ya nadie es bueno!*"

Entre ellos hay uno que aún tiene ojos normales, pero trae puestos unos lentes oscuros.

"*¡Pouta que jodido ejtá el bolado, hay toque de queda, por causa del virus negro, hoy no puedo ir a la chonguenga hombe!*"

Belú los observa en silencio desde la distancia.

—¿Uy, pero qué les pasa? ¡Pero, por San Romero! ¿Qué es lo que tienen en los ojos? ¿Es que, qué es eso que veo? ¿Por qué caminan así, por qué dicen esas cosas? —los observa con inquietud, pues los gritos y expresiones de las extrañas personas provocan cierto suspenso. Camina a paso lento al lado de la bandera: —¡Oh, mi viejo balde, qué bien! Ahora sí, un poco de música —lo golpea fuertes como si fuera un tambor. —¡Maruja, Maruja, ya estoy aquí, y esta vez vengo dispuesta a entrar!

En cierto momento alguien saca su cabeza por la iluminada ventana izquierda del segundo piso.

"*¿Pero, qué, quién es que anda ahí afuera hombe?*" —aparece por la ventana derecha del mismo piso con un extraño atuendo que parece de luto. —¡Hola…!

Belú corre y se esconde entre los arbustos, desde donde observa en silencio:

—¡Ay, uy, uy, ahí hay alguien, hay alguien! ¿Quién es, quién es? —no logra reconocer a la mujer de arriba, quien aparece por momentos por la ventana del centro del segundo piso. —¿Uy, pero quién es esa? ¡Tiene un sombrero negro en su cabeza! ¿Y su rostro está cubierto por una malla oscura?

Es Maruja, quien sigue observando, a través del pequeño y transparente cobertor negro que cuelga de su sommbrero:

—Estoy segura que escuché esa horrible bulla. Hola, ¿alguien por ahí? ¡Responda hombe! ¿Quién es, pues?

Desde el grupo de invitados, uno que trae camisa guayabera color rojo sangre y su pelo muy afro como alboroto, muy preocupado, es Mauro Lamitch, quien se asoma a la ventana:

—¡Maruja, ponete los lentes maje, vení! —es el antiguo alcalde por el partido del Fuego, y quien hace unos meses regresó al pueblo. Con su grave voz sugiere. —¡Entrá mejor, te podés quedar ciega, te vas a petatear, hacé caso!

Este día Lamitch trae puestos sus oscuros lentes enmarcados con oro de 24 kilates y sobre sus cejas se deja caer el ala de un sombrero negro de porcelana, como para cubrirse la mayor parte del rostro. Es que la mayoría de la gente del pueblo cuenta, que el pícaro andaba huyendo después de haber robado el dinero de la municipalidad. Las noticias de internet, radios internacionales, periódicos nacionales y también del mundo ya lo tienen bien marcadito. Todos ellos lo oyeron la semana pasada, estando juntitos por la mañana, mientras comían croissants con queso seco, ensaladas y sushi, también tomaban su café mezclado con amaretto y baileys. Ellos miraban el programa de Anatano Vazkó, ese dia Mauro enfureció, al escuchar a uno de los entrevistados:

—*"Nombre, es que mirá Anatano, el ex-alcalde Lammitch es un corrupto y deberá pagar pues, como todos. Derrochó mucho dinero en cadenas y pulseras de oro, viajes a playas internacionales, hospedajes en los mejores hoteles"*

A lo que Anatano asombrado preguntó:

—*"¿Híjole señor fiscal, y todo esto fue pagado con el dinero del pueblo? Mientras que al que se roba una gallina o un guineo, le caen 10 años, sembrado por maje y por pobre, je, je"*

—"*Pues sí, no te digo pues, pero todo esto ya tiene que cambiar maestro, este tipo compró carros lamborghini, botellas de guaro de diez mil dólares,* ropa y zapatos finos."

—"*¡Je, je, padre bendito! ¿Mire, mire y la Michele y las otras mujeres de ese pícaro?*

—"*Ja, ya tenemos pruebas, que también hizo gastos hasta en ropa interior, en pechos de silicona y en caderas postizas para todas ellas.*" —Lamitch muy enfadado apagó su computadora Laptop y la cerró frente a todos al escuchar al fiscal dar su entrevista en aquel grandioso programa de Anatano Vazkó.

Sin embargo ahora, le preocupa otra cosa.

—¡Hey Maruja, hacé caso hombe!

—No, si ya ando este cobertor mirá.

—¡Eso no sirve vos, como que anduvieras de luto te vez! Hacé caso pues, te va a tocar ese rayo maldito mujer!

Lamitch jala a la mujer de las espaldas, pero ella se rehúsa a entrar, pues aún está preocupada. Desde la ventana escudriña la calle y sus alrededores:

—¡Quiero ver quien puchas anda ahí afuera! El hombre la mueve del lugar y cierra la ventana. Sin embargo, Belú sigue en el patio:

—¡Ah, entonces sí era Maruja! ¿Preguntabas que si quién soy? ¡Te sorprenderás Maru, con gusto! —ejecuta un largo redoble, como fanfarria, empieza a marchar tocando desde el lado derecho del patio de la casa, luego pasa al frente y por el lado izquierdo, hasta llegar a la bandera azul y sale de regreso, dando redobles. —¡Soy la guardiana guerrera de la madre tierra, que ahora retoma su lugar! No hay muros, ni flechas que me detengan —mientras marcha frente a la ventana derecha del primer piso, hace una pausa, mira hacia adentro y luego sigue con más redobles sobre su balde. —¡Soy una hermosa Mercedes Sosa asegurando desde el cielo que todo cambia, y por lo tanto, aquí todo cambiará, hasta lo superficial! —más redobles y marcha. —¡Soy una Maria Sklodowska Curie, destruyendo con Radio Polonio a ese hambriento y monstruoso cáncer de tu corrupción! —cuando está en la esquina de la calle, apunta hacia la casa con los palillos para tocar y luego sigue con sus redobles y más fuertes. —¡Soy la misma Juana de Arco, reencarnada y entrenada por el imponente arcángel Miguel, dando el toque final a esta imparable fiesta de adultos corruptos! —redoble. —¡Soy la Sublime Valkiria, cabalgando mi alazán por el cielo estrellado, dispuesta a liberar mi hogar! Ya he aprendido que cuando las llamas vienen desde el corazón, hasta los mismos demonios huyen.

Mientras la cipota sigue dando redobles, marchando frente al portón de la casa, la Maru, desde la enfiestada sala escucha las voces, rápido pone cara de preocupación.

—¿Mm? ¿Aaah, que fue eso?

—¡Vamos, salí de ahí, ladrona! No entiendo cómo es posible, que te adueñés de mi casa y me cerrés las puertas.

La mujer saca la cabeza por la ventana izquierda del segundo piso, se ha removido el sombrero con malla, pero ahora trae lentes oscuros:

—¿Eee, pero…, vos? ¡Tenías que ser vos babosada, Belú, patas de pupú!

—¡Patas de pupú las tenés vos! —la música y la platicadera en el interior sorprende un poco a la niña. —¿Aaah?

Es que arriba la fiesta sigue bien tronada, beben y bailan pecho a pecho.

"Despacito,
quiero respirar tu cuello despacito
Deja que te diga cosas al oído
Para que te acuerdes si no estás conmigo."

Hay unos que ya parecen alteraditos y pasados de tragos. Entre estos Medardi Maraña, un tipo con una panza de cirrosis.

—¡Puta, apurate pues, dámelo! —la cara de Medardi es bastante deformada y cicatrizada, ojos grandes, redondos y con lentes, trae un revólver Smith and Wesson Magnum bajo su chaqueta, una corbata con pescaditos rojos, su pelo completamente peinado hacia atrás y con suficiente brillantina que le da un aspecto de cadáver andante. Un poco mal pronunciado, pero con cierta agresividad, vuelve a exigir: —¡Purate, dame un trago pues, solo uno quiero ahorita!

Maruja juega con él, le acerca y le aleja el vaso.

—¡Je, je, je, tomá pues, tomá, ja, ja, ja! Otro hombre corbatudo, colocho, bastante alto y extra ancho, parece muy desesperado:

—¿Hey Maruja, y entonces qué, vamos a comer? ¡Ya es la una!

—¡Ja, ja, pero si acabamos de comer Tebón!

—¡Pero aún no era la hora de almuerzo!

—¿Aaah? ¡Ah, claro, sí, es que vos sos un barril sin fondo, esperate un ratito pues!

—¡Ay, nombe, nombe, yo tengo hambre, mucha hambre!

—¡Hey, pouta, vas a reventar chanchote, je, je, je!

De repente el mismo Medardi, a quien se le ven los ojos muy grandes detrás de los lente con mucho aumento:

237

—Mirá, mirá Maruja, para mí, chupe y más chupe, una cipotona bien chula, ¡aah y muchas cajas negras y ya está!

Pero el gordo insiste, con una triste voz:

—¡Hey no, bicho, en serio! ¡Ya es la una, hora de almuerzo!

Belú, abajo, en silencio, pero al escuchar el relajo grita:

—¿Oh? ¡Wow, escuchá, escuchá! ¡Repartiendo mi comidita!

Maruja ríe en la ventana del centro en el segundo piso:

—¡Cuidado, ellos son mis socios, cipota loca, respetá!

—¡Ah pues sí, ladrones! Hasta con música internacional y con luces de colores tenés a esos corruptos en mi casa!

—¡Ja, ja, más respeto, más respeto, respetuoso respeto vea!

—Hmm…, ¿verdad que duele, va? Yo ya sé, si querés remover la niebla de un espejo, basta lanzarle un poco de agua fría y rapidito se aclara.

—¿Oh, ve, y eso que tiene que ver?

—¡No, es que así me toca con vos mujer!

—¡Vaya, hacelo, dale pues, bochinchera!

—¡Si quiero conocer quién es quién, solo basta que toque un poquito su ego y rapidito suelta la sopa!

—¿Sopa? ¡Ohpa!

—¡Así es como siempre descubro quién es quién, mirate vos!

Maruja se aturde un poco, pues alguien sube el volumen de la música dentro de la casa.

—¡Ve, no jodás vos, yo no tengo ninguna sopa de fideos, andate mejor!

Pero en eso sale el bolo Medardi Umaña, con el revólver en su mano, empuja a Maru y apunta:

—¡Hacete a un lado, dejame, yo me encargo.

Lanza dos disparos hacia la calle, Belú grita:

—¡Ay, ay, el señor es mi protección, bajo su amparo estaré bien! —se pierde entre las ruinas de las casas vecinas.

Las parrandas de esa casa son eternas y ruidosas. El escándalo se escucha constantemente, desde la madrugada, durante el día, por las noches y luego la madrugada nuevamente. Desde las ventanas se escuchan las risas, los brindis de copas, las discusiones de negocios y las voces ebrias.

En otra ocasión están reunidos y por supuesto, bien enfiestados, los amigos más cercanos de Maruja, también está la pastora Dana Churritos, quien levanta su copa.

—¡Salud por el 2019 y por el Virus Negro! Ah, pero también debemos luchar por los presos políticos.

A lo que Lamitch responde:

—¡Oh, sí pues mi excelsa bella, un bri… hip!

—Ay dios todo poderoso, vale que logré proteger el fondo

del FOMEP, por lo menos para la campaña…

—¿Cuál fondo? Si no quisieron dar más presupuesto, votaron en su contra.¡Ji cap, jip! —agrega Medardi, quien también está con ellos este día, antes de embrocarse su trago mezclado con cubos de hielo.

Dana, por alguna razón, insiste en jactarse.

—¡Claro que sí, bueno, yo logré guardar algo!

Medardi la mira y un poco alterado pregunta:

—¿Por qué tenías que guardarlos vos, quién te crees?

—Bueno, es que, como aquí solo yo sé cómo protejer el dinero del pueblo.

—¿Cuál dinero, mi fresita bella? —Mauro Lamitch también pregunta, emocionado levanta la cabeza y la endereza.

Maruja también voltea hacia ella, y lentamente expresa:

—¡Vaya, de algo te sirve esa vocecita de…, aquello, fiu, fiu, fiu… ¿Ya sabés qué, va? *"muerta"* pues sí va!

—¿Aah, yo, una…? No, no entiendo.

Maruja sonríe un poco y cambia la plática.

—No, que yo pensaba que ya todo el FOMEP se había perdido.

—Pues no, aún quedaba un poco, el que era para las calles del pueblo y un par de puentes en los cantones.

Lamitch se le acerca y rápido exige:

—¡Vaya, vaya pues! ¿A ver de cuanto nos toca, vamos a ver?

Maruja de lejos también exclama:

—Sí, sí Dana, mi niña excelsa, hay que ver cómo está la cosa con eso.

—No, si no es mucho que se diga, solo es un par de milloncitos.

—No importa, no importa algo es algo —Medardi exige. —Sacate pal trago aunque sea.

Luego, la anfitriona de nuevo:

—Sí, ya te dije va, aunque sea un poquito cada uno.

—¿Pero Maruja? ¡Yo pensaba cuidarlos¡

—¡Nada niña, lo que pasa es que acordate que con ese nuevo gobierno no se puede confiar, es mejor guardarlo pronto!

Lamitch también insiste:

—¡Ja, ja, hacé caso Dana, yo estoy seguro que esos nuevos políticos se embolsarán todo el dinero que es para el virus.

—Eso es cierto, —Maruja le apoya. —Más que esos políticos botones están bien cipotes, ¡purate!

Lamitch se asoma a la ventana y escupe algo de su boca, ya parece bastante agitado.

—¡Hip, hip, sí pues, un brip, hip!

—¡Ja, ja, ja, ya ejtaj bolo, ya ejtaj bolo! —Maruja ríe al oír como al ebrio hombre se le traba la lengua al hablar.

Mauro levanta su copa una vez más mientras baila:

—¡Hip, hip, sí pues, un bri... hip! Un brindis especial po...

¡Hip.., por el virus negro!

La venerable religiosa se le acerca, ya con un desbalance

al caminar, también tartamudea bastante, esto hace que poco se le entienda lo que dice.

—¿Buean negochito, vau voj Maoru? ¡Ja, ja, ja, hip, hip!

En la surtida barra, está Maruja preparando tragos y más

boquitas, pero aun así participa en el brindis.

—Je, je, je, ¡salud! ¿Ay, sí verdad vos Dana? Este ha sido un buen año —reparte las bocas y los tragos. —Tomá vos Mauro, aquí, vos también tomá. Pero hay que tener cuidado.

—¡Ja, si pues, es que yo soy la defensora del dinero del pueblo! —la excelsa Dana exclama con mucho orgullo.

Maruja, insiste:

—Bueno, yo lo único que les digo es que hay que tener cuidado, Cipotes.

—¡Sí, hay que tener mucho cuidado, pueden investigar!

—¡Nombe, que se pueden quedar con los ojos negros y ciegos, ponete los lentes vos Pepe, Rene, Rino o como te llamés huepucha, ja, ja, ja!

—¡Hey, hey nombre, nombre vos! —Rino Cuadrúple es un pícaro ayudante del alcalde actual que tiene fama de firmar escrituras de terrenos a negociantes fraudulentos, por buenos paquetes de dinero. Parece estar un poco incómodo. —¡Nombe, nombe, Maruja, no digas mi nombre por favor, aquí no, nombe!

—¡Ja, ja, hacele huevos maje! ¿Quién te manda a andar de gritón pues?

—¡Nombe, nombe, así no se vale, yo así no juego vos!

—¿Y por qué llorás pues, no que muy machito hasta para

ofrendar la vida, ah? Je, je, je —esa es una burla, basada en una situación que le sucedió a Rino Cuadrúple.

En una ocasión en el pasado, el alcalde del período antes que Lamitch, después de investigaciones y declaraciones, retuvo los salarios de algunos empleados públicos que no llegaban a trabajar. Entre estos empleados se encontraba Rino Cuadrúple, su asistente, quien casi no se permitía exponer su honorable persona por la alcaldía, solo llegaba a retirar su cheque. Sin embargo, Rino, el mismo Lamitch quien en ese entonces solo era un secretario público, la Maru, y otros oficiales afectados por el dictamen se unieron para protestar. Rino gritaba por las calles que si no le pagaban su cheque se iba a cortar las venas, ahí, frente a la alcaldía, como sacrificio por la justicia humana. El alcalde solo le dijo a él y a su pandilla que dejaran de quemar llantas, de destruir la propiedad de la alcaldía y de llorar, de lo contrario los encerraría. Recalcó además, que para obtener dinero, primero se debía trabajar y de verdad. Rino y su grupo se fueron en el momento en el que el alcalde habló de trabajo, pero aquel sacrificio prometido jamás se realizó.

Belú, regresa al andén de la casa, escucha las voces
con mucha atención, de repente expresa en voz baja:

—¡Estoy segura que he visto a uno de aquellos viejos del
Fuego ahí adentro! Se parecía a un viejo alcalde, digo por lo colocho, pero no estoy segura. —lanza un grito fuerte: —¡Hay un holgazán allá arriba, trae lentes oscuros!

—¡Aay, Belú! —Maruja se aparece, con furia grita por la
ventana izquierda del primer piso: —¡Te voy a pedir por última vez que te largués de aquí, ya!

—¡Maruja, pero si vos y todos los de tu círculo Magenta, se
odiaban y se mataban con los del Fuego! ¿Qué pasó aquí?

—¡Que te vayás para allá y no estés volviendo de regreso
para acá! —limpia su garganta. —¡Para allá, para allá! Estamos en una reunión importante.

—¡Pero Maruja, yo quiero ent!

—¡Que no, andate! —la mujer la interrumpe. —Mirá, si querés
mejor mandame mensajes por internec, o testiame al celolar, porque así no te entiendo vaya.

—¡No, pero es que yo!

—¡No, nada, ahí, por el tuírir o por el feisbul, ahí me mandás un mensaje! —mete su cabeza y cierra la ventana.

—¡Je, je! ¿Internec? Ajá, mmm, repartiéndose lo que me han robado quizá están, ¿o planeando algún crimen verdad? —pasan unos segundos y la Maruja sale de nuevo, esta vez por la ventana derecha del segundo piso.

—¡Belú, te dije que no te quiero ver aquí! Andate para allá vaga sucia, y ponete los lentes oscuros, ahí te van a poner una multa o te va traspasar la luz de ese castigo cósmico.

—¿Lentes oscuros, por qué y para qué? ¿Castigo cósmico? —Belú, una vez más, es distraída por múrmuras y quejidos de personas que se escuchan a la distancia.

—¿Qué es eso?

Víctimas del rayo negro caminan como ciegos o zombies al otro lado de la calle, uno de ellos grita:

"¡Ya todo terminó, la hora del juicio ha llegado!" —cae
neutralizado.

Luego otro también exclama:

"¡El anticristo ha empezado su reinado, el miedo ha vencido
al hombre quien ha perdido el camino!" —también cae tirado y sin moverse. Sus

ojos, sin brillo y sin fondo, solo parecen como un par de huecos horrorosos que derraman un líquido negro.

Belú, quieta y en silencio, muy asombrada.

—¡Uy no, horrible! ¿Ay, pero y qué les pasó?

Maruja desde la ventana:

—Ja, para que lo veás y con tus propios ojos. Seguí así,

sin usar lentes oscuros, ya vas a ver, lo mismo te va a pasar.

—Ya deja de inventar cosas y salí ya de ahí mejor Maruja.

—¡Va pues! Jmm, ni te imaginás lo que ese rayo puede llegar

a hacer. Solo basta que roce un poquito tus ojos y ahí topaste.

—¿Ay, de qué rayos hablás?

—Ya verás, ya verás, solo serás una ciega moribunda, lista

para contagiar a miles…

—¿Ah, pero cómo así, ya no se puede ver nada?

—Solo por un poco tiempo…

—Ah, vaya. Entonces no es para tanto.

—Después de uno, o dos días morirás, así como esos.

Algunos de los visitantes alegres, brevemente asoman la

cabeza por la ventana izquierda del segundo piso.

Belú los observa desde abajo y sonríe:

—¡Ja, ja, ja, ay, bien chistosos se miran todos esos con lentes negros!

—¡Hey vos cipota, no te riás del mal ajeno, mejor largate!

—Ay, Maruja, ustedes salgan de ahí, ¡ya han robado mucho!

—¡Ve, pero si esta es mi casa!

—¿Ve, mi casa? Mi casa dirás.

—No, mi casa, yo me la he ganado.

—Je, je, ¿cómo te la has ganado?

—¡Mirá cómo la he puesto, más bonita! La energía se siente
más tranquila y cerquita de dios ahora.

—Ah pues sí, cerca del infierno quizá…

—¡Andate grosera, andate ya! Mas ahora, con este virus.

—Ajá, a pues sí, ahora es cuando vengo decidida a quedarme.

—¡Uuy, no, alejáte lo máximo posible de aquí! —Maruja
cierra la ventana con fuerza.

Pero en eso, la excelsa pastora Dana Churritos, sale bien
Pintarrajeada, con lentes oscuros pero un poco más grandes, también trae prendas en las manos y en el cuello.

Desde la ventana derecha del primer piso:

—Vos cipota, andate mejor, para que no te grite.

Belú, con asombro sonríe, piensa y observa a la religiosa:

«*¿Y ahora, qué pata puso ese huevo?*»

La mujer insiste:

—Es que ya no andés de agua fiesta, dejá a la Maruja en paz. Por eso es que no te permite entrar mirá.

La niña, intrigada, se mueve un poco de lugar.

—¿Jmm, y usted quién es pues?

—¡Ya cambiá, niña! ¿Qué, ni siquiera este malvado virus

negro te pone quieta? Ese rayo es asesino.

—¿Aah, qué rayos?

—No seas necia Belú, ya aceptá la palabra salvadora, y

respetá los derechos de los demás.

—¡Ah, ya sé, usted es la pastora Dana Ortiz de los

Churritos! Bendiciones pues —hace gestos de persignarse.

—¿Ah, yo...? —la religiosa pone cara de cierta vergüenza.

—Mírela ve, ¿aquí? Quien la viera en sus prédicas, nadie podría creerlo usted.

—No me faltés el respeto Belú, ¿y por qué no traés lentes puestos? Ya te va a devorar el rayo negro, vas a ver.

—¿Mire, pastora Dana Ortiz, ya que tanto menciona ese rayo, sabe usted de dónde vino y por qué?

—Ah, esa es una chispa de la batalla celestial.

—¿Aah, qué...?

—Bueno, aunque algunos dicen que ese mal lo trajo el nuevo alcalde, Kube Niyal, y los Ciclón, su grupo de políticos.

—¿Ah, el mejor alcalde del mundo? ¡Kube Niyal, Kube Niyal, Kube Niyal!

—¡Shh, callate niña, que eso es mentira! Ese alcalde dictador no ha traído nada de eso!

—¿Ah, y entonces?

—Yo creo que ese rayo es solo la furia de los dioses en esa última batalla por la luz suprema que gobernará el universo este próximo ciclo.

—¿Pero qué, qué dice? —Belú, completamente intrigada. —Ah, vaya, entonces ya...

—¡Ay, no niña! ¿Qué decís vos? ¡Este es el juicio final!

—¿Pero, qué significa todo eso que dijo, pero en español?

—En esa batalla, hay dioses que han derramado mucha energía, probando las más elocuentes y poderosas fuerzas.

—¿Aah, por eso es que la gente se está quedando ciega?

—Eso es así, por el efecto radioactivo en el mundo.

—¡Aah pues, ya va a pasar!

—No Belú, esto apenas empieza. ¿Pero, y vos qué hacés aquí?

—¿Yo, yo? Aquí, espantando ratas y cucarachas —le muestra los palillos en sus manos y ejecuta redobles sobre el balde, de repente hace una pausa. —¿Ah, mire y usted ha visto al exalcalde ladrón, Lamitch? Dicen que ya regresó al pueblo.

—Belú, no hablés locuras, Mauro fue un gran líder.

—¿Pero, cómo dice? ¡Estamos hablando de Mauro Lamitch!

—Sí, Lamitch, el que fue alcalde por el partido del Fuego. Ay, sí, él era muy parecido a lo que nuestro partido Verde aspiraba como alcalde.

—¿Ah, así qué, ahora también usted es amiga de Mauro?

—Sí pues, es que él fue bueno, por eso nunca nos opusimos a
sus propuestas para las pensiones y las cajitas de reserva.

—¡Pero, si antes ustedes eran grandes enemigos y siempre peleaban! Algún paquetito le daba quizás, algún paquetito negro.

—¿De qué hablás Belú? Esas cosas solo las dicen los
periodistas chambrosos.

—Sí, es cierto, en los libros del pueblo dice, que ustedes

tres se odiaban, y ahora todos comen en el mismo plato, roban   las mismas casas y cosas.

—¡Ve, si uno tiene derecho a cambiar shiss!

—¡Qué barbaridad, los Verdes matarifes de ustedes,

comunidad de religiosos y militares, los Magenta corruptos de la dictadura de Maruja y los brujos ladrones del Fuego juntos!

    —Uno tiene derecho a cambiar te digo, nosotros hemos decidido hacer las paces, para hacer cosas buenas para el pueblo. Mirá como te hablo a vos ahora.

—Ajá, ajá, está bien, ya está un poquito más alentada.

—Sí Belú, especialmente ahora con tantos problemas en el mundo, debemos estar unidos.

—Ajá, ajá, está bien, está bien, ya se le llegará el día al

Mauro Lamitch, a todos ellos, también a usted doña Dana, ya caerán todos, gente corrupta.

—¡Belú! —grita Maruja muy fuerte desde el portón del centro del primer piso. —¡Ya te dije, andate de aquí!

La niña se dirige a la Pastora en la ventana.

—¿Lo ves, Excelsa Dana Ortiz, ¿vez, que ella sí está loca?

La pastora también cierra la ventana.

Pero Maruja sigue insistente:

—¡Andate lejos de aquí vaga! Solo a entorpecer todo venís.

—Ve, vos no me autorizás nada, vieja loca y ladrona. Esa

casa es mi casa, que no es tu casa. ¿Je, amiga de Mauro Lamitch que se robó cien mil dólares de la caja de mi papá?

—¡Que te vayas de aquí, tengo visitas en casa!

—También se robó dos cemillones de aceitunas griegas que tenía mi papa para sembrar en el verano. ¡Se los llevó!

—Cuidado Belú, dejá de darle mala reputación al hombre —la mujer entra y cierra el portón.

—¡Pero sí hay pruebas, 100 mil en efectivo fueron! ¡Ay, no!

—algo es derramado sobre su cabeza

—¡Esperá, pero! ¿Qué es? ¡Cof, cof!

—sobre ella caen puñados de ceniza desde arriba.

   —¡Cipota lengua larga, patas de pollo, callate! —Mauro Lamitch llena su sombrero de cenizas y basura, al lado de la chimenea, grita: —¡Chambrosa, yo no he robado nada!

—Claro que sí, ¡ladrón, ladrón! ¡Cof, cof!
—la ceniza sigue cayendo sobre la cabeza de la niña, quien grita: —¡Lamitch está en el techo, en el techo!

—¡Lengua de chucho, problemática, no te merecés vivir en casa de Maruja! —lanza más cenizas sobre ella.

—¡Guaf! —se sacude. —¡Claro, porque ustedes los adultos y

dicen que educados, son los más podridos! ¡Cof, cof!

—¡Estás loca, yo fui uno de los mejores alcaldes aquí en Dorslava, ja, ja, ja!

—¡Corruptos es lo que son! Ya se dividieron mi plata entre todos ahí adentro, ¿verdad ladrón?

—¡Ve, no me jodás vos, yo soy un hombre decente, siempre!

—¡Uy, válgame! ¡De lo peorcito que hemos tenido aquí!

Lamitch mira alrededor desde arriba, baja la voz y expresa:

—¡Nombre vos Cipota, en serio, yo no tuve nada que ver con eso, la Maruja y la Concha sí mirá, ellas decían que era mucha plat... ¿Aah, qué? ¡Ay! ¿Uoh...? —Mauro da brincos repentinos sobre el techo y pone sus manos sucias en su rostro.

—¿Pero, qué está pasando?

—¡Ay, ay, mis ojos! ¡No veo! ¡Mis ojos!
—un súbito rayo ha tocado la vista de

Mauro arriba de la casa cerca de la chimenea, cae al solar.

—¡Oh, no! ¿Dónde? ¡Un rayo negro tocó su cara y lo ha lanzado allá, bien lejos!

Dana reaparece por la ventana derecha del primer piso, pero antes se remueve los gigantezcos lentes negros.

Belú, al verla mete la mano en su bolsa, saca un anillo con una perla brillante y se lo muestra.

—¿Shh, hey hermana Dana, excelsa dama?

—¿Aah, qué es eso?

—Mírelo bien, mire como brilla, lo hermoso que es...

—Mmm, está algo bonito digamos.

—Bueno, este ya es suyo, se lo quiero donar para su iglesia, pero antes dígame de una vez por todas, ¿quién fue?

—¿Quién fue, de qué?

—¿Quién y por qué me sacaron de mi propia casa?

—Shhh... —observa alrededor y con un tono muy bajo en la voz. —Shh, shh, va pues, te lo voy a contar todo, si me das uno más.

La cipota busca en el fondo de su bolsita.

—Mmm, bueno, se lo doy, pero si me abre la puerta.

—¿Aah, mm...? ¡Vaya puej, sí, sí!

—¿Qué tal este?

La mujer corre y sube hasta la ventana izquierda del segundo piso, se asegura que no haya nadie más oyendo, en forma de susurros empieza: —No, es que mirá hombé, fue la Maruja la que planeó tod... ¡Ay, mis ojos! —algo la interrumpe de repente. —¡Ay, no! ¿Qué es esto? ¡Arden mis ojos! ¡Ay, no veo, no veo, ay no, por la Santa madre iglesia y todos los santos! —la excelsa Dana mete su cabeza llorando, cierra la ventana, luego sale corriendo y se lanza sobre el jardín de la casa. Sus ojos se convierten en dos agujeros deformados, su cuerpo queda inerte en el piso sobre flores y plantas.

Belú, cada vez con más asombro.

—¡Vaya, vaya, con que así son las cosas señores! —guarda el anillo. —Todos esos han estado unidos desde hace tiempo y ahora parece que un simple rayo los une mucho más. Vendiendo lentes oscuros, mallas para cubrirse los ojos, falsas medicinas y quién sabe qué más. Interesante. Pero mi pregunta sigue siendo, ¿cómo ha hecho la Maruja para apoderarse y repartir la herencia que me dejó mi mamá? Algún día saldrá todo a la luz, algún día.

Saca a Memorus de su bolso y recita:
Bonito y sabio caballito,
noble, tranquilo y hermoso.

Eres un puente hacia el infinito,
humilde amigo, elegante y amoroso.
Memorus, rápido se hace grande, lanza sonidos fuertes, ella sube y grita:
—¡Vamos Memorus, por ese infinito lago del tiempo, a descubrir las raíces de las historias y los eventos! —ellos desaparecen en cuanto cruzan el interesante portal que les lleva por el ayer, por el ahora presente y por el mañana emergente.

18. LA BODA.

En un hermoso rincón de Dorslava, pueblo lleno de esperanzas y sueños, un par de enamorados aprovechan la fresca y alegre tarde de Domingo para comprometer su amor. La casa de la celebración es hermosa, ubicada sobre la calle José Cañas. La pared del frente tiene color crema de fondo, pero también tiene un cielo azul que cubre toda la parte de arriba y en la parte de abajo un elegante océano combinado con el mismo color de esa capa superior. Las decoraciones y la fachada son muy sencillas, pero Oscar Ciudadano, el nuevo esposo, las piensa cambiar. Recientemente empezó a expandir la segunda planta, ya compró las nuevas ventanas, pues las cambiará por unas con mejor estilo. El mismo Oscar diseñó una nueva y atractiva fachada que mostrará la frescura externa. En ese proyecto de remodelación, también piensa construir varias habitaciones en la parte trasera de la casa y en el sótano, para cuando lleguen visitas.

Todo mundo disfruta en el patio la feliz boda entre Oscar Ciudadano de sesenta años y Mar Dapson de 25. Los acompañan, Cristino Melar de ochenta años, abogado y ministro religioso a la vez. También está el militar Arturo Sargo, y el mafioso empresario Simón Bufó, entre otros.

De repente, ahí cerquita, a unos pasos del lugar, cosas extrañas empiezan a suceder.

Entre unos arbustos que están al otro lado de la calle, al extremo derecho de la casa, emergen delgados rayos de colores que dibujan un gran anillo fosforescente y luego se transforma en un hermoso portal del tiempo donde súbitamente aparecen Memorus y Belú Ciudadano.

Ella sale, da pasos lentos y en silencio por la calle.

—¿Ah...? —observa hacia dentro de la casa y ve que hay mucha gente, pregunta de lejos: —¡Hola, mire! ¿Verdad que esta es la José Cañas? —observa con atención el patio y la gente, algo no le convence. En voz lenta y suave expresa, tal como si pensara en voz alta… —No, no es. ¡Sí, esta es mi casa! Esta es la parte del frente.

Se escucha entre el murmullo de invitados en el patio:

"*¡Salud, salud, que vivan los novios!*"

Belú, ha estado un poco callada, ¿o confundida quizás?

—¿Ah, sí? ¿No? ¡Sí es, pero no! —espera tres segundos, observa la fiesta, que parece muy especial con tan distinguidos y exclusivos invitados. Desde la orilla de la calle observa, asombrada e inquieta se pregunta: —¿Y esos en el patio?

Un hombre bien armado hace orines en una esquina del solar y la descubre caminando a las orillas.

—¿Hey bicha, qué hacés ahí? —el tipo intenta subirse el ciper de sus pantalones, pero se le queda trabado en su camisa, luego medio lo oculta un poco, rápido abre la funda del arma que trae en la cintura.

—¡Va pue, parate ahí, que te parés!

—¡Uuy, me asustó usted, no me apunte por favor, no no!

—¿Quién putas sos vos pues, ajá, decime? —agresivamente pregunta el Diablo Lolo, un invitado, quien parece amenazante con una pistola en sus manos. Se sabe que él trabaja para una radio amarillista e instigadora de chismes, pero también presta servicios de seguridad para algunos hombres adinerados. —¡Vaya, vaya pues, soltá la sopa, ya!

—¡Ve, si yo, yo solo...! —muy nerviosa y con la yema de los dedos entre sus dientes, da un paso hacia atrás.

—¿Que sí, qué hacés aquí te estoy preguntando cipota cerota?

—Sí, yo, es que...

—¿Ya sabés que estás invadiendo la propiedad privada, va? Y así cualquiera te

pone un plomazo y parte sin novedad.
—amenazante, la apunta con su arma.

—¡No, no, señor, disculpe usted!

—¿Qué buscás y qué hacés aquí te pregunté, va?

Belú, endereza su espalda, pone su cuerpo muy firme, pero cuando habla, titubea y tiembla un poco sus labios.

—¡No, si ya me voy, ya me voy!

El violento vigilante lanza un disparo al lado de la niña quien grita:

—¡Ay no, no me dispare, por diosito no me mate! —los ojos de la cipota están llorosos y abatidos. Piensa: *"¡Ay no, que miedo, me va matar, me va matar, ay no!"*

—¡Va pues, va pues!

—¡Ya, ya pues, ya, ya me voy, ya no se preocupe usted! *«¡Ay no, este tipo es muy peligroso y no parece tener problema con usar su arma contra quien sea».*

El hombre sale a la calle y se acerca más a la cipota, apuntándole con la escuadra en su mano derecha.

—¡Vení, vení para acá, vamos!

Ella da pasos hacia atrás, tratando de huir.

—¡Ya estuvo, ya estuvo, yo me voy!

El hombre sonríe, saca el cartucho de su escuadra, cuenta los tiros, los pone de nuevo, reacomoda el cartucho y vuelve a apuntarle desde unos tres metros de distancia, le grita:

—Vos no vas a ningún lado, no sin antes decirme, ¿quién te mandó a espiar y a quién a esta casa, cipota maleante?

—¡No, no sé, es verdad señor, solo es que me perdí, yo vivo lejos de aquí y no sé cómo llegar a la plaza para agarrar el bus, ¡ay no!

—¡Callate, bajá la voz, escandalosa! ¿Que no estás viendo que ellos se están casando y no quieren bulla?

—¡Unos recién casados!

—¡Callate, te dije va, mona caca e pato! —se acerca a ella, pega su arma de fuego en las costillas de la cipota y le amenaza con una voz de suspenso. —Solo una vez te lo voy a decir, largate lejos de aquí, a la próxima te plomeo bicha.

—¡Oh sí, ya me voy, ya me voy, pero antes, mire! ¿Y quiénes son ellos?

—¡Va pues, ya te dije no me hagás regresar va! —se enfunda el arma de nuevo, voltea y se va hacia el grupo enfiestado.

Belú, a pesar de las advertencias se ha quedado escondida cerca, en la distancia piensa: —*"Ay no, no distingo bien el rostro de esas personas, apenitas escucho sus voces.*

El licenciado Cristino Melar camina hacia el frente.

—¡Vaya, vaya pues, con cuidado por favor, cuidado, alguien que me alcance un trago de Buchanan en las rocas antes de empezar! Belú se emociona y le brillan los ojos al ver las imágenes.

—¡Wow, la música, y en vivo! —se emociona más cuando escucha a dos violinistas a todo volumen: —¡La marcha nupcial, y en vivo, ya va a empezar, ya va a empezar!

Cristino instruye a la gente:

—¡Vaya, vaya, para allá usted, dejen espacio ahí pues!

La niña se sorprende al verlos celebrar.

—¡Ya casi, ya casi! ¡El arroz, arrocito, ya se están lanzando el arroz sobre las cabezas, ay que bonito!

Todos felicitan a los novios, es un momento muy especial, la mayoría de los invitados están felices con esta boda, pues se abren oportunidades de nuevos negocios y trances. Algunos tienen otros intereses, por lo tanto todo el mundo está feliz.

Cristino Melar irrumpe la calma y empieza:

—¡Bueno, bueno pues, ya! —grita. —Ahora sí, vamos a amarrar este par de tiernos palomitos, ¡ja, ja, ja! —los demás también ríen. El viejo se para frente a los novios y saca su pequeña biblia y una libretita.

—Invitados y amigos, bienvenidos a todos, a este maravilloso día Dominguito 16 de

Enero de 1992. Ahora es cuando, estas dos fuerzas de amor se unen, —dirigiéndose a los novios. —Lo cual nos causa una tremenda alegría y satisfacción. Que dios los colme de bendiciones hijos, mucho dinero y de cosas buenas en sus corazones. Jóvenes, yo sé, que en el pasado, ha sido muy difícil la relación de ustedes dos, pues ahí andaban como perros y gatos, peleándose entre ustedes mismos.

Todos ríen un poco y alguien del público grita: "*¡Puro drama Cristino, eso solo es parte del show, hombe!*"

—¡Bueno, eso yo no sé, va! —riendo, mientras mira la pareja. —Ahí ustedes sabrán de sus juegos y sus fantasías eróticas, pero por si acaso en el futuro, cuando lleguen los días difíciles recuerden este lindo momento, para que nunca se les vaya esta mágica bendición que ahora los une —una ovación de aplausos interrumpe al viejo Cristino. Súbitamente el Diablo Lolo, pasa rapidito frente a todos con una bandeja, indicando que dejen una colaboración.

—¡Ofrenda para Cristino, ofrenda para Cristino pues! —muchos, se asombran y se asustan al ver al hombre con un arma en una mano y una bandeja en la otra pidiendo dinero. Rapidito ponen cheques, billetes, otros incluso sus joyas.

—Vaya, aquí le dejo señor Melar... —el Diablo acomoda lo recolectado sobre la mesa del licenciado, quien agradece:

—¡Gracias, gracias Lolito, gracias, de algo me va a servir su pequeña colaboración, gente! Bueno, pero empecemos con la parte principal. Una pregunta importante hijos, ¿están listos para vuestra nueva aventura? —los novios sostenidos de la mano, confirman entusiasmados en coro:

"¡Sí señor!"

Un estornudo se escucha desde el otro lado de la calle, esto incómoda un poco al viejo abogado:

—¿Ay, pero quién es el de eso, por favor más respeto para los novios?

El ruido sigue entre los arbustos y las plantas con flores. Es Belú, quien en voz baja, se queja. —¡Ay, San Romero, San Romero, quítame estos estornudos primero! ¡Ashuuya! ¿Pero, qué es esto, San Romero, por qué no paro de estornudar? Yo quiero ver quiénes son y qué dicen —se tapa la boca y a lo lejos intenta escuchar la voz de Cristino, pero el estornudo es tan fuerte que llama la atención de todos, pues se ponen un poco alerta. Ella corre hacia el lado izquierdo de la calle y se va mucho más lejos, donde ya no puede ver ni escuchar nada.

El ilustrado Melar, prosigue en el patio, con la unión de la nueva pareja.

—¿Oscar Calerdón Ciudadano, aceptás como esposa a Maru Tapilac y prometés cuidarla y amarla hasta que la muerte los cambie de caminos, que los separe pues?

—¡Miaam, yaami, yaami! —con una mirada lujuriosa y extraños movimientos de lengua sobre su labio superior, muestra su hambrienta aprobación. —¡Mmm, grrr, mamacita, claro que sí acepto, miaam, miaaam, grrr!

—¡Aj, ja, ay no! —Belú, aún del otro lado de la calle, apenas intenta aproximarse un poco más al lugar, pero los estornudos no la dejan en paz. —¡Qué barbaridad, esto debe ser alguna alergia a esas hojas o algunas de sus flores!

Lolo Diablo corre cerca de la calle y con el arma en la mano busca la bulla en los alrededores.

Cristino continúa con la ceremonia de los Ciudadano, antes pregunta al público:

—¿Quién sabrá, qué pájaro es ése que hace ese ruido ahí va? Bueno, pero ahora a lo que te trajo chencha, vamos a cumplir con esto —observa a la muchacha, quien sonríe y se arregla su pelo, con las puntas de sus dedos en los hombros hace unos reacomodos de la hermosa blusa de su vestido. —¿Mar Tapilac Dapson, aceptás a

Oscar Calerdón Ciudadano como tu esposo, y prometés cuidarlo y amarlo hasta que la muerte los desajunte, que los separe?

—¡Sí, claro que sí acepto! —ella pasa su mano sobre el rostro del viejo, le da un beso en la mejilla y le cierra un ojo.

—¡Hasta que la muerte nos separe amorcito!

El licenciado saca un pequeño lazo dorado, lo pone alrededor de los novios como señal de que ya son una sola persona.

—¡Hmmm, bueno, pues, por la autoridad que la ley me otorga, ahora los declaro marido y mujer! ¡Ciudadano, podés besar a tu mujer! ¡Mar Tapilac, ya podés besar a tu hombre!

Todos festejan y los felicitan.

"¡*Bravo, felicidades!*"

"¡*Ay que lindos, que bonitos se ven!*"

Los invitados se lanzan arroz entre sí, brincan, celebran y bailan con la música, mientras los dos palomitos románticamente se besan.

Simón Bufó está entre los invitados especiales, es que es el padrino de vestido, que parece como de una reina por cierto. Ahí, en su tienda, fue también donde compraron el resto de muebles y los trajes de Oscar, por lo tanto él, está muy feliz y lleno de esperanzas con esta nueva pareja.

—¡Que vivan los novios, se ven muy bien, todo a la medida y de la mejor calidad! Muy bonita pareja —grita el comerciante.

—¡Oh wow, bello, bellísimo! —el comandante Arturo Sargo responde mientras disfruta vino burbujeante, toma bocadillos con la puntita de sus dedos y observa alrededor. —¡Ay, pero qué lindo está todo, muy hermoso está el decorado! —es muy obvio e irreconocible el tono sutil y extrañamente femenino de su voz, pero nadie le dice nada. —¡También me encantan los colores de las vejigas y los detalles en los gallardetes!

Simón, sonríe y expresa:

—¡Así es, Comandante Artur! Todo es de la mejor calidad! Tomá, aquí una tarjeta, llamame cuando querás comprar cosas así, tengo lo mejor en todo y barato.

El militar toma la tarjeta y la guarda, sigue admirado.

—¡Ay, sí usted, todos los accesorios y hasta las flores están relindos!

—¡Claro que sí, es que vienen desde mis tiendas pues, las mejores señor! —Simón Bufó se jacta y hace movimientos con sus manos como si mostrara un inmenso cartel, —¡Simón y Simón, todo un éxito, ja, ja, ja!

Belú, a la distancia, escucha las carcajadas del hombre por el aire, le incomoda un poco.

—¡Hey, la voz de ese hombre se parece a la de alguien que conozco, que es otro ladrón, no paga impuestos! —luego descubre que Lolo Diablo ya se ha vuelto a unir con el grupo, entonces se acerca un poco más al solar para ver y escuchar.

Ahí mismo, el viejo abogado Cristino Melar se acerca a Oscar, quien ya se ha quitado la corbata y su chaqueta elegante azul y también toma aire en el patio.

—Mirá, Ciudadano..., este..., necesito hablar con vos antes que me vaya, hijo.

La niña se pone muy atenta, está un poco confundida, cree haber escuchado algo familiar.

—¿Qué, cómo dijo? ¿Ciudadano o los ciudadanos? No, no creo que sea de mi familia.

El viejo abogado insiste:

—¡Vamos, vení Oscarito! —muy interesado en hablar con el novio, baja la voz. —Bueno hijo, ahora que sos un hombre casado nuevamente, tendré que mostrarte... —se meten a la casa para irse al otro lado, al largo solar trasero.

Mientras tanto, Mar reaparece en el patio del frente con menos atuendo de novia, ya se ha puesto una blusa negra escotada, un par de pantalones vaqueros ajustados color azul oscuro. Se mira muy hermosa en su estatura, especialmente cuando se libera su ondulada cabellera, que parecen olas de oro sobre su cuerpo. De repente, muy sonriente, como si tuviese el cielo en sus manos, sale y bromea con mucha confianza:

—¡Ay, pero qué nalguitas! —por las espaldas sorprende a Sargo y a Simón, apretándo una pompie a cada uno.

—¡Oh no, eso duele! —Simón espantado.

—¡Ay Mar, no sea así! —también Sargo reacciona un poco. Pero Maru celebra, pega y se restriega las palmas de sus manos.

—¡Misión cumplida amorsis míos!

—¡Ay, uy no! —distante, Belú observa el patio de la casa desde la orilla de la calle —¡Uuuy, qué novia más loca! —sonríe al ver la broma de la mujer.

Pero Simón parece estar incómodo con el pellizco, reclama:

—¡Hey no, no me toqués así Mar, así nombe!

—¡Jo, jo, jo, ooh no, no! —el militar también hace su queja, pero con un tono más tranquilo: —¡Je, je, ay pero es que no sea así Mar, no me toque el culo, así sin avisar!

—¡Ya dejen de llorar por esas cosas simples, planas y baratas, mejor celebremos!

Simón rápido levanta su trago de escocés a las rocas.

—¡Sí, de acuerdo, salud por la boda y por lo que viene!

—¡Sí, esto se merece un brindis y otro brindis mis amorsis! —observa la copa de ellos, asegurándose que los dos tengan suficiente trago. —¿Vieron, vieron que fácil fue adueñarnos de esta casa y todas sus riquezas? Ya les llegarán sus cheques, ya les llegarán.

Simón levanta una vez más su trago de escocés a las rocas.

—¡Sos más que cachimbona Mar, jamás lo hubiese imaginado!

—Eso no es nada, eso fue como quitarle un dulce a un bicho.

El militar también la mira y sugiere:

—Pobre Oscar, cayó en su mirada hechizante, encantada Medusa, je, je, je.

Simón, se queda un poco reflexivo y continúa.

—¡Pero, es que estamos hablando de Oscar, que bien sabemos que no es nigún tonto!

Mar, muy orgullosa, responde:

—¡Toda criatura, por brava y salvaje que sea, no deja de tener su parte débil, cada hombre tiene su talón de aquiles, señores. Nunca olviden eso.

De repente observan que por las orillas del solar, Lolo Diablo vigila la casa, buscando a cualquier intruso.

Sargo le observa el arma de fuego que trae en sus manos.

—¿Lolo? —pregunta con un grito. —¿Tenés permiso para andar esa escuadra sin el seguro puesto?

Simón, entre dientes sonríe, y expresa...

—Je, je, ¿pero, qué hacé un locutor con una pistola hombe?

Lolo responde al militar desde lejos:

—¡Mire, mi señor teniente coronel, cualquier pregunta que tenga, hágala al abogado Melar, a mí él me contrató para que viniera de su guarda espalda y para que vigile este lugar mientras permanece por aquí. Yo no tengo más que responder, solo hago mi trabajo.

El hombre sigue buscando, Belú se mueve más lejos del lugar, sin poder escuchar o ver que sucede en la fiesta. El sargento, que no es ni teniente, ni coronel, ignora al rudo Lolo y voltea de nuevo hacia el grupo.

Simón felicita a la mujer por el grandioso logro.

—¡Sí, muy bien, bastante estratégica Mar! —choca su vaso con el de la mujer, quien no se cansa de jactarse.

—¡Sí, acuérdense que yo les dije, que solo era de remover a la Margarita Guerra de aquí, por aburrida! Ahora, yo puedo llegar a consolar al viejo Oscar, quien como un gran patriarca se las creía que lo controlaba todo, ja, ja, ja.

El empresario se regocija y celebra:

—¡Estoy muy orgulloso de vos Tapilac! Ese nombre creo que me gusta más de los dos que tenés. Tapilac me suena a poder, reina, diosa. ¡Es que es cierto! —luego voltea su mirada al comandante Artur Sargo. —Ni siquiera a vos se te pudo ocurrir algo así Artur. Esta cipota en verdad nos salió muy buza mira.

Mar sonríe, pone sus dedos cerca de sus ojos, hace como si pasara una lima para uñas sobre sus yemas, y sopla con gesto de grandeza.

—¡No, pues sí pues! —una vez más sopla sus uñas y calla.

Simón insiste en darle vanagloria a la mujer.

—Mirá nena, que bueno que la Concha te trajo con nosotros, hija, ¿quién iba a creer que llegarías tan lejos? —le soba su pelo y le pone su brazo en el hombro, luego lo baja hasta su cintura y la aprieta fuerte hacia él.

El comandante Sargo, con su particular gesto y tono, da su opinión al respecto:

—Bueno, yo pienso que algunas veces, esas solo son ventajas de ser mujer, o un tiro de suerte quizá.

—¡No, no! —Simón rápido responde —lo que pasa es que esta muchacha es abusada y luchadora.

—¡Ve, si la Concepción también hace grandes cosas desde hace ratos y en secreto.

—¿Por qué lo dice Sargo? —un poco inquieta, pregunta Mar.

—Para que sepan, fue a ella que se le ocurrió incendiar el pueblo por varios meses, para crear incertidumbre y caos a finales de los setenta —como si recordase cosas especiales, camina, dando la espalda a Mar y Simón. —Incluso, ella fue encargada directa de varias purgas, fue responsable de enviar al otro mundo a más de uno.

Mar está muy asombrada al escuchar al militar.

—¡Ah, vaya!

—Ya, ya, pero eso fue en su época —interrumpe Simón. —Ahora este tiempo es tuyo nena, no le hagas caso a Artur —lanzando una mirada un poco incómoda al militar. —Que parece tener cierta envidia.

—¡Sí, pues! ¿Qué más quieren? Ya tenemos un gran logro, ahora sí, desde aquí podremos hacer muchas cosas. Todo está limpio y listo, lo único que aún me queda por solucionar, es eso de la hija y en un tiempito, Oscarito también tendrá que volar.

—¡Shhh, cuidado! No hables nada de eso, aparte que para eso aún queda tiempo —con voz un poco baja, sugiere Simón.

—Je, je, unos cinco añitos más y a volar papá.

—¡Mar, tenga cuidado! —el sargento también advierte.

—Bueno, ustedes ya saben, ¿va?

—Pero mirá, ¿entonces Oscar tiene una hija? —el comerciante Simón, muy reflexivo, cuestiona. —¿Qué vamos a hacer? El Licenciado Cristino, sale apurado y un poco agitado.

—¿Lolo, dónde estás? ¡Vení, vení hombe, tenemos que hablar con vos! —grita alrededor del patio y busca a Lolo, con unos billetes en la mano.

El malhumorado guardaespaldas y locutor regresa al viejo en cuanto escucha el llamado.

—¡Señor, señor Melar! ¿Dígame jefecito, para qué soy bueno?

—Tomá, esta es tu parte de lo que me donaron los amigos.

Lolo hace reverencia, agacha su cabeza y besa la mano donde el viejo tiene el dinero, lo toma.

—¡Ay señor, muchas gracias señor, mi señor, que esto se le multiplique por miles, gracias, gracias! —mirando al viejo le hace reverencia con la cabeza.

—¡Ya, ya estuvo, solo hacé bien tu trabajo, como hasta ahora! Vení, vamos a platicar con aquel.

—¡Sí señor! —entre golpecitos en la espalda y conversaciones de melcochas y chucherías se van hacia Oscar que está al otro lado de la casa.

Mar y los dos hombres, aun en el patio, en silencio y muy atentos, observan al abogado y a su sirviente, el Diablo Lolo, interrumpir con el escándalo repentino.

—¡No, pero es que gracias de nuevo mi gran señor!

—¡Ya, ya estuvo Lolo, ya olvidalo, solo sé fiel!

Simón, al ver caminar al viejo y su sirviente, indica a su grupo, haciendo una mueca con la boca:

—¡Psst, psst, ahí ve! —hace un leve movimiento en sus labios hechos en pico.

—¡Vaya ve, ahí tenés un buen sabueso mirá! Pues sí, pa que se encargue de la cipota, je, je, je, yo solo digo va, ¡ja, ja, ja!

—¡Ay sí, de verdad! Es que me da colera saber que esa bicha llorona está en mi casa, ya veremos cómo se arregla.

El hombre sonríe, baja la voz, mira alrededor y continúa.

—Pero mami, Mar, eso de la hijita de tu marido, fácil se

arregla, vos sabés que los niños son traviesos, tanto así, que a veces sufren accidentes, ¡ja, ja, ja!

—¡Exacto! —Sargo, con un tono fuerte.

—¡Estoy totalmente de acuerdo! Un accidente al año no hace daño, ja, ja, ja.

Belú los escucha y esto le desagrada mucho.

—Accidente, accidente... —desde la distancia, un grito. —¡El accidente son ustedes! Mentirosos, irresponsables, corruptos, despiadados —corre y se mueve del lugar.

Todos se dispersan en el lado derecho de la calle, buscando el origen del grito, pero no ven a nadie, entonces se regresan riendo el uno al otro.

Simón pregunta:

—¿Hey, pero qué fue eso, dónde fue?

—No es nada hombe, alguna rata o pájaro en los árboles. —agrega el militar.

—¿Qué va a ser? —Mar, muy seria los mira.

—Yo escuché el grito de alguien, pero quizá tenga razón Sargo, algún bolo debe ser. ¡Bueno, pues entonces manos a la obra! —entra y se va a la barra a recargar su trago y vuelve a salir.

—¡Bien, muy bien Maru! —Simón, una vez más la apoya, la abraza y aprieta muy fuerte hacia él.

Ella de repente se queda quieta y voltea hacia el militar.

—Aah, pero antes que todo, con respecto a eso que dice usted Sargo... tiro de suerte... aquí no es nada de eso, pues me ha costado mucho, nada es fácil en esta vida.

—Perdone señora Mar, ¿pero, qué es eso que le ha costado? Si lo que yo sé de usted es que usted...

—¡Lucha, Sargo, mucha lucha! —con cierto carácter Mar voltea y mirándolo directo a los ojos, camina lentamente hacia el hombre. —Muchos desvelos, muchos hombres, asquerosidades quizá, abrir mis piernas, golpes, he derramado sangre y quizá hasta sacrificar vidas, sí, muchas vidas —hace una pausa, respira profundo, baja la voz, su tono ya es bastante emocional. —No sé equivoque Sargo, hay cosas que a veces cuestan hasta la dignidad —vuelve a la barra y ahora saca otra botella de vino burbujeante mientras permite al hombre explicarse.

—Todo en esta vida es cuestión de decisiones Mar, por eso, es vital pensar bien las cosas antes de actuar.

Simón Bufó sugiere:

—¡Jay hombe, ya estuvo hombe, vamos a celebrar!

—¡Va pues! Bueno, lo que yo sé es que este arroz ya se ha cocinado, el área está limpia y yo tengo las firmas y documentos más importantes de esta familia. Este viejo pendejo no sabe cómo usar este dinero y esta inmensa mansión. Ya verán, cómo nosotros, sí le sacaremos el jugo, Ja, ja, ja.

Simón también ríe desenfrenadamente:

—¡Ja, ja, ja! ¡Vos sí que me sorprendés mujer!

El grito una vez más, y ahora llega desde los charrales al otro lado de la calle, frente al patio.

—¡La justicia tarda, pero no olvida! —Belú se acerca un poco y baja la voz. —¡Ay, tengo mucha sed!

Todos corren y buscan entre los arbustos, pero no hay nada.

—Nada, algún loco bromista debe ser, hay que llamar a Lolo.

—Lolo ya se fue, Simón —recuerda Mar mientras regresan.

—Ah, sí, es cierto, pero de seguro eso solo sea un animal tarado —el hombre camina más rápido y una vez más se acerca mucho a la mujer, en voz muy baja prosigue. —Mar, me encantás, sos muy inquieta y astuta.

—¡Aay, no le creo, eso usted se lo dice a todas!

—¡No, en serio, es que mirá, que planificar este noviazgo, el secuestro de Margarita Guerra, la mujer de este viejo y mirate, ya te casaste con él, ¡ja, zorra!

—¡Ja, ja, bueno, dicen que en la guerra y en el amor, todo se vale! ¿Verdad Sargento?

Una vez más, un grito:

—¡Hola, helo, hou do you is! —esta vez, la voz es de un hombre muy gordo al lado derecho de la calle. —Hola, merci, hello, ooyo! ¿Hey, qué pasó bichos?

Simón, rápido se prepara, busca y advierte:

—¡Shh, Mar, bajá la voz, tratá de no hablar fuerte, que a veces las paredes oyen!

Una vez más, a lo lejos, la voz, lenta, cansada y pesada:

—¡Aay, hola, aay, tengo hambre! ¿Marus, estás por ahí?

La mujer sorprendida advierte:

—Tiene razón Simón, es peligroso —voltea hacia el militar —¿Sargento, puede usted ver quién es?

Sargo, camina alrededor y busca, mientras el visitante barrigón sigue gritando:

—¡Hola, hola! ¿Aaah? ¡Ooh, ahí llega!

El militar lo mira con incómodo rostro.

—¡Ay no! ¿Y ahora quién es ese? ¡Ay es ese, el mismo de siempre! —hace ojos de un irónico *"guácala, por favor, fuera."* Los tuerce, saca la lengua y apunta al ver al lado derecho. —¡Alto ahí o disparo, vos! Simón levanta las orejas y se reacomoda su sombrero negro de porcelana.

—¿Aaah, quién es, quién es, Arthur?

—Es el tipo que trabajaba en la alcaldía, Betón Tres Exis.

El hombre, de lejos, con su voz ronca y robusta pregunta:

—¿Hey hombe, por qué no me invitaron? Yo quería venir también majes, pero ya veo que ustedes no son buenos amigos.

Maruja asombrada.

—¡Ay, vaya, sos vos Tebón! Para allá, andate al otro lado, ahí que te dé comida y cervezas el Oscar.

—¡Aah, va pues! ¿Este, mirá y qué, qué hiciste de conqué?

—¡Aay, no! ¿Y éste ve? Andá preguntale al Oscar, panzón, aquí estamos muy ocupados.

—¡Sí, sí, vaya pues, está bien! Yami, yami, es que ya tengo hambre, mucha hambre, es que ya casi son las dos pues.

—¡Vaya, vaya pues, para allá! —Mar, le indica el camino, y en cuanto el gordo se va al otro lado de la casa, voltea hacia el militar. —Ah, Sargo, ¿está todo bajo control, ya hablaron bien con Concha? Ella tiene las llaves y las instrucciones.

—¡Sí, Mar, digo Señora Ciudadano! —Sargo también baja la voz y voltea su mirada hacia otro lado, como para disimular.

—Todo perfecto. Margarita Guerra ya está en buenas manos.

—¿Está usted seguro?

—Claro, de eso no se preocupe usted. Su hermana y yo lo tenemos todo arreglado, la casa está bajo su control, sin obstáculo alguno

Belú Ciudadano, ahora muy cerca de ellos.

—¡Hey, perdón, perdón! —arrimada a una mesa en el patio: —¿Me pueden decir, quién se está casando aquí? —destapa una soda, luego corre muy rápido, pues se percata que el Diablo Lolo nuevamente ha salido desde el interior de la casa. —¡Ay, el hombre loco, él está muy choyado y anda armado! —corre hacia la calle y se va mucho más lejos, aún en el extremo derecho. Observa con cuidado el área, saca su caballito Memorus, lo programa y con caricias expresa:

—Bonito y sabio caballito,
Sos muy noble, hermoso y tranquilo.
Tu mirada es un símbolo de libertad,
lealtad, humildad, elegancia y amor,
Memorus vámonos de aquí.

Las luces y chispas aparecen nuevamente, Memorus se ha vuelto a agrandar, entre luces y sonidos se van por las profundidades del infinito tiempo.

19. EN LA CALLE DE LOS NÚMEROS.

Ocho meses han transcurrido después de la boda entre Oscar Ciudadano y Mar Tapilac Dapson. Lamentablemente él, hace unos días despertó con un malestar en la garganta, cierto problema para respirar. Ese día, de repente, el viejo Oscar empezó a toser y toser imparablemente, como un humeante y oxidado tren sobre sus antiguos rieles, se le empapó de fatiga y ansiedad la mañana, de repente sufrió un perturbador ataque en el corazón. Está internado en el hospital desde hace tres meses, donde lo atiende un doctor que es muy allegado a Concepción, la hermana de Mar. Su condición no parece mejorar, sigue en cama, en coma. Mar su mujer, y la pequeña hija del hombre, Maripaz de cinco años, han estado solas en la casa. Aunque parece que la malacate madrastra ya no quiere ver a la pequeña por esos rumbos.
Hoy amaneció de malas pulgas y quizá ya tenía planeado que este sería el día para lograr su objetivo. Son apenas las tres de la mañana, ni siquiera los gallos han empezado con sus coros iniciales, pero la puerta de entrada de la casa se abre lentamente. Es Mar, quien está cubierta por un camisón color rojo pasión

semitransparente, su cabeza parece un alboroto con ganchos, tiene un montón de rulos sobre su pelo.

Ella empuja con violencia a la niña.

—¡Vaya, vaya, apurate, para fuera babosada, caminá pues!

—¡No Mar, no me empujés!

—¡Fuera digo, tullida! —la malintencionada mujer agarra a la inocente Maripaz muy fuerte de su pequeño brazo y la empuja hacia fuera de su hogar.

La pequeña se sostiene muy fuerte de un hierro del balcón de la puerta.

—¡Noo Mar, no! ¡Tengo miedo! —Maripaz solo tiene cinco años, es la hija de Oscar Ciudadano y Margarita Guerra, quien meses antes de la boda desapareció sin dejar huella. Maripaz está siendo lanzada hacia la calle por Mar, su nueva madrastra, quien aún anda en ropa de cama.

Con un tono burlesco la mujer insiste:

—¡Ahora que ya no vivirás aquí, ya verás como yo sí le saco provecho a esta casa, todo gracias a tu papi, ja, ja, ja!

—¡Mar, no digás eso! ¿Por qué sos así? Yo no entiendo.

—Sencillo, te quiero fuera porque ahora yo soy la dueña y señora de esta casa.

—¡Vaya, solo para eso querías a mi papito!

—Bueno, por lo menos para eso servía ese tullido.

—¡Mar, no, no hables así de él! ¿Por qué sos así?

—Porque las cosas empezarán a ser muy diferentes por aquí.

—¡Pero él necesita cuidado, aún está vivo!

—Ya pasó nuestra luna de miel y él está muy tranquilo allá en su cama del hospital.

—¡Tenemos que ir a verlo, él está vivo!

—¡Que tu papa está bien dije! Aquí solo me falta que vos salgás para que yo pueda reordenar las cosas, ¡fuera! —la empuja fuerte y la intenta destrabar del balcón, pero la chiquita se lo pone muy difícil se sostiene muy fuerte.

—¡No Mar, dejame, quiero entrar!

—¡Que no dije, aquí vos no me servís para nada!

Maripaz ahora enrolla sus brazos y traba una de sus piernas en el balcón y grita:

—¡Noo, no quiero! ¡Papá, papito! ¿Papá, dónde estás?

   Mar, dejame estar con él.

—¡Callate, shh! Vas a despertar a los vecinos hombe.

—Es que no me quiero ir de la casa, tengo frío, tengo miedo, ¡papá, papacito!

—Ese viejo tonto de tu tata ya no puede hacer nada por vos, duerme como un nene en medio de sábanas blancas, es que él pronto volará hacia otros mundos, ja, ja.

—¡No, Mar, no digas eso de mi papito, dejame entrar, no quiero ir allá fuera! —se suelta del balcón, en ese momento la madrastra la toma del brazo, se ríe y la lleva hacia la calle.

—¿Y por qué querés entrar vos, que no te gusta ahí afuera?

—No Mar, está muy oscuro, dejame ir a mi camita, tengo frío, ¡dejame entrar que quiero dormir! —una vez más intentando cruzarse, esta vez por debajo de sus piernas, se lanza y entra.

La mujer corre y nuevamente la toma del brazo:

—Que no, necia, vamos, vos aquí, ya no tenés arte ni parte.

—¡Pero, si ésta es mi casa, yo nací aquí, yo vivo aquí!

—¡Ya no es así!

—¿Por qué decís eso? Yo sé que sí.

—¿Acaso no viste aquel día, cuando tu papa firmó todos los documentos, a mi nombre?

—¿Cómo, qué hizo qué?

—Y como me dijo que vos estabas contenta y de acuerdo en ser mi hijita, le hice que pusiera doble firma.

Maripaz con mucha sorpresa ha debilitado la mirada y en su rostro ruedan lágrimas de tristeza y decepción.

—¿Pero qué, cuándo? ¡Yo, yo no, nunca dije eso!

—¡Bueno, hoy ya estuvo, ¡así que, andate de aquí!

—¡No, pero si prometiste!

—¡Vaya, vaya pues, salite para fuera y no te volvás a meter para adentro! —empuja muy fuerte la niña, quien se queja.

—Pero, pero, prometiste amar y respetar a mi papito, ¿por qué hacés esto conmigo?

—¡Aah, largo! —la terrible mujer cierra la puerta y de una vez le pone seguro. Maripaz se queda en el centro de la calle viendo a ambos lados, el ambiente inundado por el canto constante de los grillos, alguna que otra rana.

Todo, en ritual de silencio, hasta que...

—"¡*Auuuu, au, auuua, uno y uno son dos!*"

—"¡*Dos y dos son cuatro!*"

Luego, como en voces tambaleantes en coro:

—"¡*Te comeré en arroz, antes que llegue el santo!*"

—"¡*Cuidao, cuidao, la calle es para los números, ja, ja, ja, auya...!*" —a todo volumen los burlescos coros paralizan y ponen en alerta a la niña.

Sus angustiados gritos también empiezan a vagar por la casa número 87 y quizás, también por el resto de la cuadra:

—¡Mar, abrí la puerta, por favor abrí, ahí vienen unos hombres gritando números entre esos charrales!

Estos son dos criminales que pertenecen a un grupo más grande al que llaman "Los números", son muy peligrosos. Se hacen llamar así, porque aparentemente cada uno de ellos tiene un número asignado como su primer nombre en el grupo. Este lo identifica ante los líderes. Por ejemplo si su número de llegada es "502" y su nombre en el grupo es "Oso", en este caso dependiendo de su número que le asignan cuando se enlista, ejemplo sería: "OSO-502". Este número es importante, en caso de que el líder necesite investigar o cuestionar algún asunto.

Uno de ellos, alto y flaco como palo de coco, trae el pelo largo y suelto, al sonreír se le nota que le faltan la mayoría de los dientes de arriba, tiene la voz muy aguda, como de una mujer, razón por la que le llaman Siguanaba. El otro tipo es Chaparrito y pelo parado como espinas, tiene los ojos cruzados, es vizco, le llaman Smoky Ortiz, a pesar de ser chaparro es muy musculoso, bien desarrollado de los lados, o sea, "fortachón", como tronco de quebracho. Este enanín también tiene un vozarrón fuerte y grave como tenor de ópera, pero se tira pedos constantemente. Ellos se esconden detrás de unos matorrales. El Smoky se aprieta muy fuerte la bandana roja que trae en la frente, se limpia y se alisa su barba de chivo. Siguanaba carga una maleta negra en la espalda, trae puesto un elegante reloj que brilla mucho. De repente se tapa la nariz, pues percibe uno de los tóxicos y malolientes gases de Smoky.

En silencio se acercan a la niña, a pasos lentos entre las plantas y matorrales, de repente la rodean y la sorprenden.

Siguanaba, sale y se para frente a la pequeña.

—¿Anda perdidita mamita? —pone la mirada en su brillante reloj: —¡Ya es bastante tarde mija!

La niña, se queda quieta observando a los bandidos, pero cuando quiere correr, Smoky reacciona.

—¡Hey vos, vení para acá pues va! —la jalonea muy fuerte. —¡Vení morrita, va pues, va pues, parate ahí va!

Ella está muy nerviosa:

—¡Es que yo, vivo ahí, ya, ya me voy pues! ¡Mar, ayuda!

—¡Tranquila pues, reinita! Va, mirá, nosotros queremos hacer todo por la buena ¿me entendés? ¡Vení pues! —Siguanaba, empieza tocarla y a jalonearla.

Ella se resiste y grita fuertemente:

—¡No, suélteme, déjeme ir!

—¡Que te parés ahí te están diciendo bicha, va! —Smoky reclama y también empieza a retenerla, le grita: —¡Al suave, al suave chiquita, vení para acá, no te vamos a hacer nada, vení pues va! —la atrapa del pelo, pero ella es muy fuerte y no se queda quieta.

Siguanaba se acerca para ayudar y en un momento, logran atraparla.

El flaco y peludo delincuente la toma de la cintura y muestra al otro hombre:

—¡Así mismo ve, sostenela! —indicando a la niña. —Vaya, vaya, es hora de que los peque nos vayamos a la cama —el bandido la retiene muy fuerte.

Ella grita y se retuerce.

—¡No, déjenme, déjenme ir!

Siguanaba la sostiene y Smoky trae un trapo mojado con algo especial, lo pone en las narices de Maripaz.

Siguanaba Canta de nuevo:

—¡Vamos a la cama a dormirnos ya, para que mañana volvamos a jugar! —la niña es neutralizada y queda dormida. —¡Vamos homi, ayudame a meterla en esta bolsa pues, va, vamos ahora!

El Smoky Ortiz ya tiene rostro y tonalidad de un gruñón, y ya con esto, parece mucho más furioso.

—¡Aaay, es que esta maje pesa más que una ballena!

Mientras los dos cargan la bolsa negra con el cuerpo dormido adentro, Siguanaba sonríe.

—¡Je, je, je, no es paja, esta morra pesa más que una vaca homie! —él sostiene parte de los pies en la bolsa. —¡Hey, homito, ahora sí, ahora sí mire, ya nos parió la chancha va!

—Hey, nel vato, tranquilo, tranquilo, pero ya en serio, ¿vos conocés a esta bicha?

—¡Simón, simón! ¿Pero, qué vamos a hacer con ella? Pues sí, para estar de una vez claros pues va.

—No sé, quizá la ponemos a vender chicles y churros por las calles, y por las noches que nos traiga las ganancias la maje.

—¡Ajá, sí, y los fines de semana la ponemos a hacer tortillas para vender a la maje va, ¡aaah, también podría ir a cobrar la renta cerote!

—¡Shh, ya tengo una mejor idea perro!
"Prrrp, Prrrp"
Siguanaba brinca rápido hacia atrás, pues cada vez que el Smoky piensa algo nuevo, se lanza pedos y huelen muy feo.

—¡Sí, sí, pero platíqueme de lejitos por favor homie! Nel, perro, desde ahí, desde ahí.

—Ya tranquilo cerote, ponete quieto —con un tono reflexivo en su voz y con cierto suspenso. —Esta bicha la vamos a vender a los Arente, los padrinos con corbatas maje, simón ese.

—¡Va, dele pues va, así se habla mi perro!

—¡Ahora que repaso, me acuerdo que el Ministro Moran Quijada dijo que pagaban bien por bichitas así, de esta edad! Esta tiene como tres o cinco, ya pesa un vergo. Siguanaba se enrolla su pelo y se lo amarra con una liga:

—¿Pues sí, pero y quiénes son esos Aretes mi perro, páseme el rollo pues, dele, dele?

—¡Arente!

—¡Eso suena como a un grupo de empresarios hediondos!

—¿Que no te estoy diciendo que son los padrinos con corbatas? ¡Esos majes son los políticos mafiosos!

—¿Aaah? ¡Va, los Corbatas Chavalas!

—Simón, pero charros. No le digás a nadie va.

—No pues sí, pero si ya todos saben que esos majes son corruptos.

—Simón, simón, pero aun así, al suave homie.

—El otro día llegó el exalcalde Cristiano Moran al meeting que tuvo la clica en la cancha, jei, se bajó de una pija de lancha negra polarizada.

—¿Jeii, Cristiano Morán?

—Hmm, ve, si antes que vos llegaras aquí, a cada ratito llegaban las perras de la jura a comprar o vender onditas.

—Simón, es cierto maje, esos chotas culeros, curas y muchos políticos andan metidos en vergo de mierdas vos.

—Hey mi perro, mire, ¿va que hace poco se han unido un vergo de empresarios y políticos va?

—¡Pues sí! ¿Y no se lo estoy cantando pues? Los Arente han invitado a la misma clica a sus fiestas privadas para negociar.

—¡Dele ese! ¿Está usted hablando en serio perrito?

—¡No pues, que simón mi rey de la selva! ¿Cómo le voy a estar haciendo canciones con esas cosas yo, mi homito? Con eso no se juega perro.

—¡Cabal, puta, y después los majes dicen que nosotros somos el mal del país, toda mierda que pasa, a nosotros nos la embijan los culeros!

—Va, bien dicho mi rey, ellos mismos han sido nuestros propios creadores y así nos echan la culpa los majes.

—¡Con su puto legado, ¿qué más puede quedar pues?

—Pues sí va, simón, dicen que nosotros somos la desgracia y los únicos criminales aquí, va, pero eso lo dicen ellos.

—¡Que coman mierda mejor hijos de mil putas!

—Simón, simón, pero calme sus caballos mi vato campeón, ¿tranquilo va? Porque ahora necesitamos de ellos, va.

—No hay pedo homito, yo sé que ellos son los que compran y luego revenden a estos bichos ¿para qué, quien sabe, la neta?

—Para prostituirlos y esclavizarlos.

—¡No hijo e puta!

—Simón bicho, cuando no hay jale, ahí me voy y ellos siempre me dan cualquier encarguito, va.

—¡Puta, pero son unos hijos de putas endemoniados los Aretes maje!

—¡Arente, arente! Tres pechadas te voa dar bicho, si no lo decís bien, va.

—¡Como sea homie, pero, puta, esos majes son muy malos!

—Simón, pero así es esta mierda va. Cuando es por el barrio todo se vale.

—Nel, homie, hasta eso no llegaría yo... ¿Hey qué es eso? —se frizan intrigados, cargando la niña dormida en la bolsa.

—¡Mirá ve, ahí por aquella piedra blanca!

—¿Qué es esa mierda maje? —los pelos del chaparro Smoky se paran más de lo normal.

—¡Puta, que cagada!

Ellos están atemorizados, ponen la bolsa entre arbustos e intentan esconderse, Smoky saca un cuchillo, corre y rompe la parte alta de un barranco a un lado de la calle, escarba con la esperanza que le caigan los grandes terrones del poroso barro y polvo lo cubran por completo, y él quede cubierto y escondido; pero resulta que el barranco está muy fuerte y solo le cae un poquito de polvo que le cubre hasta los tobillos y le queda un pequeño volcancito de una pulgada en la cabeza. Siguanaba toma una delgada rama de chiriviscos y se la pone frente a su cara y luego pone otra sobre su cabeza como paraguas.

En el extremo izquierdo de la calle, una brisa muy fuerte mueve hojas y cosas, provoca ruidos extraños y delgados rayos.

Es el espectro de colores que emerge y de donde aparecen Memorus con Belú sobre sus espaldas.

Ella observa los dos cuerpos.

—¡Vaya, vaya, en verdad son buenos actores! Esa se las valgo, si practican más, quizá puedan servir para estatuas o para maniquís!

Los dos hombres se miran entre sí, parecen comunicarse algo con la mirada, pero sin mover su cuerpo.

—¿Qué piensan qué hacen? ¿Esconderse? ¡Pero qué astutos!

Ellos corren de un lado a otro y toman la bolsa larga y pesada que antes dejaron a un lado de la calle y se la ponen sobre sus hombros. Belú rápido se da cuenta que ellos esconden algo adentro. Ella brinca desde las espaldas de Memorus y se enfrenta con los bandidos:

—¿Qué hacen malandros, qué llevan ahí?

Siguanaba saca un puñal y rápido pregunta:

—¿Ve, nel, vos mejor decinos ya, quien sos morrita? Calmate, calmate va, o te destazo aquí nomás.

—¡Pobre animal peludo, andá bañate mejor ve, y suelten esa bolsa ya! ¿Qué es lo que traen ahí?

Siguanaba, rápido lanza el arma al Smoky, quien la cacha en el aire y luego se acerca a Belú de manera amenazante:

—¿Va, va y esta mona que ondas vos? ¿Quién es esta maje? —los tipos ponen la bolsa en el suelo, Smoky empieza a brincar como mono, gritando: —¡Vaya, vaya, vení pues, vení, vení pues, hoy te tocó viaje, maje!

Belú da un brinco muy alto sobre el vago, lanza una patada de karate hasta la mano que sostiene la afilada y cortopunzante arma que sale volando por los aires. En términos de segundos, ella cae detrás del hombre, a quien también hace caer de una zancadilla muy fina y veloz.

Siguanaba se aproxima con un garrote muy grueso para defender a su amigo, amenaza:

—¡Va pues, va pues, al suave morra! —el flaco delincuente, le lanza un fuerte garrotazo a la cipota, quien solo agacha su cabeza y esquiva el golpe. —¡Te voa reventar los sesos con esto, chúntera cagona!

Sin embargo Belú, en silencio, solo los observa. Se pone en posición de pelea y con su cuerpo puesto sobre sus piernas abiertas, firme contra el suelo y haciendo movimientos con sus manos, al estilo de su ídolo Bruce Lee, empieza a correr a toda velocidad. Cuando está frente al hombre, se agacha, y desde abajo lanza una patada hasta sus pies que en un instante, también, lo barre hacia el piso. El hombre suelta el garrote que traía como arma.

Siguanaba desde el piso grita:

—¡Hey maje, dame tiempo de levantarme, no seas cobarde, así no se vale, así no, nel maje!

Pero Belú insiste y golpea muy suave sus piernas.

—¡Aay, aay, no!

—¡Vamos, peleá, tomá, tomá! —en realidad ella solo lo toca, dándole patadas suaves en las piernas, en los brazos y en la espalda, pero el tipo es bastante escandaloso.

—¡Ay no, aay no, duele, no, ya no!

—¡Uy, que rarito vos, gritando como niña!

—¡Aay, aay, pará, pará! ¿Quién sos vos, por qué? ¡Ay, no me puedo parar!

Belú pelea contra los maleantes hasta dejarlos en el suelo en términos de uno o dos minutos.

Smoky ya patojeando y careto, reclama:

—¡Hey, ya parála morrita! Nosotros no te hemos hecho nada maje, ya llevala al suave.

Siguanaba pregunta:

—Sí, es cierto, ¿por qué andás tan así, castigadora con nosotros pues? Nosotros ni te conocemos bicha, mejor uníte con nosotros, no te vamos a brincar vaya.

Ella los mira, se aproxima a ellos, hace gestos como si los fuera a golpear.

—¡Oh, no! ¿Por qué? ¿Por qué? —Siguanaba sale corriendo detrás de Smoky.

Ella exclama:

—¡Porque son bestias mortales e inmortales! Por culpa de sus malos actos son indignos de una vida feliz y próspera. Todos son cortados con la misma tijera, todos son lo mismo. Y no crean que se saldrán con la suya, ya pagarán por sus crímenes. Eso de la nueva propietaria de mi casa será solo temporal. —los hombres intentan moverse de lugar, pero ella, nuevamente corre detrás hasta alcanzarlos.

—¡Tomá, tomá! —les da un par de coscorrones en la cabeza a cada uno, lo cual los deja atolondrados, viendo pajaritos y estrellitas en el aire. —Yo no les dije que se movieran, ¡y pónganse las manos en su nuca! Demen esa bolsa, insectos ponzoñosos. —en el instante, les arrebata y rompe la gran bolsa negra.

El chaparro Smoky insiste:

—¡Hey niñita, no seas así, dámela aquí! Nosotros solo andamos trabajando.

—¿Cómo es posible, trabajando? ¡Delincuentes, asesinos, es solo una niña! —saca el cuerpecito, en el momento, la mueve, la intenta despertar y le soba su cabecita mientras la protege.

—¡Sinvergüenzas, por poco se la llevan! Los tipos salen corriendo lejos y huyen del lugar, pero Belú, haciendo uso de sus nuevas habilidades, rápido corre y de un árbol corta un par de bejucos largos, los amarra y hace uno solo, luego los lanza por el aire hasta los dos hombres quienes son mágicamente retorcidos, atrapados de las manos y los pies por la rienda.

—¡Hey morrita, por favor, por favor, soltanos maje! Te vua dar cinco pesos vaya, soltanos por favor, no seas malita.

—¡Noporopo, ustedes se han portado muy mal! Ahora es tiempo para que paguen lo que deben, tanto mal que han hecho —los dos bandidos quedan tirados en la calle. Belú se carga y trae a la niña, camina entre piedras, plantas con pedazos de papel de colores y gajos de globos reventados, luego se enreda entre cosas y observa alrededor. —¡Hey, aquí es parecido a mi casa, solo que aún está oscuro! ¡Ay! —se desliza un poco. —¡Ya me voy a caer, ya me enredé entre estos churutes, pedazos de chiras y gallardetes! —se queda pensativa. —¿Mmm, pero que ha sucedido? Porque de viajar, sí viajamos... Bueno, ya veré que pasa. —la pequeña Maripaz, despierta y la distrae. —¡Uy niña! ¿Cómo estás chiquita?

Maripaz brinca asustada y se mueve del lugar.

—¿Ah, qué, dónde estoy, quién soy? —se mira a sí misma y mira a Belú —¿Uy, quién sos vos, qué querés? —se aleja, muy nerviosa.

Belú trata de convencerla y se le acerca lentamente.

—¡Tranquila niña, shh, no tengás miedo! Yo soy buena persona, vení, yo no te voy a hacer daño.

—¡No, no, no, no! ¿Quién sos vos?

—¿Yo? Yo... soy Belú y vengo a ayudarte, ¿viste que fui yo quien te rescató de esos bandidos? ¿Dónde vivís niña? —se le acerca un poco, y suavemente le soba la frente y limpia su cara.

Maripaz, ya parece estar más tranquila, con un poco de confianza pregunta:

—¿Vos, vos, que, que dicijte?

—No, yo te decía que he venido a ayudarte y te preguntaba si, ¿dónde vivís?

La niña levanta su mano y apunta hacia la mansión grande #87, donde ahora vive Mar.

—Ahí vivía yo, en esa casa blanca, pero la mujer que se casó con mi papa me sacó para la calle y no quiere que vuelva, ella es muy mala.

—¿Y tu mama, dónde está?

—¡Yo no sé! Ella dijo que hizo algo a mi mamita, pero no sé qué, ni para dónde se la llevó, mamita jamás me dejaría sola, ¿vos sabés dónde está mamita?

—¡No chiquita, pero sí la encontraremos, venite conmigo, —Belú toma a Maripaz con ella, se la acomoda en su cintura derecha y de repente piensa. «¡Ay, *pobre niña, se ha quedado dormida casi en el instante en que la levanté*»! —reflexiona.   —¡Hmm..., algo raro está pasando aquí, ella está pasando una situación muy similar a la mía con una mujer igual, aquí me parece que hay un gato encerrado! Ya veremos qué nos

dice el tiempo —pone su mano izquierda
sobre su caballito, empieza a acariciarlo,
y con la otra mano sostiene a la niña
sobre su cintura derecha.
Bonito y sabio caballito,
noble, hermoso y tranquilo.
Tu mirada, símbolo de lealtad,
humildad, elegancia y amor.
Las luces de Memorus se encienden y este
se agranda, se escuchan sonidos fuertes,
ella sube trayendo consigo a Maripaz, y
así se pierden en los brazos de cronos.

20. *TODO TIENE SU CICLO.*

Ahí va la intrépida y aventurera niña, America Belú Ciudadano, sumergida en el espeso abismo de Cronos sobre las fuertes espaldas de Memorus, su caballo inteligente. Esta vez, también se lleva consigo a Maripaz, la pequeña niña desalojada y quien también tiene a su madre desaparecida.

Todo parece normal en los alrededores de la mansión Ciudadano, que cada vez se ve más hermosa por cierto. Ahora tiene un color blanco como algodón y un bello jardín que rodea el patio, y que también hace perfecta sincronía con la atractiva y nueva fachada del frente, parece como un mágico aposento.

De repente, todo el ambiente cambia sobre la José Cañas, pues el terreno del frente que está del lado derecho de la inmensa casa, se ha iluminado un poco. Aparecen cosas extrañas que brillan, son luces como de neón, delgadas líneas, figuras creadas por humo fosforescente.

Se forma el portal de muchos colores.

Belú baja de Memorus y corre trayendo a Maripaz en su cintura, quien despierta en cuanto el portal se abre. Camina entre estacas y zacate, y en cuanto hay espacio un poco más cómodo y libre de peligro, la pone en el suelo.

La niña rápido reacciona:

—¡No Belú, no me dejés aquí!

—Solo será por un ratito, pequeña, me debo asegurar que no hayan bandidos, también debo hacer otra cosita.

—¿Ah, pero ya vas a regresar? Tengo miedo.

—Tranquila amiguita, si no te movés de este lugar nadie te verá y yo regresaré muy pronto por vos. No te metás al monte.

—Va puej, pero purate.

Belú empieza a dar pasos, sale hacia la calle y en cuanto pasa por la casa número 87, rápido recoge un periódico del día en las orillas del patio, lee la fecha y el año.

—Vaya, vaya, no creo que estemos en el Dorslava original, o al menos, no en mi tiempo real. ¡Hemos llegado hasta el 2017! Esperáme, no te movás de aquí —camina un poco por el lugar y muy segura de sí misma y con mucha energía, da unos pasos y cuando ya está lista para cruzar la calle, se da cuenta que hay otra niña en la base de la bandera frente a la casa, a quien le escucha tocar el balde y gritar con una voz bastante débil y agotada, pero aun así, parecida un poco a la suya:

"Ratatata, ratata, ta ta
Ratatata, ratata, ta, ta

La vida no vale nada,
Solo hay dolor y venganza,
mamita bonita, Marujita,
lanzame unas moneditas.
Mamita bonita, Marujita,
lanzame unas moneditas".

Mientras la extraña niña hace bulla con el viejo y desgastado balde, por la ventana caen, una o dos monedas de 10 o 25 centavos, la maltratada criatura corre, las recoge y luego se queda quieta y sin hacer más ruido alguno. Por otro lado Belú, se queda en silencio, escondida detrás de unos arbustos espesos. Desde ahí, ella puede observar que la otra niña que habla como baboseado, todo flojo, lento y seco, también está muy demacrada, tiene los ojos llorosos y unas grandes ojeras. La extraña bichita se parece a la misma Belú, pero es algo bien lejano, pues esta tiene muchos granos y ronchas en el cuerpo, dientes quebrados, anda descalza, el pelo se le mira bien enredado y sucio, hace ruidos y se ríe sola.

Belú, súbitamente grita:

—¡Maripaz! ¿Qué hacés? ¡Te dije que me esperaras allá!

La extraña niña lanza una fuerte sonrisa y grita:

—¡Yo, yo soy el e…, encanto du… de papá!

Belú se pone muy emocionada al escucharla y al ver sus gestos, grita:

—¿Ah? ¡Pero, Maripaz, Maripaz, vení para acá, vení niña!

La maltratada cipotía voltea hacia Belú y ríe irónicamente:

—¡Ja, ja, ja…, hey bi, bich, bichaa, vo, vos… te tep, te parecés a mm, mí! ¿Y, y vos qué nu, número tirás? —con una voz bastante floja, tartamuda y lenta, luego saca una bolsa con cierto ligamento rojo en su interior, pone su boca y su nariz en la abertura de esta, inhala fuertemente hasta disecar la bolsa por completo. Su cara se pone roja, luego medio verde, amarilla, haciendo gestos raros en su cara se queda por un largo rato sin exhalar, reteniendo el aire, esperando que aquel tóxico material se pegue dentro de su cuerpo. En un rato lanza una bocanada de oxígeno agonizando por salir: —¡Mmm, mm, ahh, aaah…! ¿Hey, que, querés darle un to, to toque morra?

Belú asombrada, muy decepcionada, con sus ojos llorosos.

—¿Pero, Maripaz, qué hacés?

—¡Je, je, je, ve, yo, yo soy un, un en, encanto, ma, maje!

—¿Cómo, por qué hacés eso?

—¡Je, je, je, po, po, porque yo, yo soy el, e, el pe, pequeño encanto de papá, ja, ja, ja! ¿Hey, querés darle un toque? ¡Ja, ja, ja! —una vez más, la descuidada niña, se prende de la boca de la contaminada y adictiva bolsa, y así, se va corriendo mientras huele el líquido asesino que lleva adentro.

Belú corre detrás de ella, tratando de hablarle y descubrir quién es, le grita:

—¡Esperá, Maripaz! ¿Maripaz, que pasó, decime?

—¿Hey, vu… vos conocés a… a… a mi, mi papa? —grita al aire

—¡Papi, papi, es… estoy per… perdida y yo soy tu… tu pe… pequeño encanto!

Belú se ha dado cuenta que no es Maripaz, por sus ropas,

su apariencia de edad y sus expresiones.

—¿Aah, yo…? ¡No! ¿pero quién sos pequeña?

Desde la distancia otra voz interfiere:

—¡Vamos, por aquí! —es una voz rechinante y quebrantada

—¡Vamos, purate, por aquí, Luquita!

—¡Do… Do… Dolores, llega… llega… llegaste, gra… gra… graci…

gracias mi gran amiga y maestra protectora, por venir a consolarme! Co… con to… todo, ma… mami.

—¡Vamos pues, Belucita, mi Salvatruca loquita, ja, ja, ja!

Vení, tomá algo, mirá aquí tengo trago…

—¡Si, Do… Dolores, da… dame, dame má… más!

La niña camina emocionada con la extraña anciana quien trae el pelo alborotado, su rostro muy careto, sus ropas rotas, malolientes y manchadas, su cuerpo sucio y arrugado. Rápido baja desde la loma y toma a la bichita de su mano, se la lleva consigo por la calle hacia arriba y se pierden en el monte oliendo de la bolsa con más líquido rojo y bebiendo aguardiente entre ranchitos y solares del lugar.

Belú queda muy triste y asombrada por la dolorosa escena, no sabe si esta niña es Maripaz o alguien que necesita ayuda, pues se mira en muy malas condiciones.

Ella camina por un lado de la calle, y escucha un grito:

—¡Por aquí Belú! ¿Me llamabas?

—¡Ay Maripaz, sí, estás ahí, ay que tranquilidad! ¿Pero entonces, quién era esa niña que andaba...? ¡Ella dijo: "Soy el encanto de papa" y la vieja gritó: "¿Vamos Belú, una bonita Salvatruca?"

Un poco tarde pero se da cuenta que aquella niña está muy relacionada con ella, reflexiona y decide ir a buscarla, pero antes encarga a Maripaz:

—Niña, esperame aquí oíste. —le indica. —vení, escondete aquí rapidito —antes de irse, guía a Maripaz hasta las apercolladas plantas y charrales. —Yo regreso ahora, esperáme.

La niña muy obediente acepta esperar con un leve movimiento en su cuello y la cabeza de arriba hacia abajo.

—¿Ah, pero yo...? ¿A dónde vas?

—Ahí nomasito.

—Puráte, puráte puej y despuéj me llevás con voj.

—Claro que sí mi niña, ya vengo pues.

—¿Podés venir rapidito para que me ayudés a buscar a mi mama, amiguita?

—Sí, sí, ahorita vengo. —Belú la mira con tristeza desde sus remojados ojitos. —Te lo prometo niñita —le habla con una voz que emana compasión, se le acerca y le da un beso en la cabecita.

La niña la abraza muy fuerte y se queda muy pegadita a su brazo, la mira y sonríe.

—Gracias Bilú.

—La buscaremos hasta encontrarla. —Belú sale desde los arbustos, retoma su balde y se para en la calle frente a su antigua casa, y ahora es ella quien empieza:

"Ratatata, ratatata,
ratatata, ratatata"

Se escuchan los redobles en el balde, luego canta.

—*¡Quiero entrar a mi casa,*
devuelvan ya lo robado,
hey, gente de mala raza

ya no toquen más mis centavos.

Vayan todos para la calle,

ya dejen de hacer tanto daño...

—¡Ay, válgame dios! ¿Qué es ese desvergue? —Maruja lanza un grito escandaloso desde adentro, súbitamente interrumpe la protesta de Belú, abre el portón principal del primer piso, —¿Bueno hombre y qué es lo que piensan, que aquí es el mercado Cuartel o sus chiqueros hediondos? ¡Cállense y fuera de esta calle, inconscientes! —se pone unos lentes para ver mejor y se arregla un poco su pelo. —¿Qué, qué...? —con mucho asombro observa a la niña y exclama: —¡Pero, si sos vos! —bastante bulliciosa la mujer al descubrir que es Belú, sale corriendo y gritando por el portón principal de la casa con un cinturón en la mano. —¡Grrr, no puede ser! ¿Y ahora qué diablos te pasó?

—¡Pa afuera, es tiempo de nuevas y buenas vibras por aquí!

—¡Pero si vos ya estabas tranquila conmigo tonta, ya teníamos un trato, recien te tiré tus moneditas ¿Y así me pagás?

—¡Nada, para afuera!

—¡Vos estás quedando más loca cada día Cipota, tenés que largárte de aquí, malacate!

—¡Cuidado, cuidado! ¿Quién es malacate, yo?

—¡Sí vos, culichosa chichipate, come cuando hay! —la persigue, queriendo atraparla.

Belú corre y a la vez aconseja a la mujer:

—¡Maruja, Maruja, no te cansés, no te emocionés! Ya casi te vas de mi casa —con un tono firme y con mucha seguridad, se queda quieta, espera y advierte. —¡Ya no sigás así Maruja, te podés lastimar vos misma!

—¡Ja, ja, ja, a pues sí, a pues sí! —la mujer se acerca más a Belú y lanza fuertes golpes al aire con el cinturón.

—Te vas a golpear vos sola Maruja.

—¡Ajaa, ajaa! ¿No que no, no que muy cinco e yuca y cachimbona pues, ha?

—¡Te digo que ya parés tus locuras mujer!

—¡Tenés miedo, Je, je, je!

Mientras la mujer se queda como loca riéndose sola en el patio, Belú se remueve el balde de la cintura y lo pone en el piso, se para al otro lado de la calle, pero frente al patio, se pone en posición de pelea, hace ruidos raros, también ejecuta extraños movimientos con sus manos. Corre a toda velocidad alrededor del patio, luego da vueltas de gato levantándose por el aire, hacia adelante, hacia atrás, y así se mantiene rodeando a la mujer, quien grita:

—¡Vení, vení, ya te voa dar un vergazo babosada!

Belú da otra vuelta por el aire y de repente cae muy cerquita de la mujer, quien se sorprende. —¿Aaah? ¡Ay, no!

—¡Dame eso! —arrebata el cinturón de sus manos.

—¡No, dámelo!

Belú ríe, corre sin parar alrededor de ella y exclama:

—¡Ya no llorés Maru, ya no lo necesitás!

—¡Claro que sí, dámelo, dámelo! —suplica la malandra madrastra.

—Poco a poco irás perdiendo todo, mala mujer. Yo lo tomaré de nuevo, paso a paso, poco a poco —sigue caminando y sonriendo alrededor y ahora también, la aconseja: —¡Ya no sigás, mejor trabajá para ser mejor, ya no hagás más locuras!

—¿Pero, qué es lo que querés pues infeliz?

—¡Que salgás de mi casa con todos tus chunches, ya!

—¡Ja, ja, ja, a pues sí hombe, ya casi! —se burla de la niña y le hace muecas con las manos. —¡Jaa, jaa, yo sé que tenés miedo, vení, dame eso! —intenta retomar su cinturón, pero Belú lo sostiene muy fuerte y le insiste:

—¡Lo que te digo es en serio Maruja! Todo tiene su ciclo exacto, ya el tiempo tuyo ha caducado, la historia, la vida, tus maldades y las maldades de todos los tuyos, han despertado las fuerzas internas en mí, y como consiguiente, ahora en todo el universo también.

—¡Ya, calláte con tus locuras! ¿Qué fuerza vaj a tener voj, tullida?

—Ya calmate, tranquila.

—Vos largate de aquí cipota bandida, dejame en paz! —empieza a reaccionar muy nerviosa, con su voz llorosa y entrecortada.

—Mujer, respirá, amarrá los monos de tu mente de una vez por todas.

—¿Qué, qué, monos? Yo no tengo monos vos, más respeto respetuoso vea.

—¡Sí, sí, ahí los tenés, en tu cabeza, se llaman Rodolfo, Lorena, Roberto, ja, ja, ja, ja, ja!

—¿Aah, y quiénes son esos, vos? Lorena se llama mi prima, pero ella es Lorena Rocas.

—¡Esa misma bandida, ja, ja, ja…, tus micos peinados! Ja, ja, ja, tranquila Maruja, son bromas, yo me los acabo de inventar.

—¡Ya vas jodiendo, ya vas jodiendo, largate, maleante!

—¡Ja, ja, ja, ja! ¿Vos si tenés miedo, va? ¡Tantas mentiras y memorias malignas que cargás, esos son los monos que no te dejan en paz, mujer cara de chancleta!

—¿Viste, viste? Ya vas con tus expresiones de odio y más odio, sos maluca como una cuca...

Un inquietante suspenso invade el ambiente, un silencio repentino atrapa la región, junto con un completo apagón del sol que oscurece todo de repente.

—¡Grrrrruaaaa, grrrruaaa! —un bestial sonido amenaza desde las alturas, atrapadas por unas tenebrosas nubes que cada vez son más prietas, prietas.

—¡Grrrrruaaaa, grrrruaaa! —el chillido crece en el inmenso copo del firmamento que cada vez se hace más oscuro, hasta que, de repente, allá mismo, arriba, aparecen unas inmensas pelotas rojas que lentamente flotan y rápido se desintegran. Por momentos le dan aspecto de una gigantesca mariquita al universo.

Súbitamente, el sol reaparece y todo vuelve a la normalidad. Las aves empiezan con su dulce cantar, el viento eufórico se vacila sobre las verdes palizadas de nuevo.

La madrastra y la niña muy asombradas se miran la cara mutuamente.

—¿Maruja, qué fue eso? —la voz de Belú es temblorosa, pero más tranquila.

—¡Uuy, no, yo no sé, vos! Eso es culpa tuya mirá, vos sos la que traés alguna maldición, mala huero.

—¡Ve yo no, algún castigo de dios ha de ser para vos!

—¡No jodás mejor animala dunda, andate lejos de aquí mejor!

—Calmáte, calmate hombe, se te va reventar el galillo con esos gritos. Se más humilde mujer, más humilde.

—¿Pero, cómo te atrevés a decir que no soy humilde? Yo he cambiado mucho y más humildad jamás podrás encontrar.

—¡Ay, pero si vos y tu soberbia están peor cada día Maru! De humildad vos no tenes nada.

—¡Callate bicha tonta, alguien más humilde que yo no lo hay, yo soy la más humanitaria y a mí no me vas a decir que no!

—Aah, pues sí, a pues sí, con esos gritos, ya te voa creer.

—Yo ya fui bendecida por el señor cura.

—¡Ay y dale con la jactancia y la vanagloria, dejá de jalarte la silla vos misma!

—Ve, si es cierto, los curitas, tus maestros y los policías aplauden cada vez que me ven, dicen que soy la mujer más bella, ¡adiós! —da la vuelta y camina hacia adentro del primer piso y cierra el portón con fuerza.

Belú observa desde el centro del patio con su carita,

asombrada al escuchar tanta locura de la malandra mujer.

—¡Wow! Y yo que pensaba que lo había visto todo, pero con
esta señora, creo que hay muchas cosas más por aprender.

"¡*Blu... bluk... cuf, cuf, coff, ummm, ummm!*"

Ruidos extraños e insistentes se escuchan desde algún lugar de la casa. Belú camina hasta los arbustos para asegurarse del buen estado de Maripaz, pero al escuchar los ruidos se regresa al patio y desde ahí busca el origen de las múrmuras angustiantes. Dando pasos lentos mira los alrededores del lugar, pero al no encontrar a nadie, se va en busca de Marypaz, quien ya no está en el lugar donde ella la dejó. La muchachita ya está un poco nerviosa y agotada, se tapa su cara, como cansada, y se acurruca por un momento, luego escucha:

"*Bluoo, Blucita mía, mi en..., canto!*"

—¡Ay, otra vez! —la niña busca en las orillas por las
esquinas de la casa —¿ve, loca quizá estoy quedando yo?

Al no encontrar el origen de los quejidos y múrmuras, Belú, se regresa a la calle. En un momento se va a la tienda más cercana y luego regresa con una horchata

317

en bolsa con hielo y dos pupusas de loroco
con queso, almuerza, descansa y duerme un
poco bajo su champita frente a la base de
la bandera.

21. INERTE.

En plenas horas de la tarde soleada, Belú Ciudadano, está en la orilla de la calle. Camina por la base de concreto frente al patio, ahí encuentra su balde que usa como tambor, lo golpea y sigue con sus rondas al frente de la casa. Camina sobre el andén, lanza una melancólica mirada hacia una esquinita en la ventana derecha del primer piso.

—¡Oh, no! —se percata de alguien en el fondo, se le borra el brillo y la alegría en el rostro. —¡En una silla de ruedas, inerte, pobre! Mirá cómo te tienen. ¡No es justo, tú eras muy diferente, hoy solo parecés un vegetal! —lo observa con mucha ternura y se le desprende una lágrima en el acto. —Pobre de ti papá, yo sé que me querías y me cuidabas mucho, pero llegó... —el rostro de Belú toma otro tono y figura en cuanto observa lágrimas deslizarse por los arrugados y tristes ojos de su inhabilitado padre, quien intenta decir palabras, pero lamentablemente solo emite gemidos emocionados. —¡Papito, papito! ¿Qué te pasa...?

—¡Ja, ja, ja! —un grito desde arriba. —¡Pobechita, ay, pobechitos! —es Maruja una vez más, esta vez desde la ventana del centro en el segundo piso. —¿Estás triste va? ¡Ja, ja, ja! —la mira fijamente, con ojos bien raros y haciendo ruidos burlescos.

Belú vuelve hasta el centro del patio para verla mejor y reclama con incomodidad:

—Mujer corrupta y loca, deberías usar esas energías que te quedan para mejorar tu vida, empezando por tu mente.

—¡Vaya, mirala ve! —cierra esa ventana y corre hasta el primer piso, abre el portón, sale al patio. —¿Así que ahora consejera, no? ¡Ja, ja, ja, dejá las drogas! —con un expresivo tono y haciendo gestos extraños en su cara, camina hacia adentro de la casa de nuevo, gritando.

—¡Ay sí, la niña ahora da consejos, ja, ja, ja!

Belú desde afuera la observa y suplica muy seriamente:

—¡Maru, ya liberá a mi papito!

—¡Callate Belú! Yo no tengo nada que ver con sus debilidades, él mismo es el que no se quiere parar.

—¡Ya no podés mentir, yo he notado que desde que vos llegaste, mi papayito cambió y sospecho que lo has envenenado!

—¡Ooh no, ooh no! —se queda quieta en cuanto cruza la puerta, voltea y lentamente regresa hacia la desafiante cipota. —¿pero cómo te atrevés babosada?

—¡Sí, es cierto, algún mal trago le has dado!

—¿Ajá, mal trago? —voltea su mirada hacia otro lado.

—Pues sí, ¿y quién sabe qué otras cochinadas le has hecho? Mi papito no era así.

—¡Ah pues sí, si vieras los paraísos a los que he llevado a tu papa, ¡je, je, je, digo por mi cocina! Y él sí era cochino mirá, y peor. —la mujer entra y cierra el portón con fuerza.

La niña exclama muy molesta:

—¡Uy, que falta de respeto, grr, grr...! ¡Sucia!

El grito desde adentro.

—¡Je, je, je, si vos supieras!

De manera lenta, la atractiva imagen del cielo muestra competencias y choques entre las nubes que se van disipando sobre colores anaranjados, enrojecidos y de un azul escarlata. Luego la calle y sus alrededores se van oscureciendo un poco, Belú, al ver a Maruja entrar por la ventana, respira profundo, mira hacia el firmamento para buscar la luna, se calma un poco, regresa a la ventana derecha del primer piso y mira hacia adentro. Su rostro se vuelve marchito, con una triste y desganada voz, expresa:

—¡Papito, parecés un desconocido! Te ves, igualito que ese sol que se va perdiendo entre las montañas lejanas.

—¿Mmm, rico atardecer va? —Maruja, ahora desde la ventana

del centro en el segundo piso. —¿Te has fijado ya, lo bonito que es ver el día morir? Algunas veces, esto relaja, ¡mjmm ja, ja!

—¡Bruja, reíte malvada, reíte por ahora! —Belú con un tono de enojo. —Pero te prometo que pronto tomaré mi casa de nuevo, haré que mi papito reaccione y encontraré a mi mamita!

—¡Jaa, ja, ja, que chistosita sos, cabeza de charamusca!

—¡Ajá, charamusca, y vos que sos una serpiente masacuata!

—¿Hmm? Que bicha más bayunca vos, mirá, ya no me hagás

perder el tiempo, tu papa no te escucha, no te cree nada.

—¿Ve, y vos, cómo sabés eso?

—¡Porque no puede!

—¡Mala, mala! ¿Y a mi mamita, dónde la has metido? ¡Ya devuélvanme a mi madrecita!

—¡Je, je, ve yo no sé de tu mama! Yo solo sé que está muy,

pero muy lejos de aquí. ¡Ja, ja, pobre niña, loquita estás quedando, aja, ja, ja!

Mientras ellas discuten y se lanzan insultos, súbitamente el cielo es poseído por una sombra negra:

—¿Ve, qué pasa? ¡Qué oscuro! ¿Maripaz, ay Maripaz? Espero estés bien niñita.

En medio de la oscuridad, a veces gateando, a veces a pasos lentos, Belú regresa hasta la base de la bandera, se recuesta un poco y cuando está a punto de quedarse dormida, un sonido, y una luz salen de su pequeña bolsa, también algo se mueve adentro, ella mete su mano y grita:

—¡Es Memorus, indicando que debemos viajar a algún lugar y tiempo! ¿Quién sabe, tal vez para entender todo este lío? Y después me va a tocar regresar a buscar a Marypaz.

Belú empieza con su canto:

—*Bonito y sabio caballito,*
noble, tranquilo y hermoso.
Eres un puente hacia el infinito,
humilde amigo, elegante y amoroso.

Memorus, rapidito se hace grande, como una pelota de luz en aquella oscuridad, lanza sonidos fuertes, ella sube y se van juntos por el inmenso río del tiempo.

22. LA DIOSA CAMALEONA

Estos veranos de los años reciente, hasta los días del mes de Junio llegan más frescos, son menos soleados, con buena brisita y ambiente tranquilo por la calle José Cañas. Desde la entrada a la calle, sobresale la mansión más hermosa de esa fila, la número 87 por supuesto. Cada vez se ve más espaciosa y atractiva, los suculentos jardines colgantes en los corredores se mecen de un lado a otro por el viento. Por los extraños zumbidos, y un movimiento de hojas secas que vuelan de los árboles, parece que algo sucede. Son las figuritas de colores que forman el portal del tiempo que se abre de repente, ahí mismo en la calle del frente. Claro, es Belú Ciudadano, quien sale a tierra firme y guarda su caballito. Parece muy interesada en algo, pues de vez en cuándo mira hacia las ventanas del primer piso de la mansión.

Mientras camina por el andén, encuentra en el patio un periodico del día y al ver la fecha pone un rostro de asombro:

—¡Uy, no! ¡Ese virus negro aun le sigue pegando a la gente, ay, y ya comprobaron que todo se originó en Pinchin! Híjole, ha dejado casi 5 millones de personas muertas, ¡wow, hasta el presidente Prunt de la nación de Nort se contagió del virus! —levanta su mirada y observa todo con más atención. —¡Uy, pero si estoy en el futuro, es el 2020! —un poco exaltada, abre el informativo impreso, lee la segunda página. —¡Oh no, se murió Madanaro el rey del fútbol! —reflexiva, levanta su cabeza: —¿Ah, pero, y él? —empieza a caminar muy lentamente por la casa, se para frente a la ventana derecha, se sostiene de su marco y observa hacia adentro.

Un burlesco grito desde arriba.

—¡Ay pobechita, pobechita! —la madrastra Maruja, con una voz burlona desde la ventana del centro del segundo piso.

—¡Ay Maruja, sos vos! —pero en ese momento, una vez más, el apagón. —¡Ooh no!

La radiante tarde es atrapada por una espesa oscuridad que incluso arrebata cualquier sonido. Es un completo abandono del sol, todo se paraliza de nuevo y en las alturas se escucha:

—"¡*Yo, yo, yoo, Gruaa, en rodillas, yuol, en rodillas, grruaa!*"

Maruja paralizada, boquiabierta en el segundo piso.

—¡Ay, dios guarde, llegó el fin del mundo!

—"¡*Vamous, débilus criturs, unyárnis, unyárnis!* —el bestial grito es muy fuerte, con una variedad de tonos que amenazan desde la inmensa masa oscura de pesadas nubes: —¡*Unyárnis, Unyárnis, de rodillas o la muerte!*"

Belú sonríe un poco, está nerviosa y confundida.

—¡Rapsodia! ¿Amiga, sos vos, dónde estabas? Te querés disculpar por dejarme sola me imagino...

—"¡*Shuuag, callato, débilus criaturs, unyárnis, unyárnis!*"

—¿Oh, qué es eso?

Mientras las voces retumban en el negro firmamento, de repente, aparece una extravagante mujer, flotando a unos 20 metros de altura, en cuanto más se acerca, más va cambiando sus colores, pero siempre brillantes. La extraña dama ilumina casi toda la región, y poco a poco va tomando un color más blanco, chele, huero como la cuajada y lanza una terrorífica voz:

—¡Grua, arrodíllense ordeno, now, won, ahora! —desde su mano derecha lanza un rayo muy fuerte hacia la niña, quien es paralizada completamente. —¡Belú, Belú, Belú, tú eres una chica mala, muy mala, nauri, nauri, debes irte pronto!

—¡Ve, yo no, ve, váyanse ustedes, esta es mi casa!

—¡Calla, violenta malcriada, respeta a tus supremos, eres muy rebelde, ya estás perjudicando a mucha gente, chiquitita!

La niña, a pesar de estar inmóvil, sin poder mover sus pies o manos, aún tiene capacidad de hablar.

—¡Qué barbaridad, vos no sos Rapsodia, vos sos una criatura del mal! ¡Vos parecés un camaleón!

La resplandeciente y emblanquecida mujer, una vez más, avienta un fuerte rayo sobre el pecho de Belú y esta vez la levanta casi hasta las nubes y la acerca a ella, a quien poco a poco se le derrite el rostro. Lentamente retoma otra figura en frente de Belú, hasta transformarse en una inmensa y gigantesca ave monstruosa que lanza una fuerte masa energética desde sus ojos hacia los ojos de la niña, con la cual la hace dormir rapidito, en segundos. La horrible y excéntrica criatura baja la niña nuevamente, acomodándola en el patio de la casa:

—¿Te das cuenta de mis poderes ahora, mai suprim pouers, mai suprámeci, vos lo hais visto? —rápido se va y se cruza entre la oscuridad abrasadora. Sus tres ojos tienen formas de estrellas y con un color rojo sangre, su boca puntiaguda como una espada, su piel chele, chelerque, lisa y ligosa como la anguia. Es una bestia muy flaca y larga, sus alas son tejidas por unos delgados y largos tentáculos, no tiene pelos en el cuerpo, con la excepción de su cuello donde sí, con orgullo luce una línea de pelos rojizos que tienen un aspecto de crin.

—¡Estaré pendentus y observantius, Mada Noricia controla y ordena! ¿Comprendes, comprendes? ¡Asu, asu, ail bi guatchinyu!

La horripilante y furiosa bestia se pierde nuevamente, se dibujan inmensas pelotas rojas en el copo del oscuro firmamento, dando un aspecto de una gigantesca mariquita cubriendo el manto del cosmos, pero en segundos, todo se esclarece nuevamente y el día se pone bien chivo. El sol reaparece y todo vuelve a la normalidad, las aves empiezan a cantar dulcemente de nuevo, el viento eufórico vuelve a danzar con las palmeras, con los ceibos sobre las lomas y las montañas y también refresca la región de la calle José Cañas, donde está la mansión número 87.

Maruja se ha ido corriendo hacia adentro, cerrando con fuerza la ventana.

Belú despierta y se vuelve a su escondite cerca de la base de la bandera, pero aún busca por la chelerque criatura alada.

—¿Uy, dónde se fue? ¡Qué horrible cosa esa, en serio que sí parecía camaleón, así, al chile se cambió de figura, en un dos por tres, wow! —al convencerse que la extraña criatura se ha ido volando entre las nubes, ella sale una vez más. Camina un poco por la casa y se queda mirando hacia las ventanas del segundo piso como esperando ver a Maruja, pero esta vez es otra mujer quien sale.

Belú observa en silencio y con cierto asombro exclama:

—¡Uuy, pero qué tremenda frente tiene esa señora! Parece como si allí tuviera una autopista.

La mujer sin escucharla abre más la ventana e inhala profundo.

—¡Ay, qué linda está la tarde! —el rostro de la mujer es bastante redondo, se abre un poco su blusa para que le entre un poco de aire fresco, también sacude un poco las capas de su pelo para refrescarlo, tiene la nariz bien chata y los ojos grandes pero achinados.

—¡Ah no, esa mujer parece como que fuera una mongolia, peor con esa su vocecita!

La excéntrica mujer produce un tono con cierto cantadito y variaciones agudas al hablar. Aparece por la ventana del centro y se remueve sus grandes lentes negros y exclama al azar:

—¡Ay, pero cómo me gusta la brisita que hace, fresquito!

Belú sale corriendo por el andén y voltea hacia arriba.

—Sí, ¿muy bonito va? ¡Mire, lindo para ustedes!

—¿Uuh, perdón?

—¿Sí, mire, y usted quién es?

La mujer rapidito se reacomoda los gigantescos y oscuros lentes y responde:

—¿Yo, yo? Yo soy...

—¿Eeh, ah? —Maru sale detrás de la frentuda mujer, y súbitamente la interrumpe muy furiosa: —¿Vaya, y a vos qué te importa bicha necia? ¡Uuta vos! ¿parece que todavía no has entendido va? —empuja a su amiga achinada a un lado de forma agresiva. —¡Quitáte de ahí vos, dejame ver a esa malandrina!

Por suerte su amiga está más tranquila que ella y sugiere:

—¡Ya dejála Maruja, vamos, ya venite, es tu turno! ¿Querés el otro coctelito?

Belú continúa desde abajo:

—¿Ves Maruja lentuda? Como siempre celebrando:"Comamos, bebamos, disfrutemos, tiremos por doquier"

Maruja se ríe desde la ventana.

—¡Ja, ja, ja! ¿Y cómo es la otra que decís? "Compartamos bolsitas negras" ¡Ja, ja, ja!

—¡Sí, viejos bandidos, delincuentes, tramposos y borrachos!

—¡Ja, ja, ja! —Maruja, voltea hacia adentro de la ventana. —¡Vos Lubela, dame uno pues! Esta bayunca ya me dio risa.

Belú desde abajo escucha y reclama:

—Claro, seguí gozando, jaa, ahora manejando una gran finca, un marido rico y adormecido, zapatos caros y alcohol, muchos vestidos, y una hijastra enviada a la calle, ¿qué más pedir va?

Su compinche Lubela le alcanza un trago más a la Maru, quien rápido se lo toma de las manos y de un sorbo se traga la mitad del vaso.

—¡Mmm, glup, glup, ay, gracias amiguita! —pone su mirada hacia afuera. —¡Vos Belú, mirá ya andate para otro lado!

La niña asombrada, al ver a la mujer disfrutar de su trago de licor, pone sus dos manos en su cintura.

—¡Uy, borracha, ya sabés que te agarra bien feo cuando tomás alcohol!

—¡Ay, ya Belú, dejá el rencor hombe! —se empina el vaso.

—¿Si, ya se te olvidó lo que pasaba, cuando yo estaba ahí y vos ya estabas bien borracha?

—¡Olvidá eso niña, no seas vengativa hija, ja, ja, ja!

—¡Ah! ¿Y todavía te burlás, verdad?

—¡Je, je, je! ¿Cómo era Belú? "¡Tomá, tomá, ya me tenés harta de tus rechazos y tus insultos, necia, tomá!

—¡Ay, bien que te acordás, grosera!

—¡Ja, ja, ja! "Y no te doy más duro porque soy cristiana…"

—¡Callate, que la boca se te haga chicharrón!

—¡Ja, ja, ja! ¿Bonitos eran esos días va Belucita?

La cipotía la observa fijamente, en silencio y con cierto sentimiento:

—¡Vieja mala, tenés pelos en el corazón, ya lo pagarás!

—¡Je, je, je, pero si yo he sido una buena madre! La que se fue de esta casa fuiste vos misma niña.

—¡No, vos me sacaste! Has sido muy mala, mala, me quemaste el pelo, tuve que cortármelo desde las puntitas, hasta quedarme pelona por completo y también incendiaste mis patas.

—¿Pero, cómo crees Belú? ¡Yo he dado todo por vos! Eso que decís, pasó cuando estabas llena de piojos y solo así los podíamos acabar, ¿no te acordás?

—¿Que va a ser? ¡Mala, mujer mala, aparte ladrona!

—¿Qué es eso? —Maruja es distraída por una fulgurante masa de fuego que cae a lo lejos, sobre la calle. —¡Allá!

Del mismo lugar del impacto sale una hermosa silueta, que cuando se acerca, se distingue que es una fuerte, alta y esplendorosa dama con alas...

—¡Yuju! —Belú pone sus ojos alegres, con cierto asombro, brinca y restriega sus palmas. —¡Oh, esa es Rapsodia, mi amiga!

La poderosa mujer se acerca a ella.

—¡Callar, obedecer! —exige muy seria. —Tú no ser bienvenida aquí, debes irte, es una orden, debes hacer lo que se te ordena!

La niña está un poco decepcionada, pone su carita de pena, observa a la mujer y piensa: «*¿Pero, qué le hice, por qué me habla así? Esa no es la forma como la guerrera me ha tratado en el pasado*». ¡Pero, tu, eres mi!

—¡Callar he dicho, haz lo que te ordeno, ahora, stáptokin!

—¿Pero, qué te pasa conmigo?

En la ventana del centro en el segundo piso, Maru ríe:

—¡Ja, jaa, hasta que se acabó tu joder! Cuando las cosas no se hacen por la vía legal, todo sale mal.

La visitante mujer insiste:

—¡Tú Belú, agachar cabexa, media vuelta, y fuera de aquí!

La madrastra sigue burlándose, con mucha alegría.

—¡Ja, ja, ja, vaya, eso es todo! ¿Viste lo que te dije? Ya no hay nada que hacer para ayudarte.

La pared del frente de la casa resplandece, es completamente adornada por la presencia de la fuerte y gigantesca hembra, y por las luces que esparce al moverse de un lado a otro.

—Es tiempo de reorganizar todo por aquí, ya la generación y su evolución lo exigen —mira hacia la ventana. —¿Maruja?

—¿Dígame usted, mi diosa? —con una voz muy sutil y humilde, la malandra madrastra corre hacia el patio nuevamente. —¿Oh, su majestad reina amada, para qué es buena esta humilde mortal?

—¡Reunión, todos en fila, sesión!

—¡A sus órdenes! ¿Con cuál de todos mi reina amada, dígame?

—Quiero aquí mismo, a Simón Bufó, al Mauro Lamitch, Euno Chipiza, Rino Cuadruplo, Loreni Larroc, Derek Human, a Chico la Flor, a la Dana Ortiz, Rosario Rosonga y el borracho Gerardi. —voltea su mirada hacia la mujer achinada con cara redonda.

—¡Lubela Velosi!

—¡Aquí estoy, para besarle su anillo y servirle en lo que usted quiera mi suprema ama! —la loca mujer intenta bajar de un brinco por la ventana para ir hasta la mano de su suprema y besar su anillo real, pero cuando va en el aire, es retenida por la gigantesca mujer, quien exige:

—¡No vuelvas a hacer eso Lubela, recuerda que tengo una deuda con tu hermano y debo cuidarte!

—¿Oh, sí? ¡Viva la revolución, vivan los del Fuego, somos lo servidores más eficientes de la reina, los más sabios!

—¡Pero Lubela, ya, no llores Jainita, ya! —exaltada, da una vuelta rápida y muy alta por el aire, regresa y baja un poco el tono, hasta casi susurrarle: —Lubela, Lubela, Mejor anda, y vos traéme al viejo Sargo Winston, a Tony-tony, a la Concepción la hermana de ésta y a toda esa sociedad civil.

—¡Oh sí, oh sí, mi ama, por cierto, mi hermano le manda saludos, besos y abrazos!

—¿Aah, qué? ¡Guácala! ¿El mata policías?

—¡Sí, dice que está de acuerdo que derroquemos al gobierno y nos robemos este pueblo!

—¡Uuy, cochina! Yo no quiero nada, ni ayuda, ni abrazos del gordo Julius —hace un gesto de repudio y asco, inclina su cabeza hacia el frente izquierdo, intenta taparse el rostro mientras camina al lado opuesto de la mujer. —¡Whaa, tu hermano apesta y nuestro negocio ya terminó!

—¡Así es, como usted diga es la verdad mi señora, y me voy porque sus deseos propios son mi tarea traerle amada mía!

Maruja por la ventana sugiere:

—¡Purate hombe, la vas a enojar!

—¡Sí, sí, ya voy, ya voy vos!

—¡Es para pronto Maruja! —Mada Noricia advierte: —¡Vamos a tomar el control ya!

—¡Oh yeah!

—Ustedes, solo ustedes limpiarán el crimen de estas calles sangrientas, tráiganme a todos nuestros aliados para situarlos en esta casa.

—¡Sí, sí, oh yeah mai Cuin, oh yeah mai Cuin!

La poderosa mujer, después de quedarse en silencio, observando a la mala madrastra por unos 10 segundos, empieza a medio cantar lentamente:

—*¡Y solo tú, y tú*

y nadie más que tú,

me faltas tú,

y tú serás Maruja, esa líder que guíe a este pueblo por muchos años!

—¿Ay, de verdad mi ama y señora de las nubes? ¡Oh yeah!

—Claro, todo es posible bajo mi mando, bajo mi demócreci.

—¡Ay, sí, bendita seas mi reina, Osita Blanca de la Mada Noricia!

—Así es, veri rait, nadie puede ser más que Mada Noricia y su demócreci de la Isla de la Osita Blanca, ja, ja, ja.

Belú las observa y escucha, pero es poco lo que le entiende, algo nerviosa pregunta:

—¿Pero, cómo es posible, vos, una diosa y a favor de ellos? —ella se siente traicionada por la brillante dama. —¿Qué es lo que te pasa Rapsodia? Esa no parecés vos, ¿por qué hacés eso?

—¡Calla Belú y márchate, antes que use mis fuerzas!

—¿Ve, por qué, si yo soy libre y vos no sos mi mama?

—¡Oh! ¿Quieres que sea yo quien arrebate tu hogar y te encierre de una vez por todas? Aprenderás a respetar a la Osita Blanca de Mada Noricia.

Abre la palma de su mano izquierda, en la cual aparece un hermoso diamante rojo con pringas blancas, desde ahí lanza una potente descarga que retiene el cuerpo de la niña.

Belú es paralizada del cuerpo, al menos aún puede gritar.

—¡Ay, ay no! ¿Pero es que, qué es esto? ¡No hagas esto conmigo, eres mi amiga!

—¿Yo, la Osita Blanca, tu amiga? ¡Jamás lo fui! Observa.

La extraña mujer, una vez más descarga su energía sobre la niña y esta vez en la cabeza. Belú está completamente inerte, pero empieza a visualizar unas imágenes, a escuchar ruidos y voces extrañas, escenas de viejas realidades quizá.

En su visión, ella entra a un magistral palacio color blanco, con franjas doradas constantemente pulidas por sirvientes en todas las orillas de sus sólidas y altas paredes. En las bases de sus escalones hacia la puerta principal, vigilantes resguardan las estatuas gigantescas de furiosos leones rugiendo. Debajo de estos hay grandes escudos enmarcados con oro puro. Al lado derecho, la pureza de un templo para su dios Ruman, custodiado por gigantescos y fuertes pilares. La niña en su hipnotismo está en la corte principal, puede ver a un hombre poderoso con larga túnica color magenta, largo cuello con encajes, tiene una inmensa cadena de oro cruzada sobre su pecho, en su cabeza una fina corona de oro adornada con piedras preciosas y su cuerpo cubierto por el elocuente y decorado atuendo color magenta. Es el rey Elisando, despidiendo al navegante y alrededor los miembros de su corte. Los bufones y los vasallos, esperan a un lado, en silencio para luego celebrar.

El rey declara:

—¡Este año de nuestro Señor Ruman, 1492, se te otorga la gracia Cristoldo! Ahora en tus manos entrego la María Bonita, la Bella Dama y la Santa Madre. Esas son tus naves, pero recordaos siempre, deberéis enviarme mis tres toneladas de oro puro sin falta y mis 45 mil de los más fuertes nativos cada mes Cristoldo, necesitamos animales como ellos para los cultivos y para otras cositas, ju, ju.

Los ojos de Belú se impresionan, presentan sus propias imágenes.

Mientras tanto, la poderosa mujer que la tiene en ese ipnotizmo, ahí, frente al patio de la mansion numero 87, se empieza a transformar en una inmensa, huesuda y fea criatura, con un hocico flaco y largo, minúsculos brazos y manos, extremidades muy delgadas, garras muy afiladas, color negro en toda su piel. Vuela lentamente sobre la casa, observando a la pequeña desde arriba. En cierto momento, el par de macabras alas en sus espaldas se hacen mucho más grandes y hacen un gran ruido cuando las abre y cierra. El monstruo sonríe en el aire, mientras agita sus oscuras y grandes aletas, que casi cubren el cielo.

Exclama y lanza:

—¡Toma el látigo y las órdenes que se te dan, observa mi poder infinito, siente lo invencible que son mis fuerzas!

Otro golpe de energía que se mantiene vivo sobre la pequeña por largo rato.

Una vez más, Belú percibe imágenes lejanas y extrañas, esta vez mira una violenta costa, ensangrentada por una inmensa batalla entre un grupo de nativos y hombres blancos a los que llaman Crolos, con cascos puntiagudos de metal y con cuchillos largos y delgados. Visualiza a Atalcán, un nativo guerrero que rápido sube a una piedra muy alta y desde ahí grita:

—¡Pedro Álvarez, si querés mis armas, vení por ellas malvado hombre blanco! Lástima, la semilla de tu maligno ser quedará regada por los valles del paraíso. Tomá, aquí va tu piedra de obsidiana que tanto has pedido, jodido.

Belú, en su visión observa al indio incrustando desde la distancia su envenenada flecha con punta de obsidiana a Álvarez, un hombre chele y flaco, con un raro sombrero de metal emplumado, con pantalones y mangas como infladas bolsas amarradas, él trae barba larga y bigote puntiagudo, llora a mares entre los montes:

—¡Ay, mi pierna sangra y duele, salvadme mi dios Ruman! Mi pierna, bestia cobarde Atalcán, me has herido de muerte condenado!

El nativo guerrero lo observa desde la piedra alta en la distancia, al ver al hombre herido, grita:

—¡Vamos, vamos puej, démojle muerte a todos esos chapetes y despúes nos repartimos sus pertenencias!

Sin embargo, la poderosa Mada Noricia Osita Blanca, sigue constante con su rayo sobre la pequeña, lanza un tercer golpe de energía que hace temblar el cuerpo de la niña, enviando su mirada y su enfoque, a otra escena, otro tiempo.

Esta vez, ella mira un alto y espacioso salón, decorado con cuadros grandes enmarcados en oro, altas estatuas de santos y seres extraños. Adentro, reunidos, un grupo de Crolos y otros seres blancos y altos llamados Penínsulos, con tacones altos, pelucas con peinados raros, largos bigotes, vistiendo camisas muy largas con muchos símbolos extraños.

Con alto poder ancestral de sangre azul, la Virreina Burbuna, desde su trono:

—¡Señoras, señores, hijos de la madre patria, la gran Castali! Este año de 1811 haremos un hermoso y humanitario tratado, para evitar más batallas en estas nuevas tierras otorgadas por el dios Ruman. Con la intención de calmar los sacrificios humanos, daremos a estos nativos naturales de estas aldeas de Guámedor, eso que tanto piden —baja un poco la voz —espejitos de troya, ilusiones, para evitar los gastos y el derrame de más sangre real —levanta un poco la voz —¡Claro, les daremos una independencia, su propia autonomía! —baja la voz. —Pero una independencia a nuestra medida, a la medida de nuestra gran nación de Castali. Hay que darles un poco de aliento a estas bestias, ¡ja, ja, ja!

En la visión, Belú también observa a un grupo muy pequeño de hombres que gritan desde una esquina del salón: "*¡No a la independencia, no a la autonomía, es una trampa! ¡Arce, Matías, digan que no, no a la autonomía!*"

Ella abre mucho sus ojos, como con asombro, como si observara cosas fuertes, pero sigue hipnotizada por el rayo de Mada Noricia. La cual, se hace mucho más grande, sus tres ojos parpadean más rápido, parecen estrellas rojas que profetizan algún súbito armagedón. La gigantesca mujer suena mucho más furiosa y poco a poco su figura se desintegra, y en el aire sufre otra metamorfosis en su cuerpo. Esta vez se transforma en una serpiente negra, pero con los mismos tres ojos rojos al frente, da un fuerte golpe en el piso con su cola, exige con un fuerte grito:

—¡Vete, guway, guway! —el golpe es tan fuerte que hace rebotar a la niña, quien, por alguna fuerza poderosa se ha quedado inerte, pero tiembla al hablar.

—¿Pero… qui… quién sos vos, por qué me trat… tás así? Yo no te he dado ningún problema.

—¡El problema, el problema eres tú!

—¿Pero yo, cómo?

El oscuro reptil con cierta calma:

—¿Qué tal tu necedad, tu falta de respeto hacia Maruja, tus chambres y expresiones de odio? Ella es tu madre, te guste o no te guste.

—¿Pero, y por qué todos ustedes que ya son viejos, pelean con una niña de doce añitos, acaso están locos?

Mada Noricia se le acerca un poco en el aire y con un tono de voz un poco más sutil:

—Mira hija, si te doblegas ante Maruja, todo irá bien conmigo, y ya sabes, nos iremos por el tiempo y el espacio…

—¡Noo! ¿Pero cómo decís eso? Yo no entiendo cómo es posible que alguien defienda a una mujer tan mala.

Maruja asombrada desde la ventana.

—¿Pero, cómo es posible? ¡Qué desagradecida sos, cipota!

—¡Es la verdad Maru, sos una madrastra muy mala, mandaste a unos pandilleros para que me violaran.

—¿Pero co..., pero com...?

—¡Sí, sí, es cierto! Una madre jamás golpea ni trata a una hija de la forma como vos lo has hecho, y muchas veces conmigo.

—¿Pero yo, cómo, si? Yo no tengo...

—¡Que sí, que sí!

Maruja se acerca un poco a la calle donde ahora está Belú.

—¡Yo no sé de qué hablás niña, aquí he estado yo ve!

—Sí, sí, trajiste a tus amantes sin que mi papito supiera.

La poderosa serpiente negra, merodea alrededor del lugar, interviene de repente:

—¡Belú, no acuses sin pruebas y no me pongas a prueba! Tendrás muchos problemas conmigo, recuerda que sin mi apoyo no puedes hacer nada para encontrar lo que buscas en el tiempo, ¡don iu traimi!

Maruja sonríe un poco y exclama:

—¡Lengua larga!

Belú no se da por vencida y defiende su argumento:

—¡Sí, es cierto, yo misma te veía entrar con ellos por la puerta trasera!

La gigantesca criatura reclama:

—¡Callar he dicho o tendrás muchos problemas conmigo! Recuerda que sin mi apoyo no puedes hacer nada para encontrar lo que buscas en el tiempo. ¡Don't you traimi yo deciror, ay, ay! ¿Pero oh...?

Súbitamente, la gigantesca criatura oscura y brillante, es absorbida por una pequeña esfera de fuego que la desaparece y rápido sigue volando por el firmamento a velocidad máxima.

Maruja y Belú, con la boca abierta, observan como la bola de fuego se hace más diminuta cada segundo.

La niña se pregunta en voz alta:

—¿Pero, pero dónde se ha ido? Al principio parecía mi amiga Rapsodia, pero después vi que se transformó en un dinosaurio y después en esa serpiente negra, negra como tizón.

—¿Estás loca? Seguís creyendo en pajaritos preñados con motor en el culito, en cualquier cosa creés vos, ¡creé en mí que soy lo máximo mirá!

—Sí, una máxima traidora es lo que sos, pone cuernos.

—¿Pero, cómo decís eso? ¡Yo he amado a tu papá siempre! —corre hacia el portón de entrada y cierra con fuerza.

Belú se va gritando por el andén de la casa, exclamando:

—¡Mentirosa, vos jamás has querido a mi papito, solo fue el dinero!

—¿Y qué? —Maruja abre el portón del frente de nuevo, se sostiene de una de las puertas de metal —¿Qué vas a hacer, ah? ¡Sí, sí! ¿Y qué?

—¡Vaya, vaya! ¿Viste?

—¡Sí, vaya, te voy a dar gusto, se los he puesto con muchos y no me arrepiento, así ha sido todo, pero no podés hacer nada!

Belú la observa muy seria y declara:

—Deberás pagar un día por lo que has hecho.

—¡Claro! ¿Y por qué no? Ahora tengo mucho para hacerlo. Para eso mismo me enchibolé a tu tata, para tener dinero, chirilicas, money —la mujer entra de nuevo y pone agua helada en un recipiente de plástico.

Belú, desde el patio sigue reclamando:

—¡Yo no puedo entender, cómo es que en el mundo existen personas como vos! ¿Y de dónde llegan?

—¡Ja, ja, ¿pero quién te ha dicho que son ángeles los que habitan esta tierra? ¡Este mundo es el reino de los poderosos, tonta! —toma el recipiente y con fuerza lanza agua fría a Belú.

—¡Ay no, demonio! —rápido corre secándose, mientras se va hacia la base de la bandera.

La Maruja sigue llenando el recipiente con agua y exclama:

—Así que, como lo querrás ver nena. Aquí lo importante es que tengo todita la plata de este viejo tonto. En mis manos están sus hermosas tierras, las joyas de tu difunta madre y esta fresquísima casa. Mirá, solo para mí y lista con todo, je, je.

—Sí, yo sé, de lejos se nota que lo que planeás es convertirla en un burdel, ¿en cuanto mi papá muera verdad? —corre hasta el centro del patio, pues la distrae alguien que observa desde adentro de la ventana izquierda del sótano. Pero mientras camina, descubre que entre unos arbustos cerca, también está Maripaz, la niña que rescató de unos pandilleros en otro tiempo, mirando hacia la silenciosa espía en la ventana. Con un tono de voz, con el que casi susurra: —¡Oh no, Maripaz, no! ¿Maripaz, qué hacés ahí?

Arriba, Maruja:

—¡Vos estás loca Belú! —la mujer aún no se percata de la chiquita. —Aquí estableceré la mejor empresa de Dorslava, ya vas a ver, un negocio de lujo.

—Sí, te creo —pensativa Belú, quien ahora también vigila a Maripaz y sus acciones. —Ya la has convertido en una perfecta guarida para bandidos, saqueadores y hechiceros endemoniados.

—¡Ya Belú, mejor andate!

—Maruja, hay cosas que jamás se olvidan.

—¡Ya, no podés hacer nada! Nadie te va a creer tus disparates, sos una bicha callejera y mentís mucho. Mejor andate mama, no quiero llamar a los muchachos. Esta vez, les diré que suelten a los nenes, vaya, vaya —camina hacia adentro de la casa, Belú corre hacia Maripaz.

—¿Maripaz, Maripaz, qué hacés aquí? Te dije que me esperaras.

—¡Hola Belú!

—¡Maripaz, esperá, pero si yo te había dejado en otro tiempo!

La chiquita, como si nada, le pone en sus manos, unas florecitas que trae consigo.

—Tomá Belú, para ti.

Ella toma las flores.

—¿Ahora, explicame Maripaz, cómo llegaste hasta aquí?

—Solo pensé en buscarte en el universo y aquí estoy amiguita Belú. Ah, mirá, sí, era cierto que alguien gritaba cosas ahí, en ese lugar, cabalito como vos me dijiste.

—¿Pero, qué, yo qué? Yo no te he dicho nada niña, no he vuelto desde que te dejé en aquel año.

—Cómo no amiguita, no te acordás que vos me dijiste que ahí había alguien importante.

—No, yo no te he dicho que alguien gritaba ahí, y aparte, si gritaban, ¿eso qué, eso qué? La gente siempre grita.

—¡No, pero a mí esa voz me pareció conocida, por eso vine a ver cuando vos me dijiste!

—¡Que yo no te he dicho nada! ¿Pero qué, por qué decís eso, a quién has visto ahí adentro?

—¡Yo vi a Concepción y otras dos mujeres! Y sí, vos también me dijiste que tenía que salvarte de tu condena.

—¡Esperá! ¿Que te dije qué?

—¡Sí! Cuando me trajiste a ver a Concha, vos me dijiste, que me dejabas ahí, pero que te salvara.

—¡Ay no, ya no entiendo nada! Volvamos a empezar Maripaz. ¿Vos decís que conocés a Concepción, y decís que viste a otras dos mujeres ahí en el sótano?

—Mhmm, sí, ahí, tapadas en la cara y con lentes oscuros todas, cuando yo miré un poquito de pelo de una de ellas, yo sentí algo muy bonito.

—¡Hmm, creo que aquí hay cosas que desempolvar! —pone un rostro reflexivo, y se cuestiona en voz bajita —¿y… qué, acaso será cierto que la Concepción es la hermana mayor de Maru y quizá sea quien le ayuda en toda esta corrupción? ¡Sí! ¡Ahora recuerdo la mirada que lanzó por la ventana, era como la que he visto, yo la vi, allá en otros tiempos!

—¡Belú, sí, yo también creo que conozco a una de las mujeres que están adentro!

—¿Estás segura, por qué la conocés?

—Yo, yo no recuerdo mucho, pero el color y lo largo del pelo me recordó.

Belú, pensativa, observa con mucha más atención hacia el lugar y se prepara, pero antes lleva a la niña hasta el escondite.

—Bueno, Maripaz, una vez más te voy a pedir que me esperés aquí, no salgás por favor.

—¡Sí, está bien, te prometo Belú! Gracias amiguita por ayudarme y cuidarme.

—Ahora regreso —le da un beso en la frente y se va hacia el patio con el balde pegadito en su cintura.

—Vinís rápido amiguita.

Belú se marcha y mientras va, da golpecitos suaves en el balde.

23. LA LLAMA (LIMPIANDO LA CASA)

Belú Ciudadano llega hasta el patio de la mansión número 87, con su balde y su justo reclamo. Le advierte a Maru que no podrá escapar de la justicia, pues demasiado mal ha hecho. La mujer se asoma de nuevo por la parte de adentro del portón de entrada, se asegura que estén los tres candados puestos, desde el interior, reclama:

—¡Ay, bandida! ¿Aquí de nuevo? Andate para otro lado hombe.

—No Maruja, hasta que me escuchés lo que quiero decir.

—¿Qué? ¡Vos tas loca cipota! No tengo nada que escuchar.

—Que sí tenés y mucho... porque vos viste, vos supiste y vos mismita fuiste la que los trajiste y permitiste que hicieran aquellas cosas feas que me lastimaron.

—Belú, hija, no entiendo por qué nunca quisiste aceptar un abrazo de mamá, ¿Por qué el rechazo? ¡Eso duele mucho!

—¿Vos, cómo pudiste? ¿Por qué, por qué? Quizá un día te pude llegar a querer, e incluso, creer en vos, quizá pude llegar a aceptarte como compañera de mi papa.

—Pues sí, yo no sé por qué.

—¡Porque perdí la esencia Maruja, me quedé sin el don de perdonar, el de la indulgencia!

—¿Pero Belú, y entonces me querés o no me querés? Porque yo siempre te esperé con los brazos abiertos.

—¡Eso no es cierto grosera, no era necesario tanto daño!

—¡Ya, tranquila Belú, eso ya pasó!

—¡Para vos quizá pasó, para mí no se ha borrado ni una sola imagen de todo!

—¡Pero, si eso no es nada vos!

—¿Ah, sí, y mi inocente amor de niña, mis anhelos? Todos mis sueños fueron estropeados y triturados por tus propias manos.

—¿Pero, de qué hablás? Yo solo quise educarte.

—¿Educarme? Fue por tus malignas, injustas decisiones que me volví un alma de la amargura y sin rumbo.

—¡Ya Belú, ya, es demasiado!

—¡Me sacrificaste Maruja, me entregaste como una ofrenda!

—¡Pero, si son peores las cosas que yo he visto! Mejor ya andate para allá, andate, aquí tenemos que hablar mucho de negocios —la mujer camina hacia adentro y empieza a apagar las luces de la entrada.

—Vení..., decime, ¿acaso ya olvidaste cuando invitaste a tus amigos a insertar sus pedófilas garras sobre una tierna e inocente flor?

—¡Shh, callate Belú, te van a oír!

—¡Está bien, que oigan todos! ¿Ooh, eso no? ¿No te recordás? "Callá, silencio, vení acá, no digás nada, desnudáte, no te movás, movéte, movéte, tocá aquí, aquí." —muy agitada y con la voz muy nerviosa —¿Te acordás va?

—¿Qué va a ser? ¡Puras mentiras, vos estás loca, loca, andate, andate!

—¡Vos estabas ahí, no te hagás! Tocaban y tocaban ahí, frente a vos.

La malandra Madrastra entra a la casa, apaga las luces, todo queda en silencio adentro.

Sin embargo, abajo, Belú no da tregua y retoma su protesta:

—Vaya pues, va siendo tiempo que regresés los diamantes y zapatos de porcelana de mamá y que te vayás. Vos planeaste aquella amarga violación de mis entrañas —se remueve el balde de su cintura, pone los carteles en el piso, corre a la vuelta de la esquina para buscar a Maripaz, pero descubre que ya no está. Corre de un lado a otro buscando a la niña, pero cuando regresa a la misma esquina donde antes la había dejado, se encuentra al frente, con una alta, hermosa y sonriente muchacha camanansuda, con pelito negro largo y colochito, quien trae dos galones de plástico en sus manos, y quien muy firme y convencida expresa:

—Esto termina ahora Belú —corre con los galones llenos. —Pondremos un poco por aquí, frente a esta puerta... —la joven también lanza los chorros del líquido sobre las paredes.

Belú, un poco inquieta y sorprendida a la distancia:

—¡Oye, no! ¿Pero, y vos, quién sos muchacha, qué hacés?

—Nada. Solo limpio la casa —rápido vuelve su enfoque a su tarea. —También un poco en esas ventanas —se para frente al portón, mira hacia adentro. —Lo siento.

Belú corre hacia ella y grita:

—¡Pará! ¿Qué hacés, quién sos vos? ¿Por qué hacés eso?

La muchacha sonríe un poco mostrando sus mágicos agujeros en sus mejillas, pero luego voltea, la ignora y continúa con lo suyo.

—Lo siento por todo, contaminada casita, pero es la única forma —saca una cajita de cerillos y enciende uno, lo lanza al piso, la llama viaja a velocidad luz.

En las alturas distantes se escucha:

"Grrreeeaao, destrucción, destrucción"

—¡Oh, no! ¿Pero, qué...? —Marypaz reacciona, y una delgada red cae sobre ella y como si tuviese vida, la enrolla de los pies, las manos y le tapa la boca.

El viento sopla muy fuerte y trae consigo una pesada gota de agua desde las alturas con la que aplasta la llamita, el lugar entra en un caos terrible por la oscuridad que se apodera nuevamente como sorpresiva fiera en la selva por la tarde. Los truenos rugen como leones, relámpagos furiosos, los fuertes y agresivos vientos parecen gigantes haciendo volar cosas a su paso, una vez más el grito:

—¡Tiempo de la gran Mada Noricia, la madre, tiempo del juicio! —el monstruo con el cuerpo de dinosaurio pero con alas, aparece de nuevo, y esta vez con ella emergen miles y miles de oscuras criaturas aladas por el espacio, todas igualitas que ella, tienen grandes hocicos y parecen como dinosaurios. Son tantas que cubren las turbias nubes, todas a la vez, lanzan rayos y fuego, gritan fuertemente.

Sus constantes alaridos entristecen profundamente el desolado ambiente de toda la región.

La furiosa criatura al frente advierte:

—¡Belú, Mada Noricia, la Osita Blanca viene por ti! —la arrebata de la cintura y vuela muy alto...

Sin embargo, es sorprendida por un repentino encuentro.

Ágiles y súbitos golpes hacen retroceder a la negra y enfurecida bestia que rapta a la niña.

Ella no se lo espera:

—¿Qué?

Más golpes.

—¡Aaay, uuy, oh no!

Nuevamente golpes.

—¡Hey no, esperar, esperar! ¿Por qué, por qué, qué diablos ser esto? —la gigantesca criatura Mada Noricia suelta a Belú por el aire, y cae a la deriva al tropezar con algo muy fuerte y sólido arriba en el firmamento.

Mientras baja, intenta agarrar fuerza para retomar el vuelo, arriba, aparece la gran guerrera Rapsodia, resplandeciente sobre los altísimos aires, como siempre montada en su caballo de oro y de piedras preciosas, también vuela muy rápido y logra cachar a la niña en el aire y la pone en la superficie, retoma vuelo y exige:

—*Ya los juegos de corrupción*
han terminado por aquí,
tiempo de respetar este lugar,
¡Lejos de estas tierras! —lanza un rayo sobre la camaleónica bestia, quien ya reacciona en mejores condiciones, y en términos de segundos se convierte en la brillante y fuerte dama que apareció en el

principio, esquiva el rayo de Rapsodia, se hace mucho más grande que ella, levanta su mano derecha, hace un movimiento con sus dedos, apunta a su pandilla que deambula por el aire, miles y miles de otras mujeres igualitas que ella.

Abre una de sus palmas, lanza un grito extraño, todas sus réplicas desaparecen, ella vuelve a cerrar su mano, y rápido hace un fuerte puño.

En un momento voltea y camina un poco hacia Rapsodia, al estar a un metro de distancia de ella, se inclina doblando una rodilla, acerca su inmenso rostro muy pegadito al de la otra mujer, ríe y expresa:

—¡Ja, ja, ja, pobre estúpida! ¿Cómo puedes ser tan tonta y creer que puedes enfrentarte a la gran Osita Blanca de Mada Noricia? —sostiene los dos brazos de la guerrera, como si fuesen los de un gorrioncito, se le acerca mucho a su rostro y mirándola directo a los ojos, con el uso de dos de sus dedos, aprieta muy fuerte su cuello, la saca del lomo del caballo que rápido desaparece.

Rapsodia está muy roja en el rostro, pues la Camaleónica Mada Noricia la aprieta muy fuerte, aun así, después de varios intentos, alcanza a interpretar unas líneas entre dientes:

—¡*Tiempo de hablar la verdad y de escuchar la verdad*

Con esta se vencerá frente a las fuerzas del mal! —desde la palma de su mano izquierda, súbitamente aparece una luz blanca y azul, que se transforma en una inmensa espada.

La terrible Mada Noricia parece mucho más furiosa, brinca por el aire haciendo rabiosos ruidos, lanzando alaridos, rayos y vientos al azar.

En el instante se vuelve a convertir en la bestia oscura reptiliana con gran hocico y unos delgados pelitos colorados en el cuello, reclama:

—¡Cuayat, calla, cuayat igualata! ¿Cómo te atreves a cantar frente a mí, jaudear, jaudear?

—*La verdad es mi mejor arma*

y con esta te venceré

y desaparecerás de aquí

de una vez por todas! —lanza un machetazo con la espada azul y blanco.

De un solo machetazo, Rapsodia corta todos los pelos rojos de la criatura, quien grita amargamente por los aires:

—¡Oh no! ¿Por qué, por qué? ¡No, no mis pelitos coloraditos y bonitos, no!

—Ya estabas advertida, ahora, enfrenta las consecuencias.

—¿Mira, mira? Ai prupos… —la criatura habla con una voz llorosa aún —¿Podemos, podemos hacer las paces?

—¿Aah, qué dices?

—¡Yo no quiero problemas con nadie, solo quiero ayudar a estos poor pipol! ¿Vamos amiga, hagamos las peaces?

—¿Las paces? ¿Tú cuando has hecho las paces de verdad?

—¡Siempre hay una primera vez! ¿No? —poco a poco se acerca a la guerrera con las manos abiertas, en un momento exclama:

—Toma, toma estas monedas de honor.

—¿Y eso, qué y para qué?

—Como forma de garantía de que honestamente quiero hacer las paces y terminar esto de una forma civilizada.

La criatura mueve lentamente su larga y pesada cola, como esperando respuesta, mientras la observa y en sus manos sacude *unas monedas, que luego* lanza hacia los pies de Rapsodia, quien también le clarifica, frente a frente.

—Mira, Osa Blanca, una cosa te diré y una sola vez será, tú sabes que yo pertenezco a la federación del amor, de la justicia y la verdad, por lo tanto, no juegues con fuego, te puedes quemar, todo eso a lo que le temes es porque también está en ti, en algún rincón profundo.

El reptiliano monstruo se ha quedado a cinco metros de distancia, sigue moviendo su cola con cierta firmeza y lentitud.

—Me parece justo, ¿aceptarás las monedas de honor?

La guerrera recoge las monedas, observa el sello y lo que está escrito en estas. Por lo tanto Mada Noricia Osita Blanca, aprovecha y rápido lanza un ágil golpe arrasador con la cola hacia la guerrera, quien cae con fuerza.

—¡Ay, ooh!

La bestia se burla con euforia:

—¡Ja, ja, ja, disfruta de tus simples moneditas de metal, tonta, domba, domba!

—Rapsodia ha caído con fuerza en la superficie, y las serpentinas alas de la bestia se vuelven miles de tentáculos eléctricos con los que la tortura.

Belú observa la batalla desde el poste de la bandera y muy preocupada grita a su amiga:

—¡Rapsodia, vos podés, vos sabés que todo es posible cuando es por amor, por la justicia y la verdad, cantá, cantá!

¡Tiempo de hablar la verdad
y de escuchar la verdad,
con esta se vencerá
frente a las fuerzas del mal…!

Al escuchar esa tonada, Rapsodia rapidito recobra unas fuerzas brutales que la hacen cambiar de color y de tamaño, primero azul, luego blanco, rojo, verde fosforecente, plateado y luego toma un color dorado, dorado como el trigo. Ella toma los tentáculos que succionan sus fuerzas, los agarra como simples chiriviscos o palitos secos, los toma en grupos y hace varias trenzas con estos, luego lanza un golpe fuerte sobre la cabeza de Mada Noricia Osita Blanca, quien intenta golpearla con la cola una vez más, pero Rapsodia brinca, la bestia intenta atacar con rayos pero siempre falla.

La horrible criatura grita expresiones de dolor:

—¡Eres agente del mal, yo soy un ser especial y valioso para el universo! ¿Cómo te involucras en mis luchas? —rápido lanza una gran red negra y lisa a la guerrera, esta la esquiva y brinca sobre la criatura, después sumerge la espada de la verdad con fuerza sobre el ojo del centro, la toma del largo cuello y da muchas vueltas alrededor como para tomar impulso, la lanza por el aire y esta cae sobre la inmensa mansión, derrumbando el techo y algunas paredes interiores, la gigantesca criatura cae sobre los maleantes fiesteros que hay adentro.

Luego Rapsodia grita a la niña:

—¡Belú, enciende un cerillo ahora!

—¡Claro que sí!

La pequeña corre y busca por las orillas del sótano donde antes caminaba Maripaz, por suerte encuentra uno y casi inservible. Corre frente al portón y levanta el cerillo para encenderlo, pero antes se queda quieta mirando la casa. Al observar por la ventana derecha del primer piso, la cipotía se percata que el inválido hombre está en la silla de ruedas, por lo que corre nuevamente, quiebra la ventana y entra, suelta al viejo y casi de rastrada lo saca, lo lleva hasta la orilla del otro lado de la calle frente al patio y regresa al portón. Mientras tanto, adentro se escuchan los aullidos, gritos, lloriqueos, insultos y maldiciones.

Belú lanza una leve sonrisa y expresa:

—¡Hoy es un buen día para hacer limpieza! —presiona el cerillo sobre el áspero concreto, la llama se enciende y rápido vuela hasta el interior de la casa, alterando a mayor el escándalo y los insultos.

"¡Mala gente, anticristo!" "¡Niña del demonio!" "¡Estás dañando a tu propia familia, mala!" "¿Cómo podés destruir tu propia casa?" "¡Somos líderes y cristianos!"

Desde el poste de la bandera, brinca y emocionada grita:

—¡Oh, wow, esos angelitos negros se van escondiendo entre las cuevas de los barrancos, sobre los árboles, se están metiendo en las fosas de las letrinas! ¡Ve, varios de ellos se han puesto vestidos de mujeres para huir, ajá, varios se están escapando!

La niña escucha y se ríe al oír los gritos de la trifulca de gente que sale de todos los rincones de su casa.

"*¡Nombe, nombe, si yo no les he hecho nada hombe, yo predicando andaba hombe!*"

"*¡No sean así, déjenme ir, si yo solo pasaba por aquí y bromeaba un poco!*"

De repente, entre la multitud de corruptos que salen de la casa, a paso muy lento por el peso de la gran barriga, sale un viejo bastante alto y rollizo comiéndose un inmenso sandwich que derrama aderezo y otras salsas mientras le muerde, grita:

"*¡Nombe, esto es una opresión y dictadura del dictador y su dictaduría. Ya ni comer en paz puede uno ahora ve, tengo hambre ombe, tengo hambre ombe! ¿Acaso no entienden?*" —el gigantesco hombre sigue arrastrando sus pasos mientras muerde su jugosa merienda.

Belú en silencio, muy asombrada observa la locura frente a su casa.

—¡Ja, ja, ja, pobres angelitos, ahora sí verán su recompensa!

"¡No, déjenme ir, soy papá soltero!"

—¡Hey, ahí van otros ve, se están escapando, son muchos se están escapando! Híjole, estos malandrines tenían salidas secretas por todos lados. Churutes torcidos, bien escondidos, tenían sus lugares de escape.

En un momento, Belú voltea a hacia atrás y se encuentra con la muchacha colochita, se le acerca y pregunta:

—¿Ajá, y ahora vos?

La muchacha sonríe un poco y responde:

—Yo soy la que soy, la que te trajo ese caballito viajero y con la que ahora vences a esa horrible bestia del mal. Recientemente era Rapsodia, ahora soy Maripaz, pero antes fui Raymunda, San Romero, Raldo y muchos más.

—¿Maripaz? ¡Pero, si ella es una niña! Bueno, era hace unas horas.

—Belú, la historia es antigua, muy antigua...

—¿Qué pasó, contame pues?

—¿Te acordás que allá en unos tiempos compartiste el mismo cuerpo con una Monja?

—¡Sí, Romero, digo, Ramores, muy linda mujer!

—Esa monja era yo misma, como la misma guerrera que vino para ayudarte a entregar las buenas condiciones para esta nueva Era, como también soy el mismo San Romero que siempre te protege y donde quiera que vayas te envía buenos pensamientos.

—¿Pero cómo así, reencarnada en otras personas?

—Y en diferentes tiempos, ¿viste que como Ramores, seguí luchando hasta envejecer? Pero como Raldo tuve que cruzar el oscuro puente de la muerte.

—¿Sí, pero, por qué tuviste que morir?

—Tenía que ser así, era necesario para darle vía libre a la historia orgánica del mundo y consecuentemente del universo, y así unir el viejo ciclo con el nuevo como un eslabón más en esta cadena hecha de historias.

—¡Ay no, qué extraño es todo esto!

—Cuando me encontraste allá en el 92, yo tenía cinco años, pero ahora tengo 34, ya me he transformado a mi verdadera edad y madurez de acuerdo a tu tiempo, gracias Belú.

—¡No, pero es que yo aun no entiendo esto, es demasiado!

—¡Ay, Belú, vos alegrate, que ya somos dos! Dos generaciones con el mismo espíritu y en vidas prácticamente paralelas, ya casi cumplimos esta meta, compañera.

—¡Wow! Yo creo que este es un largo sueño vos, lo veo y aun no me lo creo.

—¡La historia y el tiempo, tremenda experiencia!

Algo se escucha a lo lejos.

—¡Uy, gritos! ¿Y ahora eso? —Belú se pone alerta y se prepara.

—Tranquila, solo es Mada Noricia.

—¿La Osa Blanca?

—¡Claro, sí, es la misma, nada más que cambia de figura y color!

—Ah, claro, ya volvió.

—Pero ahora se ha vuelto más reducida de su tamaño normal y quizá sin poder alguno.

—¡Ah sí, mirá ve, la Maruja y sus secuaces tramposos intentando salir, pero tropiezan entre sí, no paran de quejarse y quejarse!

—¡Sí, te estoy diciendo, son llorones, solo para eso son buenos, je, je, je!

—¡Solo ellos, los mismos de siempre mirá! ¡Pero es que se les han derretido sus gafas oscuras! ¡Ja, ja, ja, chistosos, como que anduvieran bolos, chocan con todo a su paso!

—No Belú, el rayo negro ha tocado sus ojos y los ha dejado ciegos.

—¡Uy, pobres, casi a todos mirá!

—Vaya, pero por fin salieron de tu casa.

—¡Sí, eso sí!

—¡Ja, ja, ja, vamos, no tengás pena en decirlo, por fin salieron como cucarachas!

—Je, je, je, ¿sí, va? Por fin se les llegó su día a los malandrines.

—Belú, ahora sí te devolverán lo hueviado —las dos ríen y se abrazan muy fuerte.

El escándalo por todos lados, ahora hace que la calle José Cañas parezca festival, por los sonidos de ambulancias, camiones de bomberos y los pitos de autos, pero sobre todo, las patrullas, helicópteros y tropas militares que rodean a los criminales, lanzan agua sobre la casa blanca para apagar el incendio. De repente dos bomberos sacan a unas mujeres tosiendo, quejándose, llenas de tierra y cenizas, con el pelo desarreglado y lleno de basura, la tosedera es imparable por el humo que han tragado.

"*¡A un lado, aun lado, necesitan aire, aire!*" —dicen.

Belú rápido exclama:

—¿Concepción..., y quiénes son las otras?

—¿Mamá? —Maripaz, grita y levanta su mirada y manifiesta un brillo de emoción.

—¡Sí, es mamá!

—¿Sí? ¿Mi mamá? ¡Y ahí está mi madrecita, mami!

Ellas corren y abrazan a sus respectivas madres, quienes también están felices de ver a sus hijitas.

Maripaz, muy segura reafirma:

—¿Viste Belú? Concepción las tenía secuestradas.

—Pobres las dos.

—Sí, muchos años ahí adentro.

—Al menos tu madrecita tuvo a la mía cerquita de ella.

—Ve, ella también tuvo a la mía, ja, ja, ja.

—Solo fue para que no estuvieran solas, je, je...

—Aah, pero mirá, la concepción, qué mala, por suerte ahora la están arrestando también. Muy bueno.

—Por fin Maruja y sus compinches dejarán mi hogar y yo podré dormir en paz.

—Un sueño hecho realidad, ver a las autoridades esposar a todos esos criminales. ¡Ahora sí tendremos una verdadera libertad en el pueblo, que hermoso! Vámonos de aquí, que ya están cerrando el área.

"¡Cof, cof, cof, cof!" —se escucha a la distancia, entre un grupo de rescatistas y paramédicos exaltados, que también murmuran en el mismo lugar sobre la orilla de la calle:

"*¿Ya no respira va?*"

"¡*Claro que sí, todavía está vivo!*"

"¡*No!*"

"¿*Está muerto?*"

"¡*No, está vivo, respira, es un adulto mayor!*"

Belú rápido voltea y corre al encuentro de los hombres que cargan a un señor muy enfermo, demacrado, con larga barba, y quien trata de soltarse. Los asistentes lo sostienen de sus brazos.

El viejo expresa con palabras cortadas:

—¡Hiji... hiji..., jita mía!

Ella grita:

—¡Papá, papacito! —corre hacia el viejo.

—¡Hij..., cof, cof, cof!

—Sí soy yo papá, pero, tranquilo, ya estarás bien papito.

Belú se le acerca y le acaricia el arrugado, flaco, y barbudo rostro.

Los hombres sueltan con cuidado al débil hombre, sin dejarlo completamente desprotegido.

El viejo se emociona mientras la observa, sus ojos parecen dos hermosos y tranquilos lagos que de repente rebalsan angustia y ternura. Con la punta de sus temblorosos dedos también toca muy lentamente el rostro de la pequeña, intenta expresar algo con su tambaleante y llorosa voz.

—Perdo, per..., perdonáme..., —la abraza muy fuerte y la aprieta hacia él. —Perdoname mi cielito, mi vida, perdoname por haberme olvidado de vos, mi pequeño encanto —el viejo se emociona y empieza a llorar. —Perdoname por meterme en la lujuria de los vicios y la locura de ser un gran macho y señor, lo he pagado muy caro.

Los paramédicos necesitan llevarse al hombre, lo suben a la ambulancia, pero la niña rápido suplica:

—¿Por favor un ratito más nada más? —se acerca a su padre y le da un beso muy cariñoso en la frente y otro en la mejilla, también lo abraza por un largo rato. —Te quiero papito, te prometo que ya todo cambiará por aquí —deja que suban a su padre para ser conducido y atendido hasta el hospital más cercano. Ella regresa con su madre y sus nuevas amigas.

Maripaz abraza a Belú muy fuerte y luego toma a su madre de la mano y se despide, se quedan muy quietas, cierran los ojos y exclama:

—*Amor, amor, vení y llevame donde vayas, como siempre lo hiciste.*

Amor, vení y llevame a mi lugar,

a mi tiempo, amor vos sos el todo, amor, amor

Los pequeños rayos aparecen alrededor de ellas dos, las envuelven en un portal que se forma y las absorbe, se pierden en el espacio y el tiempo.

Belú, muy feliz también, junto a su madre, le da un beso y le recuerda:

—Te amo madre, te prometo que jamás te volveré a perder, sos la mejor madrecita del mundo, mi madre, mi consuelo, mi patria y mi suelo. Gracias por ser mi madre. Ya recuperaremos a mi papa y su salud normal —se la lleva dando pasos lentos hasta la base de la bandera y saca la vieja toallita y la frota, da un último toque de limpieza. —Ahora nuestra casita estará limpia de insectos y de malos espíritus, por fin. Madrecita mía, por hoy, vos, te quedarás en casita, mientras yo regreso a mi tiempo presente, ahora que ya sé dónde encontrarte, será lo primero que haga, liberarte y ser felices por siempre. Te amo.

Belú saca su caballito y soba su espalda expresando:

Bonito y sabio caballito,
noble, tranquilo y hermoso.
Sos un puente hacia el infinito,
humilde amigo, elegante y amoroso.
Llevame más allá del tiempo Memorus.

Memorus, rápido se hace grande y esta vez lanza sonidos muy fuertes, ella sube y se van juntos por el inmenso río del tiempo, aterrizando en un lugar muy diferente. Esta vez su pista es el techo de un alto edificio, de repente ve a lo lejos, desde las alturas, objetos voladores por diversos lados, unos cargan personas, otros cargan productos, otros solo divagan en el aire. El día se va poniendo oscuro, se escuchan ruidos y aparecen más imágenes:

—¿Uy, pero qué es eso? ¡Gente muy alta y con diferentes colores en la piel, volando! ¿Hey, que es esa ciudad dorada que resplandece allá a lo lejos? —refiriéndose a una ciudad de oro que parece ser Dorslava. Más sin embargo desde las calles en el profundo espacio de la extraña y bulliciosa ciudad, se escuchan gritos.

"¡*Ayx, trexstes miserix, oxol lexeconcienx podixe salvarnexus!* La *conxienxi podixe salvarneuxs.*

Belú observa hacia abajo desde las orillas del techo del edificio.

—¿Ay púchica y ahora esa bulla? ¿Dónde estoy, qué es esto? —en ese momento observa unos indigentes que gritan entre basureros en los andenes de abajo. Luego escucha ruidos alrededor y arriba de ella.

—¿Ay, pero qué estoy viendo? ¡Motos, bicicletas y carros voladores, casas en el aire, máquinas ruidosas por todos lados, esto es una locura!

Todo se queda tranquilo por un momento, pero de repente desde abajo otra vez el grito:

"Muxs muxs añex dux vix, muxs aniux, "*¡pex muerx, muerx! Muchos años vivos, pero muertos, cuerpos sin alma, neux conxiex. Todo exe muerxi enxnext mundix, exde mextol, xlambrex, exe microxips"*

Mientras Belú escucha los gritos desde la calle, un rayo cae a un centímetro de su pie izquierdo y alguien pregunta desde la distancia:

"¡Xutu, xuma, xuma, hey exetu humano, parx, párx, Xuma anoxo movux, parax exi! Identifaxti, identifíaxti! Repuxtundo indivixo, repoxtundo indivix exono identificaxtu exe fuxo, prexent repuxtundo exitux díux 24 de Novmubrux exed 2050".

—¿Qué, 2050 dijo esa voz robótica?

La máquina es muy ruda y ordena que se pare y se aproxima sobre una pequeña nave hacia la niña, quien corre mientras llama por su amigo Memorus.

Bonito y sabio caballito, noble, tranquilo y hermoso.

Eres puente hacia el infinito, humilde, elegante, amoroso.

Vamonos hasta el tiempo orgánico, de donde salimos por
primera vez Memorus.

El caballo reacciona y vuela mientras se hace grande, llega hacia ella, se vuelve a abrir otro portal, ellos se pierden en el infinito tiempo. En segundos aterrizan en el año 2018, que es desde donde ella inicialmente empezó a viajar.

Aparece frente a su casa, pero ahora hay una diferencia, y es que no encuentra a la malandra Maruja ni a sus amigos criminales, esta vez es la sonriente y animada Bella Patricia, su madre frente al patio de la casa, extiende sus brazos para recibirla y exclama sonriendo:

—¿Ay, hijita, quien crees que se te adelantó?

—¿Jaa? —anonadada —¿Madre, vos aquí, cómo, qué pasó?

—Por aquí pasó Rapsodia y te dejó saludos, Belú.

—¡Mamita, mamita! —corre, muy emocionada y abraza a su madre. Las dos entran juntas a su hermosa mansión. La casa número 87 de la calle José Cañas en el pueblo de Dorslava.

Fin

Made in the USA
Middletown, DE
27 October 2023

41374495R00208